La vie en plus

Georges-Patrick Gleize

La vie en plus

ROMAN

Albin Michel

le virage (nm) (d'un véhicule) turn (d'une rout
piste) = bend

1

Une nuit d'octobre

Le mur de pierres sèches suivait les virages du chemin, de déclivités pentues en montées abruptes, pour
épouser les courbes du terrain et se lover mollement
dans le creux d'un vallon secret. Il y avait bien longtemps que les hommes ne le réparaient plus, et il assu-
mait péniblement l'usure du temps, laissant couler çà
et là les lauzes en une chute fatale, point d'orgue
d'une histoire écrite par avance dans l'abandon d'un
paysage caractéristique d'aujourd'hui. Son demain
n'avait pour avenir que la ruine, la submersion lente
mais sûre des ronces et le délitement de ses derniers
blocs de pierre en une coulée de brisures annonciatri-
ces d'une mort programmée. Il n'appartenait plus à
la vie, bientôt il ne serait plus qu'un souvenir, une
parenthèse dans le cours des âges. Depuis plusieurs
années déjà, il n'était que le vestige d'une époque
oubliée, progressivement, dans une après-guerre qui
avait poussé les derniers rejetons des montagnes pyrénéennes vers la ville, vidant de sa substance un monde
mal préparé au modernisme.

Par-delà ce triste cheminement campagnard, en
haut de la butte, un hêtre à l'épaisse ramure, déclinant toutes les symphonies de jaune d'un automne
somptueux, lançait ses branches touffues vers le ciel,

obscurcissant les derniers rayons du soleil, en cette mi-octobre 1969, qui s'acharnait à illuminer le Couserans, cette région coincée dans les Pyrénées entre Comminges et Val d'Ariège. Si quelques cumulus de beau temps affichaient encore des prétentions estivales, l'air était devenu plus frais depuis quelques jours et on se sentait à l'aube de la mauvaise saison.

Raymond Lacombe, les mains appuyées sur sa longue canne noueuse et ferrée, contemplait les moutons qui pacageaient le regain tendre de la soulane de Carol. Mille six cent quatre-vingt-trois têtes exactement, appartenant à six propriétaires différents. Il était le dernier berger de la vallée. Il savait bien qu'après lui, ici, viendraient d'abord les chardons, que les bêtes répugnaient à croquer, puis les ronces qui chaque année couvraient un peu plus l'estive, et enfin le taillis colonisateur, fragile baliveau, prélude inéluctable à l'abandon total.

Dans quelques jours commencerait le grand passage des palombes, entraînant les chasseurs passionnés vers ces cols peuplés de touffes de buis et des senteurs discrètes du gispet, cette herbe rase qui fait glisser le pied vers certains sites immémoriaux où le ballet des oiseaux bleus annonçait le début de l'automne qui, ici, colore les arbres de pourpre et leur fait prendre des allures d'été indien, celui de la Saint-Martin. Alors, dans un élan de ferveur quasi religieuse, les derniers vrais « paloumayres » remonteraient inlassablement chaque jour pour voir surgir dans l'aube radieuse, alors que le soleil passe juste par-dessus les crêtes lumineuses, les mythiques oiseaux bleus qui peuplaient leurs rêves et leurs espérances cynégétiques des temps ordinaires. Levés tôt, ils s'élanceraient dans la nuit noire sur des chemins connus d'eux seuls, se guidant à la lampe électrique pour être au poste aux premières lueurs. Pourtant, d'aucuns disaient bien qu'elles étaient moins nombreuses déjà, ces palombes déifiées par saint Hubert, en référence aux temps anciens de l'avant-guerre. Et les petits vieux racontaient à qui voulait l'entendre le temps où le ciel, par l'effet de ses nuages vivants et polymorphes, était noir d'oiseaux à en cacher le soleil mais propre à susciter les émotions les plus fortes chez tous ceux dont les oiseaux gris et bleu enflammaient l'âme.

Raymond Lacombe n'avait jamais été chasseur. Oh ! certes, il ne dédaignait pas de poser un collet pour cravater proprement un oreillard de six livres, un de ces lièvres qui faisaient haleter les chiens dans le glapissement des voix et le tintement des clochettes en attendant la sonnerie des trompes qui résonne de soulane en ombrée. La fédération de chasse, désormais, sous prétexte de repeuplement, lâchait toujours quelques beaux sujets issus de l'Europe centrale. Mais il n'était pas du genre « fusillot », et s'il avait un calibre seize à la maison, c'était plutôt pour éloigner le renard qui rôdait autour du poulailler, ou les pies, toujours promptes à piller le potager. La chasse n'avait jamais été sa passion, bien que son père, surnommé Tistounet, fût en son temps un tireur réputé et reconnu, il savait que fusil et mouton n'ont jamais fait bon ménage. Les bêtes craignent le bruit et lèvent la tête pour s'élancer aussitôt n'importe où, en une précipitation désordonnée, génératrice de temps perdu, mais bien souvent de catastrophe quand cette fuite éperdue se produit dans des espaces escarpés.

De petite taille, Raymond Lacombe, à l'approche de la soixantaine, avait le dos voûté, déformé par les ans et par cette position chronique qui affecte la colonne vertébrale des bergers appuyés à longueur de journée sur leurs bâtons pour compenser les pentes. Arborant un béret noir où la sueur au fil des jours avait dessiné des auréoles blanchâtres, il avait encore l'œil vif mais délavé de celui qui a trop surveillé de troupeaux et d'estives.

À côté de lui, se tenait Picard, son chien, assis sur son arrière-train, face à la pente, les pattes de devant bien jointes, toujours attentif au troupeau et prêt à s'élancer sur injonction de son maître remettre dans le droit chemin les bêtes qui se seraient trop écartées. C'était un farou noir et jaune qui, d'un lointain croisement avec un ancêtre labrit, en avait gardé le poil long et soyeux. L'oreille courte et retroussée dégageant un pavillon rose, il scrutait l'estive en de courts mouvements de tête. Ils faisaient une bonne paire tous les deux, se comprenant d'un geste ou d'un mot, fruit des saisons passées ensemble en montagne. Ce chien, Raymond l'avait eu tout petit, l'avait nourri du bout des doigts de « pelàlho », ces restes des repas de tous les jours, et de ses trois chiens, c'était aujourd'hui le meilleur, le plus vaillant. Il avait le sens des bêtes et devinait les désirs de son maître, anticipant bien souvent la parole ou l'intonation.

La route montait en lacets étroits vers la cabane. C'était un « orri » comme on dit ici dans les Pyrénées ariégeoises. Chaque virage était une souffrance pour les conducteurs et les véhicules qui se hasardaient à l'emprunter. Ils tournaient en épingle à cheveux, rendus dangereux par les blocs de pierres effondrées des talus proches sous les pattes des moutons. De larges marques brunes, « cyniques outrages » des vaches regroupées en « baccàdo » parsemaient le sol comme des mines sur un terrain ennemi. Quelques chevaux de Mérens piétinaient le bord du chemin. Ils levaient la tête au passage du quidam, la crinière bruissante au vent d'automne, gorgés de liberté par quatre mois de séjour dans les pâturages de haute montagne.

Une 2 CV camionnette bleue déboucha soudain à droite du nouveau réémetteur de cette télé en noir et blanc qui désormais envahissait les foyers. Elle cahotait en une série de soubresauts qui secouaient son occupant comme un prunier de telle sorte que le conducteur s'accrochait au grand volant métallique comme à une bouée de sauvetage un jour de tempête.

Raymond la regarda passer avec étonnement. Il n'avait pas besoin de jumelles pour la reconnaître même de loin. C'était la voiture de Vidal, le plus riche propriétaire de la vallée, en ces temps de désertification qui rendait les montagnes exsangues. Un homme qui ne pesait pas moins de huit cents têtes, toutes de race tarasconnaise. Né pauvre, Vidal s'était expatrié au milieu des années trente au Sénégal pour cultiver la pistache comme tant d'autres ici, d'où le surnom de pistachier qu'on leur donnait communément dans le pays. Rentré avec quelques économies juste avant guerre, il s'était lancé modestement dans l'élevage des moutons, louant les terres et rachetant les bêtes au fil des départs des derniers paysans. Les années sombres avaient dû faire fructifier ses affaires car, dans l'immédiat après-guerre, sa fortune avait éclaté au grand jour. Sans preuves, d'aucuns soupçonnaient le marché noir de l'avoir copieusement enrichi. Il était un patron dur en affaires, âpre au gain, économiseur de tout, bien qu'il n'eût pas d'héritier, sauf de la sueur des autres et en particulier celle de ses commis qu'il rudoyait souvent.

Quand les bêtes étaient à l'estive, à la saison, il montait les voir une fois par semaine, en général le vendredi en début d'après-midi, après avoir fait le marché à Saint-Girons. Il portait alors à son berger un peu de ravitaillement frais, c'est-à-dire un bout de viande ou de saucisse acheté à la charcuterie rue Jules-Desbiau, quelques fruits qu'il s'était fait donner en fin de foire, un fromage qu'il avait troqué contre des légumes à un paysan moins méfiant que les autres, des patates que son jardin produisait à profusion, et surtout une de ces grandes tourtes de pain noir à la croûte scarifiée, sombre et farineuse, qu'il ne manquait pas d'acheter en passant à Seix et dont les larges tranches, coupées au Laguiole dans le crissement de l'acier, constituaient la base de l'alimentation de Raymond. Pour lui, le principe était toujours le même : il fallait que les frais de bouche du berger coûtent le moins cher possible, rentabilité oblige. Lors de son passage hebdomadaire, il buvait un petit coup de prune, regardait longuement l'état des bêtes, celles qui boitaient, en redescendait chez le vétérinaire si le besoin était urgent. Ce n'était pas fréquent, comme tous les bergers, Raymond Lacombe savait se débrouiller pour les soigner. Il avait appris sur le tas les premiers gestes d'un savoir médical simple et Vidal lui tenait quelques produits à la cabane. Quand il montait, il ne manquait pas non plus de livrer à Raymond une demi-caisse de vin rouge, reprenant les bouteilles étoilées vides, et de lui laisser quelques bûches pour nourrir la cheminée de l'orri et chasser ainsi l'humidité des nuits d'altitude.

Mais aujourd'hui, on était mercredi soir. Ce n'était ni le jour ni l'heure. Pour le coup, Raymond Lacombe se redressa en suivant du regard la camionnette dans les tournants. Il plissa ses yeux bleus, délavés par plus de quarante années de pratique pastorale, en se demandant ce qui pouvait bien lui valoir la venue insolite du patron. Encore un virage et la voiture passa derrière le Roc de Ribel, disparaissant pour ressurgir quelques minutes plus tard dans la ligne droite caillouteuse qui conduisait à la cabane de pierres bas-

12

ses, couverte de grandes lauzes, auprès de laquelle une source faisait entendre son gargouillis au milieu des touffes de fougères fraîches.

Vidal freina sec. La 2 CV piqua du nez, faisant naître un nuage de poussière dense qui l'enveloppa en un instant dans la tiédeur du soir. Picard donna de la voix face à ce trouble-fête.

– Ho, Raymond !...

À peine descendu de l'auto, Vidal héla le berger placé plus haut, dans la pente. Descends vite !

– Oh là ! Qué y a ? fit le berger.

– Descends, je te dis !... J'ai pas fait le voyage pour te saluer !

Raymond descendit doucement, avec toute la souplesse d'un pied habitué aux terrains pentus et à la traîtrise du gispet. Parvenu à la hauteur de son patron, il releva un peu le béret d'un geste familier qui se voulait à la fois salut et pause dans l'effort accompli. Il lui tendit une main calleuse et fraîche de travailleur, que l'autre serra du bout des doigts de manière fuyante. Les poignées de main franches n'étaient pas le fort de Vidal, à l'image du personnage, habile à négocier et à louvoyer, véritable requin en affaires et dont le charisme se résumait à celui du tiroir-caisse.

– Qu'est-ce qui t'emmène tantôt ? dit Raymond.

– T'as rien vu dans le coin ?

– Dans le coin ?

– Oui, des choses suspectes...

– Et qu'est-ce qu'il y a à voir ?

– Des traces ! t'en as pas vu ?

– Des traces de quoi ?

– Des traces d'ours !

– D'ours ?... Mais tu sais bien qui y'en a plus depuis longtemps !

— Ça, c'est ce qu'on veut faire croire ! Le Jeannot de Peira en a vu y'a deux jours au Fer à cheval !

— Ah bon ! Oh, il a pu confondre, il y voit plus très bien... Ça prouve pas grand-chose...

— Et les quinze moutons du troupeau de Mathieu Astre qu'on a retrouvés massacrés hier matin, au-dessus d'Artigue, au pied du Valier... ça prouve rien ?

— La vallée de Bethmale, c'est loin !

— Tu parles ! il suffit de passer le bois d'Arros et le Pas de La Core ! Tu sais combien ça court, un ours, la nuit ?

Raymond haussa les épaules, connaissant par expérience les dégâts que pouvaient faire les chiens errants, surtout quand ils avaient pris le goût du sang. Les ours ! Ils vivaient ici du temps de ces « saïbres », ces murs de pierres sèches faits de main d'homme et qui couraient dans la montagne ariégeoise telles des chenilles de pierre, quand les hommes étaient encore nombreux dans les campagnes. Ici, dans cette vallée du Salat qui se termine par le tunnel inachevé de Salau, prélude à une voie transpyrénéenne jamais terminée, via Saint-Girons, Seix et Couflens, les ours, il y avait belle lurette qu'ils avaient disparu. Ils appartenaient au XIXe siècle, et de leurs traces, il ne demeurait que des cartes postales, faisant le bonheur des rares collectionneurs en une époque où le modernisme se conjuguait de formica en plastique.

— Enfin, je t'ai amené un fusil, dit Vidal, en désignant la voiture. Il faut défendre le troupeau, tu comprends, jour et nuit ! Attends, je vais le chercher.

Quelques instants plus tard, il revint, exhumant de la 2 CV camionnette une vénérable pétoire qui eût fait la joie d'un chineur aux aguets.

— C'est un douze ! Té... même qu'il a les canons damassés ! Tiens, voilà une poignée de cartouches... C'est de la trois-grains liés ! Avec ça, tu peux pas le

14

rater à vingt mètres ! Tu sais t'en servir, au moins ?
ajouta-t-il d'un air supérieur.

Raymond soupesa l'arme. C'était un honnête Saint-
Etienne des années vingt qui fleurait bon ses quatre
kilos deux cents, pas un de ces Hammerless modernes
et allégés, un bon vieux fusil du temps passé, à chiens
extérieurs apparents, qui s'armaient d'un double
cran. Pourvu d'un canon court de soixante-cinq centimètres, norme usuelle d'un temps où le gibier était
abondant et partait de près, il convenait parfaitement
pour tirer la bécasse ou le râle des genêts. Raymond
fit habilement jouer le mécanisme basculant, arma et
désarma les chiens, autant pour tester l'arme que
pour montrer sa compétence. Pour qui Vidal le pre-
nait-il ? Ici, tous les paysans savaient se servir d'un
fusil ! Vidal l'observait avec l'œil aguerri de l'homme
habitué à commander et à faire face aux situations
d'urgence.

– À propos, bientôt tu pourras plus te plaindre de
la solitude, fit-il, le sourire sarcastique. Tu vas avoir
des voisins...

– Des voisins ?..., interrogea Raymond, haussant un
sourcil dubitatif, trop habitué qu'il était à la seule
compagnie des bêtes.

– Oui ! Tu sais, la ferme du Planol qui s'est vendue
il y a trois mois...

– Y'a longtemps que les vieux étaient morts,
observa le berger.

Vidal marqua un temps d'arrêt avant de répondre,
savourant par avance le plaisir de faire durer le suspense dans un pays où les nouvelles sont rares et se
distillent, évaluées pour leur valeur à leur pesant
d'attente, susceptibles de susciter d'interminables
commentaires.

– Ce sont des gens de la ville qui ont acheté... Pas
de Saint-Girons, bien sûr...

– Comment tu le sais ?

– C'est Jean-Louis Lestrade, l'épicier de Seix, qui me l'a dit.

– Le Planol !... Qui voudrait y venir ?

– C'est sûr qu'il faut être fada, consentit Vidal. C'est pas à toi qui habites au village que je vais dire le contraire, ajouta-t-il, moqueur.

– Des trois baraques, y en a qu'une d'habitable, fit Raymond, incrédule.

– Paraît qu'ils sont de Paris !

– Tiendront pas l'hiver...

– Ça doit être des hippies, sûrement, mais comme la propriété a quelques terres proches d'ici, faudra faire gaffe où va le troupeau... Je veux pas avoir d'ennuis avec eux. Mais c'est pas parce qu'ils ont acheté un bout de terre que le pays leur appartient !

Raymond opina. Il en avait pour la soirée à ressasser la nouvelle, à la retourner dans tous les sens avant de se faire une conduite pour affronter leur rencontre. La journée avait été riche : des ours, des voisins... Une telle avalanche d'événements était rare dans ces espaces rythmés par le simple tintement des cloches des troupeaux.

– Bon, je te laisse... Tu n'as besoin de rien ? De toute façon, je remonterai vendredi, comme d'habitude... Allez, adissiats !

Vidal le laissa planté sur son flanc de montagne, à deux pas de son logis pour l'été, cette cabane à un kilomètre et demi de la frontière espagnole à vol d'oiseau, sur le chemin du port d'Aula que les passeurs empruntaient pendant la guerre. Raymond restait intrigué par ce passage éclair du patron. Fallait-il qu'il en ait des craintes pour faire le voyage et lui monter un fusil ! Il ne lui avait du reste pas parlé de lui, mais seulement du troupeau qui avait plus de valeur à ses yeux que la vie de son berger. Mais Raymond, habitué par trente années d'estives, ne s'offusquait pas de ce comportement féodal. Le « mèstre » a toujours raison, disaient les anciens. Il avait appris l'obéissance des humbles dans le devoir accompli au quotidien et dans le labeur dont l'expérience marque l'âme. Son monde à lui était ailleurs, au-delà de ces rapports dominant-dominé, et s'il avait choisi cette vie-là, c'était en pleine connaissance de cause, pour se libérer du poids de l'Histoire et des événements.

Il regarda la 2 CV s'éloigner dans un nuage de poussière arraché au chemin de terre, comme elle était venue, cahotante sur les pierres usées et lisses qui menaient à cet orri effacé de la mémoire des hommes de maintenant. Le fusil à la main, la poche de la veste de velours gonflée d'une poignée de chevrotine, il rentra dans la cabane pour suspendre l'arme à un clou derrière la porte où elle retrouva sa place naturelle des temps d'inquiétude.

Raymond accrocha son béret à côté. Sur la toile cirée à fleurs de la modeste pièce qui servait de logis, quelques miettes de la tourte tranchée à midi faisait les délices des fourmis. Un verre traînait par habitude, le fond tacheté de l'empreinte du rouge que Vidal lui montait chaque semaine. Un ruban de glu anti-mouches pendait au plafond, oscillant au fil des sautes du vent d'automne qui rentrait par la porte entrouverte. Une pierre creuse servait d'évier, alimenté par l'eau de la source captée par un tuyau de zinc qui gargouillait. Sur le rebord de la pierre, creusée dans la masse du granit, un bol ébréché, une assiette et un couvert, fourchette, cuillère, témoignaient de l'alternance des repas et des vaisselles des jours ordinaires. Au plafond, la lampe tempête au verre tacheté de chiures de mouches se balançait dans le courant d'air. Une odeur de fumée froide, mélangée au lait caillé, parfumait l'air, ajoutant une note tenace à ce décor auquel Raymond ne prêtait plus attention.

Il n'y avait pas d'horloge pour ponctuer le temps et rythmer les heures qui s'écoulent. La traite suffisait à marquer les journées dans le bêlement des mères qui appellent les petits à téter. Ainsi, l'immuable prenait la dimension de l'histoire éternelle sans se poser la question de sa nécessaire existence.

Raymond sortit sur le pas de la porte. Il jeta un ordre à Picard, du geste de la main, vers le troupeau qui s'étalait en une nappe blanchâtre et floconneuse sur les pentes de l'estive, en contrebas de la cabane. Sa géométrie évoluait au fil des minutes selon la divagation des bêtes et leur appétit qui les guidait de touffe en touffe dans la saveur des herbes qu'elles y trouvaient. Il savait que les mères feraient d'elles-mêmes rentrer les agneaux, nés au printemps, juste avant la montée dans les jasses, dans ces parcs où une pierre de sel ronde, trouée en son milieu pour être plus aisément suspendue, satisfaisait la gourmandise des langues charnues qui appréciaient cette gâterie après s'être enivrées d'herbe tendre au gré des pentes proches. Picard partit, suivi des autres chiens, poussant le troupeau vers l'enclos. Le parc était primitif, mais de belle taille, clôturé irrégulièrement de barres de bois grossièrement alignées en un triple rang que l'on rapetassait sommairement chaque année. Raymond savait que, bientôt, il n'aurait plus qu'à fermer la « cleyde » et que tout son petit monde serait regroupé pour la nuit sous la protection attentive des chiens.

Au loin, une « baccade » s'étirait dans le tintement des lourdes cloches suspendues aux colliers multicolores gravés de fleurs ou sculptés au couteau de la marque du propriétaire. Les vaches restaient dehors, points blancs et gris qui jalonnaient **la déclivité du Pic**

18

de Fonta, juste à la hauteur de la Serre de Durban. Elles offraient l'image du pastoralisme traditionnel des Pyrénées, celui que l'on vend aux touristes en cartes postales et qui obéit au rythme immuable de la transhumance. Raymond aimait ce temps-là, ces soirs, ces étés à la montagne, dans le silence et la fraîcheur qui tombe au milieu des sonnailles. La solitude ne lui pesait pas. Elle faisait partie du décor, du bonheur de l'existence. Elle n'était pas contrainte mais privilège.

Maintenant le soleil déclinait par-dessus le cap de Bouirex. Il devait inonder la vallée voisine du Biros pendant quelques minutes encore avant de la plonger progressivement dans l'ombre et la nuit. Les mères bêlaient dans le frissonnement du vent du soir descendant des crêtes. Raymond s'assit sur la grande pierre plate qui, à droite de la porte de l'orri, servait de banc. Ici, on semblait loin de tout... Pourtant, le hameau de Raufaste n'était qu'à quelques kilomètres, à peine. Le lieu-dit était un bout du monde, l'ultime étape d'un peuplement montagnard permanent. À ses côtés, le village de Bonnac, un peu plus bas dans la vallée, faisait figure de capitale avec ses quatre-vingts habitants déclarés, bien que l'hiver, ils fussent moins nombreux au fil des départs vers la maison de retraite. Sur sa grosse trentaine de maisons, groupées autour de la petite église, la plupart étaient désormais inhabitées durant la mauvaise saison.

En attendant l'heure du repas, frugal par habitude, Raymond contemplait à satiété l'alignement des crêtes, le décor de ses étés depuis vingt ans. Il ne se lassait pas de remonter chaque année, perpétuant une tradition que le modernisme poussait à oublier. Combien d'estives, aujourd'hui rendues aux ronces, étaient ainsi définitivement abandonnées. Il en suivait la progression de saison en saison, avec la raréfaction des bergers et la diminution des troupeaux. Les usines à viande en avaient eu raison et il s'interrogeait parfois sur ce qui le poussait, à presque soixante ans, à continuer de monter à l'alpage, de mai à octobre, errant de soulane en ombrée, selon la fraîcheur de l'herbe, synonyme du bien-être du troupeau.

Il promena un regard circulaire : autour de lui, la montagne prenait les couleurs bleutées de la nuit proche en une gamme de tons qui s'assombrissaient de minute en minute. Elle dessinait un large cirque à ses pieds. Dans ce bassin hérissé de pics acérés naissaient les neuf sources du Salat, la principale artère hydrographique du Saint-Gironnais, comme l'annonçaient les guides touristiques vantant les mérites de la petite station thermale d'Aulus-les-Bains. L'air devenait plus frais maintenant. Les brebis achevaient de rentrer, dans le tintement cristallin des sonnailles des mères, pressées comme toujours de franchir la porte du corral en une cohue laineuse, poussée par les chiens qui jappaient.

Encore une quinzaine de jours, pensa Raymond, et il redescendrait vers la vallée, vers la civilisation des hommes qui contrastait avec le singulier isolement qui était le sien depuis le printemps. Mais cette perspective ne l'enchantait pas spécialement car elle signifiait pour lui l'hiver proche et la mauvaise saison. Bien sûr, il remonterait l'année suivante si le Bon Dieu lui donnait encore des jambes et un peu de temps. Mais il savait qu'à son âge, les étés passés à l'estive lui seraient désormais comptés. Il ne voulait pas y penser, ayant à l'esprit, comme beaucoup dans la vallée, le souvenir du vieux Joseph, celui-là même qui lui avait appris le métier et qui n'avait pas supporté de vivre sans pouvoir repartir chaque mois de mai, lorsque les propriétaires, prétextant son âge, n'avaient plus voulu lui confier de troupeau. Le Joseph s'en était allé un bon matin, s'appuyant sur sa canne pour soulager ses rhumatismes, en direction de la cabane de L'Artigue, pour se jeter dans la cascade, de plus de soixante-dix mètres de haut. On avait retrouvé son corps disloqué, plusieurs jours après, pauvre pantin désarticulé dans le gour bouillonnant qui s'étalait au-dessous de la chute. Il avait franchi la porte du temps.

Les chiens attendaient à la porte de l'enclos, empêchant les bêtes de ressortir. Raymond descendit fermer la « cleyde », pensif. Les ours ? Il n'y croyait pas trop ! Vidal avait dû se laisser monter le bourrichon par les maquignons en blouse noire à la foire de Saint-Girons. « Quelque chien errant, peut-être... »

La nuit était presque tombée, maintenant, et il fallait un pied expérimenté pour ne pas s'étaler sur le sentier pentu aux pierres usées par le cheminement des bêtes qui couraient du corral à l'orri. Rentré à la cabane, il alluma la lampe tempête, régla la longueur de la mèche pour obtenir une flamme claire et éviter ainsi de noircir le verre déjà opaque. Puis, dans un coin du placard poussiéreux, il alla décrocher le « cambajou », le jambon de montagne, séché dans l'âtre pendant les mois d'hiver, et qui pendait, enveloppé d'un linge douteux. Le « cambajou » composait l'ordinaire de bien des repas du soir dans le silence de la montagne endormie. Parfois, Raymond l'accompagnait de quelques « tailhous », ces grosses pommes de terre, souvent des bintjes, qu'il faisait cuire à l'eau après les avoir pelées, pour les transformer en une purée grossière en quelques coups de fourchette. Le jambon, creusé comme une mandoline par la découpe des tranches prélevées jour après jour, avait la croûte jaune et rance. On voyait que la saison touchait à sa fin, le Laguiole commençait à talonner l'os. Cette année, le « cambajou » que Vidal lui avait fourni avait un goût prononcé et une âcreté de suie, trace indubitable d'un séjour trop prolongé dans la cheminée. En plus, il était trop salé et une pellicule blanchâtre transpirait à chaque coupe, mais Raymond ne s'en souciait guère. Il avalait simplement un verre de vin de plus pour éteindre l'incendie qui ravageait sa bouche. Il tailla une tranche de la tourte dans le crissement de la lame et commença de dîner. Il mastiquait lentement avec les quelques dents qui lui restaient car il n'avait jamais beaucoup fréquenté les cabinets de dentistes.

Ce soir, Raymond n'avait pas trop faim. Depuis longtemps, il avait pris l'habitude de dîner légèrement pour mieux dormir la nuit. En hiver, chez lui, il se contentait même d'un simple café au lait. D'un geste machinal, il essuya la lame de son Laguiole sur la jambe du pantalon et le referma d'un claquement sec. Puis, d'un revers de main, il balaya les miettes que la croûte de la tourte avait laissé échapper. Ainsi, il n'avait pas de vaisselle à faire... ce qui arrangeait bien le vieux célibataire qu'il était, habitué à un certain laisser-aller.

Raymond se coucha, pensif, sous l'édredon de plumes, entre les draps de fil qu'il avait montés au printemps et qu'il redescendrait à l'automne, pour les laver, quand il reviendrait dans la vallée avec le troupeau. Cela ne l'empêchait pas de dormir, tranquille, dans le silence de la montagne.

Brusquement, au milieu de la nuit, les aboiements nerveux des chiens le tirèrent de son profond sommeil. Raymond ouvrit un œil, se redressa sur son lit. À tâtons, il chercha son briquet, l'alluma, et la mèche, dans le grésillement de l'essence enflammée, émit un panache de fumée grasse. Il put alors distinguer les aiguilles de sa montre-gousset qui pendait au dossier de la chaise sans âge servant de table de nuit. Quatre heures et demie du matin ! Il ne ferait jour que dans deux heures... Les chiens hurlaient furieusement dans le bêlement affolé des mères. Assis sur son lit, Raymond écouta. « D'habitude, elles sont calmes à cette heure-là... Pourquoi une telle agitation ? Pourquoi un tel remue-ménage ? » Soudain Raymond sentit une sueur froide lui couler dans le dos... « Et si Vidal avait raison ? Si c'étaient des ours ?... » Il essaya de se raisonner en se disant qu'on n'en avait pas vu depuis plus de quinze ans mais l'angoisse le gagnait... Il ne pouvait pas laisser le troupeau comme ça ! Fallait y aller !

Il se leva d'un bond, enfila son pantalon retenu par de larges bretelles par-dessus son caleçon, chaussa sa vieille paire de brodequins, rafla sur la cheminée la pile Wonder dont la publicité disait à juste titre qu'elle ne s'use que si l'on s'en sert, décrocha le fusil que Vidal lui avait amené, en fit basculer les canons pour introduire deux cartouches de chevrotine et sortit devant la porte, l'arme à la saignée du bras. La lampe électrique à la main, il scruta le parc tandis que les aboiements des chiens redoublaient. Il ne distinguait pas grand-chose à cette distance et le faisceau de lumière se perdait dans les profondeurs de la nuit. Les bêtes s'agitaient en tous sens dans le plus grand désordre. Il fallait descendre vers le corral, emprunter le sentier qui menait au parc, et cette perspective ne l'enchantait guère. Il n'avait pas peur mais dans la nuit, tout prenait une autre dimension. Il appela les chiens pour les faire taire :

– Picard... Tango... Bambou... Caio té !

Pas à pas, précautionneusement, il descendit les pierres glissantes, le regard attentif, cherchant en vain à percer la noirceur des ténèbres. « Si seulement il y avait un peu de lune ou si le ciel ne s'était pas voilé en début de nuit ! », pesta-t-il. Il s'était suffisamment rapproché pour voir le haut de l'enclos. La cleyde était toujours fermée mais les brebis se jetaient en tous sens pour en sortir, comme pour échapper à un danger invisible. Il entendait clairement la voix de Picard et de Tango, à gauche, mais Bambou, un bâtard de labrit des Pyrénées, tout frisé, n'aboyait plus. Raymond était de plus en plus inquiet. Brusquement, juste au-dessous de lui, une barre de bois céda, puis une deuxième et, dans une mêlée furieuse, le troupeau tout entier s'engagea dans la brèche.

– Macarel ! s'écria-t-il.

Ce n'était pas la première fois que le parc, raccommodé de bric et de broc au fil des saisons passées à l'estive, avouait ainsi la faiblesse de sa clôture, mais, de nuit, l'éparpillement des mille six cent quatre-vingt-trois têtes était pour Raymond Lacombe et dans son langage, un « vrai emmerdement. »

– Barrà lé ! Barrà lé ! hurla-t-il dans la nuit noire à l'intention des chiens pour les inciter à contourner les bêtes afin de leur fermer le passage.

Lui-même se porta vivement au-devant du flot pour stopper les brebis apeurées, manquant de s'étaler de tout son long sur des cailloux traîtreusement dissimulés dans la pénombre. Dans cette descente où le faisceau de la lampe cahotait, soudain, à trente mètres de lui, il crut distinguer une silhouette sombre. Il stoppa net son élan, le souffle court. Raymond sentit son sang se glacer et une méchante sueur froide lui baigna le dos.

– Putain ! laissa-t-il échapper, pétrifié. Un ours ! Bordel ! Un ours !...

Il chercha à accrocher de sa lampe la masse immense mais elle avait disparu dans les profondeurs de la nuit. C'est alors qu'il se rappela le fusil à la saignée de son bras. Il le serra si fortement pour se rassurer que ses phalanges en blanchirent, prêt qu'il était à faire face à toute attaque inopinée, se tournant de droite et de gauche. Son cœur battait à cent à l'heure dans les aboiements rageurs des chiens qui claquaient dans l'obscurité. Il avança prudemment, l'arme brandie d'une main, comme on monte à l'assaut d'un ennemi invisible, l'œil aux aguets. Les moutons s'enfuyaient toujours par la brèche du parc en une cohue bêlante et désordonnée. Il crut un instant distinguer à nouveau ce qu'il prit pour un ours s'enfuyant à quatre pattes d'une démarche rapide, faussement lourde. Il pointa le fusil en direction de l'ombre, releva les canons pour ajuster la visée au-dessus du troupeau et appuya sur la détente fermement. Un coup de feu déchira l'air tiède de la nuit. L'écho lancinant se répercuta de crête en crête dans la montagne, jusque là où l'herbe ne pousse plus, aux frontières de l'univers minéral. Un instant, surpris, les chiens cessèrent d'aboyer, avant de reprendre de plus belle leur mélopée sonore.

Le coup de fusil apaisa quelque peu la tension nerveuse de Raymond et les flots d'adrénaline qui le submergeaient. Il reprit sa respiration, déglutit péniblement avant d'inspirer une grande goulée d'air pur pour tenter de retrouver son calme. À grands coups de gueule, les chiens avaient réussi à éviter la fuite éperdue de la majorité des brebis et les obligeaient maintenant à rentrer dans l'enclos par là même où elles s'étaient échappées. Au milieu des bêtes, Raymond faisait le bilan. Il avait eu chaud ! Il lui faudrait réparer la clôture le jour levé. La lampe jetait une lumière jaunâtre sur la forêt des têtes bêlantes. Il descendit vers le fond du parc, inspectant sommairement l'état du corral. Soudain, il s'immobilisa, figé d'horreur, pour laisser échapper un sonore :

– Putain, merde ! C'est pas vrai ! C'est pas vrai !

Il était là, anéanti, les bras ballants, contemplant impuissant le spectacle qui s'offrait à ses yeux. À quelques pas de lui, éparpillés sur quelques mètres carrés, s'étalaient les corps désarticulés de plusieurs brebis. Atrocement mutilés par la griffe sauvage du plantigrade, membres arrachés, éventrés, éviscérés même, ils gisaient dans l'odeur fade du sang et du suint mêlés. Déjà, la terre ocre buvait leur fluide vital. Le fauve avait frappé à grands coups de pattes, à l'aveuglette, dans la masse frémissante du troupeau surpris en pleine nuit par le prédateur meurtrier. Partout, ce n'était que râles. Une bête, en apparence moins touchée que les autres, leva faiblement la tête pour lancer un bêlement déchirant. Raymond alla vers elle. En un coup d'œil, il comprit qu'elle était foutue et qu'elle allait crever comme les autres. Son ventre, déchiré d'une profonde balafre, laissait deviner au ras de la toison la masse des intestins frémissants.

Raymond marchait à grandes enjambées, marmonnant des mots incompréhensibles. Sept moutons massacrés en quelques instants ! Et il n'avait rien pu faire pour l'éviter ! Il avait fait feu mais n'était même pas sûr que ce ne soit pas sur une ombre. Une larme coula sur son visage creusé de rides, tanné par le vent et le soleil. Recru de peine, de rage, de désespoir, une sourde colère, mêlée de peurs millénaires ressurgies en un instant, le submergea comme une vague.

– C'est pas possible, putain ! laissa-t-il tomber. À quinze jours de redescendre !

Il se sentait accablé soudain par un destin qui le dépassait. Dans moins de deux heures, il ferait jour, il lui fallait monter la garde avec les chiens pour éviter que l'ours ne revienne ! Mais avant, il avait un sale travail à accomplir. Les cris des bêtes blessées ne devaient pas constituer une incitation pour le fauve. « Faut les finir », pensa-t-il tristement. Il serra fort son Laguiole au fond de sa poche. Son bon vieux couteau l'avait accompagné partout au quotidien depuis quinze ans. Le manche, de corne blonde, riveté et orné d'une mitre de cuivre jaune, était tout usé. La lame avait presque perdu le tiers de sa largeur à force d'être aiguisée journellement à la pierre de Saurat, les meilleures du pays pour donner du tranchant aux outils. Une larme coula de ses yeux délavés, glissa par les rides jusqu'à la commissure de ses lèvres. Non... il ne pouvait pas les achever avec ce couteau qui lui servait tous les jours à manger... Il fallait remonter en chercher un autre... C'était une question de dignité !

Il jeta, dans le halo diffus de la lampe électrique, un bref coup d'œil aux chiens. Picard s'était assis sur son arrière-train, au milieu du passage que les brebis avaient forcé. Il interdisait toute nouvelle fuite du bétail. Plus haut, Tango patrouillait le long de la clôture, trottinant lestement entre les cailloux polis par le cheminement des bêtes. Seul Bambou n'avait pas réapparu. Raymond remonta à la cabane d'un pas vif. La détresse et l'émotion avaient fait place à une froide détermination. Il retrouvait le goût de l'action, celui qu'il avait manifesté dans sa jeunesse, en ces années vingt où les « flonflons » d'accordéons emplissaient alors les guinguettes du bord de Marne, faisant rêver les ouvriers parisiens, le temps d'un dimanche, à des lendemains qui chantent.

« Cet ours, il va revenir... » Il en était sûr ! Il avait pris le goût du sang ! Il lui fallait faire quelque chose et ce n'était pas avec le fusil de Vidal qu'il pouvait raisonnablement défendre le troupeau. À quoi bon tirer des chevrotines dans la nuit sur des ombres ? Ça lui tournait dans la tête comme une douleur lancinante. Avec ce fauve, pas question de rester à l'estive un jour de plus ! Sa décision était prise... Il lui fallait redescendre le troupeau le plus vite possible, avant un nouveau massacre. De toute façon, on était déjà presque à la mi-octobre et, dans deux semaines, il aurait pris le chemin de la vallée. Bien sûr, il mesurait par avance toutes les difficultés d'un retour anticipé... Déplacer le troupeau nécessitait chiens et hommes. Mille six cents bêtes en mouvement, ça ne s'improvise pas ! Et puis, bien sûr, les propriétaires allaient râler, objecter que les étables n'étaient pas prêtes, que ça ferait quinze jours de fourrage en plus, que c'était pas lui qui le payait, le foin, qu'il était déjà plus cher que l'an passé, que son contrat d'estive prévoyait une descente quinze jours plus tard, qu'on lui retiendrait sur son salaire... Il savait par avance que celui qui allait gueuler le plus, c'était Vidal, toujours près de ses sous. Un vrai rapace en affaires, celui-là ! Mais si la nuit prochaine y'avait vingt bêtes de moins, étripées par la griffe du fauve... qu'est-ce qu'ils diraient, alors ? Il fallait les prévenir...

Parvenu à l'orri, il ouvrit le tiroir du buffet et avisa un couteau de saigneur de cochon, à lame courte, qui traînait là depuis des années sans que personne pût en justifier l'usage précis et l'utilité. Il en vérifia l'affûtage en faisant courir son doigt sur le fil avant de redescendre accomplir sa triste besogne. Raymond aimait trop ses bêtes pour les laisser crever ainsi. Déjà, la nuit s'éclaircissait, laissant poindre les prémices de l'aube par-dessus les crêtes du Tuc de la Coume, trois vallées plus loin. En le sentant approcher, les chiens donnèrent de la voix, autant pour manifester leur existence que pour s'affirmer face au bêlement des brebis encore sous le choc de l'agression.

Le sale boulot effectué, les mains encore poisseuses de sang frais, c'est en promenant sa lampe sur le lieu du massacre, qu'au bord de la clôture, dans un coin sombre, il découvrit le corps de Bambou, le chien qui lui manquait. Le labrit des Pyrénées avait dû bien se battre contre la bête comme en témoignait la touffe de poils sombres et rêches qu'il avait encore dans la gueule, mais le fauve n'avait pas fait dans le détail : un coup de patte l'avait débarrassé de cet importun qu'il avait projeté, tel un vulgaire fétu de paille, sur la clôture, où il s'était écrasé, les reins brisés. Bambou n'avait pas souffert. Il lui passa la main sur sa tête frisée. Raymond était atterré : perdre sept brebis, c'était une vraie tuile... Mais perdre un chien, bien dressé et aguerri, c'était pire ! Plus question de rester à l'estive, c'était décidé définitivement... Les propriétaires ne pourraient pas aller contre !

Dans les premières lueurs de l'aube, il rafistola la clôture comme il put, sommairement. Il ne fallait pas traîner. Il devait descendre à la pointe du jour pour remonter le plus vite possible. Les premières maisons de Raufaste n'étaient qu'à deux heures de marche à peine. Là, il savait pouvoir trouver Joseph Bonzom. Cet ancien adjudant-chef des goums marocains, revenu au pays dix ans auparavant dans les wagons de la décolonisation, s'était fait installer le téléphone l'année dernière, sur l'insistance de ses enfants, partis comme tant d'autres travailler à Toulouse dans les usines de Sud Aviation qui débordaient largement de Montaudran et de l'aventure de Latécoère. Ils habitaient la cité Empalot, étouffant au quotidien dans leur trois-pièces-cuisine, vue sur la cour, sermonnés par une concierge portugaise fraîchement arrivée et qui se prenait déjà pour quelqu'un d'important. Comme leurs liens familiaux demeuraient intacts, ils commençaient à prendre l'habitude de venir chaque dimanche, histoire de passer le week-end et surtout de se ravitailler en légumes dans le potager du grand-père. Joseph Bonzom, fort de son téléphone, était ainsi « le poste le plus avancé » de la vallée comme il le disait lui-même en référence à son passé militaire. Raymond savait aussi qu'il avait une voiture, une 4 L jaune canari, qui lui servait à descendre à Saint-Girons une fois par semaine. Il pourrait donc donner l'alerte, prévenir les autres... D'ailleurs, il ne rechignait jamais à donner la main, à aider tous ceux qui en avaient besoin. Solidarité de camarade oblige. Raymond enfila prestement un gros chandail marron, rafla sa veste de drap bleu, délavée par le soleil et la pluie, coiffa son béret noir décoloré par la sueur, et tira la porte de la cabane. Après avoir donné un tour dans la serrure, il cacha par habitude la grosse clé oxydée derrière la pierre d'angle qui depuis des générations pivotait pour offrir la noirceur d'une cachette discrète.

À grandes enjambées, il se lança sur le chemin poudreux de cet été trop sec alors que l'aube rosissait déjà les pentes de la silhouette massive des pics tout proches.

Raymond marchait si vite qu'il ne mit qu'une heure et demie pour atteindre le hameau. Joseph Bonzom était en train de prendre son petit déjeuner sous la jolie tonnelle couverte de vigne vierge qu'il s'était aménagée, embellissant la maison de ses parents où il s'était retiré. Là, devant une table faite d'une grande lauze, il était assis sur une chaise de bistrot ripolinée en rouge et blanc. Il savourait son café au lait sous le dernier soleil d'un été généreux qui colorait déjà de pourpre les hêtres environnants. Veuf précoce, après avoir trimbalé sa haute silhouette sur tous les TOE où

la France l'avait expédié, il goûtait enfin une
bien méritée. À soixante-deux ans, Joseph Bonzoni
avait gardé de l'armée la mode des cheveux ras, ce
qui le faisait remarquer en ces années où le chevelu
devenait la règle. Il entretenait une excellente forme
physique par vingt minutes de décrassage matinal
quotidien, quel que soit le temps, et pouvait encore
prendre au bras de fer plus d'un jeune du coin, per-
formance qui l'amusait **lorsqu**'il descendait à Saint-
Girons, à l'occasion des fêtes.

— Joseph ! Joseph ! Tu es là ?

— Et où veux-tu que je sois ! Tu me vois bien, non ?
Ho, Raymond, qu'est-ce que tu fais là ?

— Oh ! macarel, fit Raymond tout essoufflé.
L'ours... L'ours !

— Quel ours ?

— L'ours, putain ! Il m'a attaqué...

— Toi ?

— Oui... enfin... les bêtes. Il a massacré sept brebis
et j'ai perdu un chien, le Bambou. Tu sais, le labrit...

— Merde ! C'est Vidal qui va gueuler, c'est sûr !

— Ça, je m'en fous, c'est pas lui qui l'a eu à vingt
mètres ! Même que j'ai tiré un coup de fusil...

— Et tu l'as pas eu ?

Raymond haussa les épaules. Joseph ne pouvait pas
comprendre. Il ajouta simplement :

— Tu sais, dans le noir... Enfin, je reste pas une nuit
de plus là-haut... Je redescends le troupeau cet après-
midi. Ton téléphone marche ?

— Évidemment, les PTT sont pas en grève.

— Tu peux prévenir tout le monde ? Écoute, je serai
au carrefour du Fer à cheval vers les trois heures. Dis-
leur qu'ils se remuent et qu'ils montent les chiens
parce qu'après, on aurait du mal à canaliser les bêtes.
Et puis, faudra que chacun récupère les siennes. Bon,

allez !... Adissiats ! Je remonte avant qu'il m'en croque d'autres... Je compte sur toi, Joseph !

– T'en fais pas, je fais la commission. Sois tranquille, allez adiou... Et fais attention à toi, ajouta-t-il en le voyant repartir à grandes enjambées sans même avoir pris le temps de boire un coup ou de se reposer un peu.

Le soleil parvenait juste à son zénith quand Raymond arriva en vue de la cabane. Les chiens aboyèrent au milieu des bêlements des brebis qui commençaient à avoir faim. Il leur jeta un bref coup d'œil et pensa : « Pas grave, elles mangeront en route... » Il n'avait pas de temps à perdre. Il dépassa le corral et monta jusqu'à l'orri. Une fine sueur perlait à son front, là où le liséré de basane du béret noir faisait contact avec la peau. Il ouvrit la porte, se versa une grande rasade de vin qu'il avala d'un trait, histoire de se « désoiffer » de cette course folle. Le liquide lui colora presque instantanément les joues et les oreilles en une poussée de chaleur brutale, accentuée par l'effort physique qu'il venait d'accomplir. Un peu de fatigue l'accabla soudain. Il mesurait qu'il avait passé l'âge de ce genre d'exploit, que la montagne appartenait aux plus jeunes, et sentit brusquement le poids des ans sur ses épaules. Mais il n'avait pas le temps de se lamenter sur son sort. Le troupeau n'attendait pas...

Il prépara rapidement un casse-croûte de pain et de jambon coupé en tranches épaisses, en « tarnas », dans le langage du pays, qu'il enfouit dans une vieille musette de toile kaki, y ajouta une gourde de l'armée américaine remplie d'eau de la source, ramassa le fusil et les cartouches et ferma la porte de la cabane. Le reste de ses affaires, il viendrait les chercher plus

32

tard. Peut-être Vidal ou Dumont le monteraient-ils d'un coup de voiture... La sécurité des bêtes passait avant tout. L'instant d'après, il ouvrit le corral, rameutant ses deux chiens à grands coups de gueule et lança la masse cotonneuse des brebis sur le chemin qui menait à la vallée.

Dans le bêlement des mères appelant leurs agneaux, la cohorte, devenue cohue, s'ébranla en une masse mouvante. Il ouvrait la marche, sa grande canne ferrée terminée par un crochet, balancée en avant au rythme de ses pas. Derrière, Tango et Picard se chargeaient de faire avancer les plus lents et de pousser les jeunes qui s'attardaient à manger avec gourmandise l'herbe tendre du regain qui poussait sur le bas-côté. Il jeta un coup d'œil par-dessus son épaule vers les estives abandonnées : « Putain d'ours !... »

2

Les estives abandonnées

La masse laineuse des bêtes qui dévalaient le chemin faisait jaillir une nuée de poussière ocre et colorante, d'autant plus fine que le déficit hydrique estival atteignait son maximum en ce mois d'octobre. En cette saison, la lumière des après-midi devenait diaphane et irréelle, à l'approche des frimas que novembre ne manquerait pas d'apporter avec les premières neiges qui, dès les vacances de Toussaint, engourdiraient l'alpage d'une torpeur hivernale.

De temps à autre, Raymond, furtivement, se retournait pour contrôler la descente de la marée animale au détour d'un lacet du chemin. En quittant l'estive et son regain tendre, les murs de pierres sèches devenaient plus nombreux et d'une géométrie plus complexe, témoin d'une empreinte plus profonde des hommes de jadis qui avaient façonné le paysage selon les besoins de leur société agreste. Parfois, les bêtes, dans leur hâtive et furibonde descente, ravinaient le sol, et sous leurs sabots des blocs chutaient en une cascade pierreuse qui jonchait le chemin et sur laquelle venait trébucher le reste du troupeau.

Il approchait maintenant du carrefour du Fer à cheval. Au détour du chemin, il aperçut au loin la 2 CV bleue de Vidal. Deux autres voitures montaient, cahotantes, sur la route pour la rejoindre. Il reconnut celles de Fouroux et de Caujolle, également propriétaires d'une partie du troupeau. Il pressentit que l'explication risquait d'être homérique.

Les uns et les autres se retrouvèrent au bout de la longue ligne droite, là où le bitume dispute le sol aux cailloux usés, dans un de ces arrêts face à face, faits de sueur et de respiration profonde, d'attentes contenues et méditées.

– T'arrives ! fit Vidal, en guise d'introduction.

– Ben tu vois..., laissa tomber Raymond en s'épongeant le front avec un mouchoir à carreaux douteux.

– Pourquoi t'es descendu ?

– L'ours !

– Ouais, ça je sais... Mais y'avait pas de péril...

– On voit bien que c'est pas tes bêtes qui ont trinqué, fit Caujolle.

– Oh, toi, t'es quand même pas à sept moutons près...

– Moi je suis pas comme toi, Vidal, sept bêtes c'est pour moi une perte sèche. J'ai pas ton troupeau...

– Et toi, fit Vidal en se retournant vers Raymond, t'avais le fusil, merde !

– Il allait revenir... toutes les nuits peut-être !

– On te paye pour surveiller, non !

Raymond se redressa d'un coup sous la remarque cinglante de Vidal. Les muscles de son visage se durcirent à devenir aussi noueux que sa canne ferrée.

– C'est justement pour ça, laissa-t-il tomber en plongeant ses yeux au fond de ceux de Vidal. J'ai un contrat. Je le respecte, moi ! Les bêtes passent avant tout.

– T'es un « cal dé vaire »... Tu te rends pas compte toi, quinze jours d'estive en moins, ce que ça coûte.

On voit bien que c'est pas toi qui nourris les bêtes, fit-il, mauvais.

— Les miennes sont dedans...

— Oh, pour si peu, attends, une gazaille, tout juste... Laisse-moi rigoler ! Rendez-vous demain chez Pousse, mais ne compte pas toucher ta paye complète ! Pas vrai, les autres ? fit-il en se retournant vers les deux propriétaires.

— M'en fouti... J'ai fait mon métier et si t'es pas content tu pourras toujours essayer un autre berger la saison prochaine, si t'en trouves un, laissa tomber Raymond, froissé.

Vidal grommela une parole incompréhensible en mi-français, mi-patois, laissant circonspects les autres, avant de tourner rageusement les talons. L'attitude de Raymond ne le surprenait pas : il savait qu'en l'été 1944, au cours des mouvements troubles qui avaient accompagné la Libération, le berger avait refusé de faire passer Mathieu Pujol en Espagne parce qu'il était coupable de collaboration, malgré l'offre de plus de cent mille francs. Il est vrai que le Pujol en question, en tant que sous-chef de la milice, s'était passablement mouillé, au point d'être infréquentable et haï par bon nombre de gens du pays. C'était pourtant un gars d'ici, le beau-frère de Roger Delmas, homme d'influence dans les cercles du pouvoir local. Mais il avait trop de sang sur les mains pour être sauvé par ceux qui avaient encore un peu d'honneur.

Raymond regarda Vidal s'éloigner, l'air buté, sous l'œil attentif des autres propriétaires qui n'osaient trop protester, connaissant ses qualités et son sérieux. Il repoussa alors son béret en arrière pour découvrir un front ourlé de sueur.

— Bon, on va pas rester là à prendre racine ! Il faut redescendre tout ça avant la nuit..., fit Fouroux en passant la main dans ses cheveux de plus en plus clairsemés, qui annonçaient, en son début de quarantaine, une calvitie précoce.

— T'en fais pas, Raymond, ajouta Caujolle. Tu le connais, le Vidal ! Sûr que ça va nous coûter un peu de « pasture » mais je préfère ça que de perdre vingt ou trente bêtes. À tout prendre, c'est plus sûr... Moi, j'aurais fait pareil.

— On va les partager en bas, au Prat communal, dit Fouroux.

— Ouais, comme d'habitude. Mais moi, il faudra que j'attende ma femme. Elle montera avec les chiens quand elle aura fini la traite.

— Seule ? demanda Raymond.

— Non. Les voisins, ceux de la maison à volets bleus, ils lui donneront bien un coup de main. Ce sont des Toulousains mais ils aiment bien rendre service.

— Hé ! à la retraite, c'est sûr qu'ils ont le temps !

— Oh ! tous ne le feraient pas... et même des gars du pays ! Je pourrais t'en citer plus d'un... Té ! demande toujours à Vidal de te donner un coup de main s'il y a pas intérêt.

Un sourire amusé anima les lèvres de Raymond. Personne dans la vallée n'était dupe de la solidarité que Vidal pouvait témoigner. Sa réputation était bien établie, et même les maquignons, vêtus de leur éternelle blouse noire, disaient en fin de foire pis que pendre de lui pour peu qu'on les questionne à l'ombre d'un ballon de rouge au coin du zinc.

Raymond rajusta son béret. Il sortit à nouveau de sa poche le mouchoir à carreaux tout chiffonné pour se moucher de manière sonore avant de lancer aux deux autres, le nez encore tout rouge :

— Allez, maintenant, faut y aller.

Ils reprirent le chemin de la vallée au pas lent des brebis qui grignotaient parfois quelques brins d'herbe du regain sur le bas-côté quand les chiens leur en laissaient le temps. Fouroux et Caujolle suivaient dans leurs voitures respectives, ajoutant un peu de poussière à celle que le troupeau déplaçait, en fermant la marche.

Il n'était pas loin de cinq heures et demie quand ils parvinrent enfin à ce « Prat communal » où l'éclatement du troupeau devait avoir lieu. Les renforts en hommes et en chiens étaient tout juste arrivés. Chacun reprit ses bêtes : on les identifiait aux grosses marques bleues ou rouges, cercles ou lettres tracés grossièrement sur le dos à la peinture. Séparer le tout n'était pas une mince affaire, mais l'existence de deux corrals sommairement aménagés dans le pré voisin, à l'aide de planches tannées au soleil et disjointes, favorisait bien les choses.

Les uns après les autres, les troupeaux descendaient par des chemins différents vers leur domaine d'hivernage, dans le tintement des mêmes sonnailles qui s'éloignait de « saïbres » en buissons de buis, à l'ombre déclinante des chênes teintés de pourpre. Ici, bien sûr, on ne parlait pas de drailles comme en Cévennes ou en Languedoc, mais ils ressemblaient bien à ces sentiers parcourus « immémorialement » et offrant le chaotique chemin de pierres luisantes sous le piétinement des milliers de sabots qui le parcouraient.

– Bon... allez, m'en vaou... on te remontera la semaine prochaine pour prendre tes affaires. Enfin, moi ou un autre. T'auras l'argent après les foires de la Saint-Michel, comme d'habitude, quand on aura vendu les bêtes... Adiou Raymond !

Raymond hocha la tête en restant seul au milieu d'une quarantaine de tarasconnaises dont le dos portait son monogramme personnel. Maintenant, le silence planait, pesant. Il regarda s'éloigner les bêtes avec un mélange de tristesse, d'inquiétude et de satisfaction. Le troupeau était sauf, mais le temps de l'estive était fini. Lui confieraient-ils encore d'autres bêtes l'an prochain ? Il tira de sa poche la montre-gousset toute nickelée, héritage de son père. Il était presque sept heures et le soleil déclinait fort au point de passer derrière les crêtes. Il était temps de rentrer à la maison, à Bonnac, à l'oustal. À peine à un quart d'heure de marche après le hameau de Raufaste.

Bonnac ne rassemblait plus guère qu'une quinzaine d'habitants permanents. C'était un village de montagne typique d'ici. Il serrait ses maisons grises aux toits d'ardoises pentus autour d'une fontaine chantante qui ornait une étroite placette triangulaire, croisée obligée de tous les chemins du lieudit. La Simone, la Josette et la Marie-Laure, ses voisines, toutes veuves, constituaient son environnement immédiat. Les autres, sans être loin, ne se voyaient qu'en passant devant leur porte. Le maire, Roger Piquemal, venait enfin de faire goudronner les axes d'accès essentiels au village, ce qui apportait un confort indéniable aux habitués de la terre battue, avec la boue de l'hiver et la poussière de l'été.

La maison de Raymond ressemblait par sa simplicité à bien d'autres demeures du pays. Située à la sortie du village, quelque peu à l'écart de l'entrelacs des ruelles étroites et fraîches en toute saison, on y accédait par un petit chemin tortueux. Les pavés, luisants et usés par le cheminement quotidien, y dessinaient une mosaïque propre à exciter la curiosité d'un archéologue. D'une ancienne activité meunière, elle avait conservé par-delà les ans et les saisons le nom de « la Mouline » que venait rappeler le frais gargouillis du ruisseau tout proche, chargé jadis d'actionner la roue à aube aujourd'hui disparue et remplacée par un tas de ronces dont les stolons trempaient au fil des remous de l'eau claire. Pourvue d'un toit pentu, prêt à affronter les hivers rudes, bâtie en blocs irréguliers, les arêtes vives jointées d'un mortier maigre lié à la chaux, comme le voulait l'usage montagnard, elle comportait deux étages d'habitation. Le rez-de-chaussée servait pour les bêtes, offrant trois étables si basses qu'il fallait courber la tête pour éviter les poutres sombres qui s'ornaient de splendides toiles d'araignées de saison en saison.

Là, Raymond avait sa propre gazaille, tout juste une quarantaine de mères, à mi-fruit, – Vidal lui fournissait le fourrage ! – dont le produit, ajouté aux économies forcées sur son salaire de berger de l'été et à sa petite retraite d'ancien combattant, lui permettait de vivre durant les mois d'hiver. On accédait au logis par un court escalier de quelques marches en pierres usées qui donnaient sur un perron dallé de larges lauzes. Sur la murette, dominant la cour, quelques pots de plantes grasses voisinaient avec une casserole hors d'usage, un chiffon sali par la pluie et la bouteille bleue de Butagaz qui attendait d'être remplacée lors d'une prochaine descente à Seix. Adossé à la grange d'en face, un enclos grillagé servait de poulailler, abritant quatre poules qui caquetaient plus qu'elles ne pondaient d'œufs. Quand Raymond était à l'estive, l'été, sa voisine, Simone, en prenait soin, vendant les œufs à Lestrade, l'épicier, contre la fourniture de grains achetés à la « coopé » de Saint-Girons.

Le bruit des bêtes, le tintement cristallin des clochettes suspendues au cou des mères, fit sortir Simone Delrieu. Elle était bonne langue, par tradition familiale autant que pour meubler sa solitude, dans sa maison de pierres grises. Les contrevents étaient toujours mi-clos chez elle, confinant l'air dans une pénombre entretenue. « C'est une tute », pensaient les âmes chagrines du voisinage, comparant avec moquerie son logis à celui d'un ours.

– Ho ! Raymond ! Es aribats ? Tu rentres bien tôt, dis-moi, cette année ! On t'attendait pas avant une dizaine de jours au moins...

– Ah ! ma pauvre Simone... T'es pas au courant ?

– Au courant de quoi ? fit-elle un peu vexée dans sa curiosité de commère insatisfaite.

– D'habitude, les nouvelles vont vite, pourtant, ajouta Raymond pour la moucher un peu. Il savait qu'il excitait ses questions, et marqua un temps avant de reprendre sur le ton de la confidence, dans un souffle : J'ai été attaqué par un ours !

– Un ours ! Ah ça, macarel ! mais je croyais qu'il n'y en avait plus ici ! Oh pauvre ! fit-elle compatissante et soudain toute sucrée. Tu sais, j'ai pas eu encore le temps de faire le ménage chez toi, dit-elle en faisant allusion à ce pacte passé de longue date entre eux et qui voulait qu'en échange d'un agneau à Pâques, elle lui tienne le logis pendant l'absence de l'estive.

– Pas grave ! fit Raymond, on verra demain. Tu sais, Simone, je suis si crevé que je verrai pas la poussière. Allez, adissiats, m'en vau al leit.

– Tu mangeras bien quand même une assiette de soupe...

– J'ai pas le courage de me la faire...

– Attends, je t'en porte une casserole...

Raymond sentit soudain le poids de la fatigue sur ses épaules. Il se mit à rêver à l'édredon rouge qui constituait son lit moelleux et rédempteur. Il enferma sa gazaille dans l'étable, non sans lui avoir rempli deux bassines en zinc d'eau fraîche et laissé à disposition quelques bottes de paille dans les mangeoires en bois qui, inclinées à trente degrés, couraient le long du mur principal de l'étable. Cette tache ultime effectuée, il posa sa grande canne ferrée à l'angle du mur avant de fermer la porte. « Quelle journée !... », pensa-t-il en remontant l'escalier de pierre qui conduisait à l'étage.

Grâce à Simone, qui avait régulièrement aéré la maison en son absence, profitant ainsi des belles journées de l'été pour chasser l'humidité, son logis n'avait pas trop pris cette odeur tenace de moisi et de renfermé des logements inoccupés. Un parfum de chèvrefeuille était même perceptible tant la végétation qui couvrait le mur de la façade avait poussé, via les interstices des volets.

Raymond suspendit son manteau à la patère de l'entrée, à côté d'une glace biseautée dont les multiples piqûres trahissaient un âge certain que l'alcool à brûler ne pouvait plus dissiper. Il se sentait un peu décontenancé par ce retour précoce. Il aimait les choses ordonnées, conçues de longue date et menées à bien selon un calendrier respecté. Il regarda de droite et de gauche, cherchant ses marques après le drame de cette nuit.

Finalement, ses pas le portèrent vers l'évier où un gros robinet de cuivre jaune psalmodiait sous la pression de l'eau captée à la source. Raymond n'avait que l'eau froide. Il ne disposait pas d'un de ces modernes cumulus ou même d'un chauffe-eau électrique, autant par souci d'économie que par manque d'intérêt. Pour l'eau chaude, il avait recours à la casserole sur le gaz ou à la bouilloire qui frémissait sur la cuisinière noire, en hiver. Comme d'habitude, les mois d'estive avaient été ceux de l'inactivité pour la robinetterie : elle en était grippée et il fallut ouvrir et fermer plusieurs fois pour lui rendre sa souplesse. Il était en train de se laver les mains, se frictionnant les paumes et les avant-bras consciencieusement à l'aide d'une grosse pierre de savon, quand on frappa à la porte.

– Entrez, cria-t-il en s'essuyant à un torchon suspendu à un clou.

C'était Simone. Elle tenait à la main une casserole d'aluminium à manche de bois. Comme la poignée tournait, usée par les ans, elle gardait les doigts dessus pour en préserver l'équilibre, ce qui avait pour avantage d'éviter aux mouches et autres insectes qui sentaient déjà le froid de l'hiver de tomber dedans. Elle mettait un point d'honneur à les garder brillantes, ces casseroles, bien polies par l'usage répété de l'éponge en fer qu'elle utilisait pour récurer et chasser la suie que la flamme du gaz occasionnait.

– Tiens, Raymond... Je t'ai apporté ta soupe et aussi un bout de pain..., fit-elle en posant la casserole sur la table.

– Merci, Simone. Fallait pas te déranger... Je serais venu chez toi la chercher.

– Au fait, fit-elle, bonne commère, tu sais que le Planol a été vendu ?

– Eh oui ! Vidal me l'a dit pas plus tard qu'hier. C'est des Parisiens qui ont acheté, paraît-il...

– Oh ! Je sais pas d'où ils viennent ! Ils me l'ont pas dit, mais ils ont une drôle d'allure...

– Ah bon ! fit Raymond. Tu les as pas questionnés un peu, toi ?

– Sont pas très causants, tu sais. Et puis, si tu les voyais... Elle, elle se promène avec des robes jusqu'aux pieds, toutes en couleurs ! C'est pas que j'aie quelque chose contre le long, y'en a bien trop qui montrent leurs cuisses par les temps qui courent... Mais de là à s'habiller comme les Indiens...

– Les Indiens ? T'abuses pas un peu de la prune, des fois ? fit Raymond, moqueur.

43

– Oui, les Indiens, je te dis. Et même qu'elle porte des nattes, en plus ! Tu te rends compte !... Si j'étais méchante, je te dirais bien qu'il lui manque plus qu'une plume où je pense !

– Et lui, comment il est ?

– Oh, tu sais, grand, costaud... Comme ceux de maintenant... Il a les cheveux longs et la barbe de trois jours. Pourtant, ils ont l'eau courante et même l'électricité... Pourraient se laver, quand même !

– Et ils sont arrivés quand, dis-moi ?

– Écoute... il y a un mois. Ils ont débarqué d'une camionnette verte avec des valises et des paquets de partout, et depuis, ils arrêtent pas de passer et de repasser dans le village. Et en plus, tu sais pas qu'ils ont crevé le pot d'échappement en sortant du Planol... Alors, je te dis pas la pétarade qu'ils font ! On les entend à un kilomètre...

– Oh, ça c'est pas étonnant ! Le chemin pour là-haut, il est pas bien bon. Et puis, que veux-tu Simone, pour aller à Seix, du Planol, faut bien qu'ils passent par ici. Ils t'ont parlé, quand même ?

– Oui, un peu, bien sûr... Ils sont pas désagréables, mais c'est pas des gens de chez nous ! Ça doit être des « zippies » sans doute, fit-elle sur le ton de la confidence. T'as qu'à demander à Rouzaud, lui, il saura bien...

Raymond haussa les épaules. Il connaissait bien Rouzaud, gendarme de son état, en poste à la brigade de Seix. Ils étaient même parents mais leur cousinage lointain se perdait tellement dans la nuit des temps que ni l'un ni l'autre n'avait pu réussir à l'établir formellement. De belle stature, Rouzaud avait la moustache conquérante, à la mode de la maréchaussée, la poignée de main qui vous broyait la phalange et le sourire qui dissimulait un œil aux aguets. Gendarme comme l'étaient son père et son grand-père, comme se préparait à l'être son fils qui rentrerait bientôt à l'école de Melun, il n'avait pas su se débarrasser d'un accent rocailleux qui le liait à jamais à son terroir, ce qui, dans sa carrière, l'avait fait cataloguer comme paysan et ne lui avait pas permis de dépasser le grade honorable de brigadier-chef. Rouzaud était toujours de bonne humeur, jovial de nature, de bonne compagnie pour toutes les fêtes que la commune organisait. Il chassait avec ardeur le coq de bruyère, gibier pour lequel il nourrissait une passion particulière. Cela, ici, le classait automatiquement parmi les gens « bien », et il participait assidûment à toutes les battues aux sangliers avec l'équipe du village.

— Té, t'auras qu'à la mettre à chauffer, fit-elle en posant la casserole sur le réchaud.

C'était un simple deux-feux, laqué blanc, de marque Arthur Martin. Un petit four rectangulaire s'ouvrait par une lourde porte étroite, offrant une illusion de confort. Les brûleurs, noircis, étaient encrassés de la succession des fritures et des soupes mijotées. Les parents de Raymond, morts dans des circonstances tragiques, l'avaient acheté avant guerre, après s'être fait embobiner par un habile représentant, lors des grandes foires de Saint-Girons, au mois de novembre. Certes, le progrès qu'il offrait avait un prix, mais ses parents ne l'avaient pas regretté bien qu'en ayant peu profité.

— T'as du gaz, au moins ? demanda Simone.

— Tu sais bien que j'ai toujours une bouteille d'avance... Je monte jamais à l'estive sans l'avoir renouvelée ! T'as pas vu la vieille, dehors ? D'ailleurs, faut que je la descende à Seix pour pas tomber en panne au prochain coup...

— C'est vrai qu'on est toujours à sec au moment du

45

repas, répondit-elle en riant. Enfin, tu auras de quoi souper ce soir...

– T'es bien gentille... J'irai faire mes grandes courses demain, d'un coup de mobylette avec la petite remorque. Pour le reste, le camion passera bien...

Raymond vivait simplement comme il avait toujours vécu : un cochon, chaque année acheté tardivement au début novembre pour cause de retour d'estive, et qu'il engraissait à grands coups de pâtées de ces pommes de terre dont on ne manquait jamais, ici, dans les Pyrénées ariégeoises, profitait d'une soue remise à neuf, dans les derniers rayons du soleil de l'automne resplendissant. Naturellement, son avenir était tracé : il serait occis au début mars à l'éveil du printemps qui peuplait les jardins des premiers narcisses, avec l'aide coutumière des voisins et de Rigal, le tueur patenté de la vallée, que l'on remercierait d'une part de viande après une cérémonie picaresque, une bacchanale, où l'air sentirait le gras et la chair fraîche. Chacun par habitude connaissait son rôle et, en un ballet bien synchronisé, de l'aube à la tombée de la nuit, la bête soigneusement nourrie serait dépecée, débitée, préparée, selon le rite d'une tradition ancestrale.

Elle lui fournirait ainsi l'essentiel de la viande qu'il consommait tout au long de l'année sous forme de confit ou fumée. Raymond l'entassait dans ces grands pots de grès de couleur brune, plus rarement bleue, uniquement pour les morceaux nobles. La mode des congélateurs n'était pas encore dans l'air du temps et dans les montagnes ariégeoises, en cette année 1969, on en restait encore aux traditions bien établies. Ainsi les jambons passaient l'hiver, d'une saison à l'autre, dans le conduit de la cheminée du « cantou » pour prendre ce goût inimitable de fumée, propre à éveiller les papilles des affamés les plus exigeants car porteur du temps écoulé et de la saveur du terroir. Ainsi, jarrets, pieds ou « coustellous » attendaient dans la graisse blanche, à peine marqués d'une coloration jaune, les attentes de la consommation quotidienne. Pour le reste, saucisses et saucissons séchaient toujours au grenier, baignés d'un courant d'air salutaire, suspendus par des baguettes de coudrier brut, qui se courbaient au fil des mois sous le poids, au bout d'une ficelle paraffinée, en une ribambelle dantesque qui fleurait bon la graisse animale lors des premières chaleurs du printemps.

Certes, ils étaient de plus en plus nombreux dans la vallée, et même parmi les paysans, à ne plus faire le cochon. Ils achetaient leur charcuterie, tristement, au mieux chez l'épicier qui détaillait saucissons et jambons à la demande, mais à prix d'or. Les jeunes surtout appréciaient ces modernes blisters que commençaient à diffuser, civilisation du plastique oblige, les supérettes fraîchement installées à Saint-Girons. Ainsi, à travers la cochonnaille, un monde traditionnel basculait vers une modernité incertaine qui balayait tout en une vague de progrès mal contrôlé et dans laquelle les plus âgés ne se reconnaissaient pas. Par tradition, Raymond préférait, à tout prendre, pour ses grandes courses, comme beaucoup de son âge, se servir chez Pagès qui tenait, juste avant de passer le pont sur le Salat, dans la ville haute, l'un des derniers commerces traditionnels. Dans la boutique sombre, les haricots s'entassaient encore en sacs de jute ventrus à l'entrée et on servait l'huile au litre dans des bouteilles étoilées que l'on cachetait d'un bouchon de liège conique. Le roquefort attendait, loin des mouches gloutonnes, sous la gaze, les clients éventuels. Ici le commerce avait le poids des ans, l'épaisseur du vécu et du passé, le goût de la transaction bien comprise et consentie dans le respect mutuel. Mais plus bas, dans la vallée, vers Saint-Girons, ou mieux encore vers Saint-Gaudens, le commerce avait pris une autre dimension, celle d'une clientèle qui « consommait », et commençait à remplir toute seule son caddie, grisée par la liberté de plonger la main dans les rayons.

Tout cela provoquait chez les aînés des hochements de tête dubitatifs, à l'ombre des platanes sur la place de Seix ou au zinc du Café du Commerce, entre deux panachés. Il en était de même dans tous les domaines : ainsi, alors que le fromage râpé restait encore moulu manuellement dans l'antique instrument actionné à grands coups de manivelle, le jambon faisait déjà l'objet d'un traitement à l'électricité et ses tranches de plus en plus fines étaient aussi de plus en plus chères, aux dires des consommateurs grognons et des ménagères attentives à leur porte-monnaie. Ainsi allaient les affaires dans ces vallées d'Ariège qui affichaient sans complexe une bonne dizaine d'années de retard par rapport aux modernités de la métropole toulousaine où l'on cultivait déjà la mode du week-end et de la semaine anglaise. Inéluctablement, les baby-boomers toulousains et leurs chariots remplis à Élysée Mirail, le vendredi soir, – la première grande surface à ouvrir près du faubourg Saint-Cyprien –, avant le départ pour cette campagne à la fois lointaine et proche où ils cultivaient avec délices les joies retrouvées de la vie rurale et restauraient des fermettes de briques crues tombées en ruine à la génération précédente, avaient de beaux jours devant eux.

Raymond, lui, ignorait tout de ces comportements. Pour le quotidien, il restait fidèle au camion de Rogalle qui passait deux fois la semaine. Le père Rogalle, la cinquantaine épanouie et ronde, le cheveu filasse qui se déclinait en mèche unique et raide sur un crâne chauve et brillant, représentait pour beaucoup encore, ici en haut, le lien unique avec le monde extérieur. Bien sûr, aucun de ses clients n'était dupe. Il avait le doigt lourd sur la balance et son œil, dans la lecture de l'aiguille graduée, le portait naturellement sur les chiffres supérieurs. Mais il était là, lui au moins, en ces années d'abandon des espaces ruraux, jugés inutiles par la technostructure conquérante qui bâtissait un monde très loin des préoccupations du quotidien des gens du cru.

— Et puis, faut que je voie Vidal, demain, reprit Raymond d'un air entendu.

— Ah ! celui-là...

— Tu le portes pas dans ton cœur depuis l'histoire...

— Une belle peau de vache, tu crois pas ?

— C'est sûr qu'il a pas eu le beau rôle.

— C'est le moins qu'on puisse dire... Tu te rends compte, toi, me dénoncer comme il l'a fait ! C'est un beau salaud, si tu veux mon avis !

L'histoire avait fait le tour de la commune. Comme bien d'autres, en cette fin des années soixante, Simone avait employé un de ces Portugais fraîchement arrivés d'une province pauvre du Sud où ils crevaient de faim au quotidien, se contentant d'un peu de morue et de quelques oignons. C'était un grand diable maigre. Il avait le poil gris qui lui mangeait les joues, faute d'un rasage quotidien. Efflanqué, le visage en lame de couteau, le cheveu noir et long, graisseux et rare, sur un crâne déjà prompt à se dégarnir, pourvu d'une famille nombreuse et d'une femme trop féconde, il était pourtant vaillant comme pas un, accomplissant sans rechigner des journées de plus de dix heures. Il faisait à Simone un peu de jardin l'été, soulageant ses rhumatismes précoces, un peu de bois l'hiver,

49

et tout ça pour quelques dizaines de francs, sans déclaration à la MSA, dans le simple respect de la parole donnée, de cette confiance réciproque qui naît du travail accompli. Un soir de novembre, Vidal l'avait dénoncé au contrôleur de Saint-Girons, histoire de faire oublier qu'il n'avait pas réglé à la caisse d'Allocations familiales ce qu'il devait pour l'emploi d'un valet la saison passée. Ce n'était pas le fait d'une parole mal maîtrisée, mais un geste mûri par la rancune des charges sociales dont il se plaignait tous les jours, en bon poujadiste, oublieux des bénéfices qu'il engrangeait à Saint-Girons, quand il prenait un malin plaisir à rouler les crédules dans la farine de la naïveté à chaque affaire conclue à l'ombre d'un canon.

Depuis, entre Simone et lui, c'était une brouille inexpugnable, à la vie, à la mort, que jamais aucun geste d'apaisement ne viendrait transcender. Elle cultivait sa haine au quotidien, faite des rumeurs et des « on-dit » que les commères aigries du voisinage ne manquaient pas de lui rapporter. Elle mettait tout à la caisse d'épargne du ressentiment avec intérêt composé des rancunes accumulées. Elle n'excluait pas un jour de lui rendre la pareille, voire d'aller cracher sur sa tombe si celui qu'elle tenait pour une « sale bête » passait le premier.

– Tu verras, Raymond, c'est une ordure, ce type, fit Simone.

– Ouais... Allez, va, merci quand même pour la soupe, fit-il, peu désireux de rentrer dans un débat stérile sur la moralité de son patron dont il connaissait pourtant la mauvaise réputation.

– Hé ! Tu prendras tes œufs demain ? Y'en a bien presque une douzaine depuis que Lestrade est passé. En ce moment, elles se remettent à pondre un peu...

mais ça durera pas ! Bientôt, l'hiver leur serrera le cul !

– Oui, en rentrant de Saint-Girons, fit Raymond, pressé d'aller au lit.

– Allez, je te laisse... T'as pas envie de causer, je vois !

– Adissiats, Simone... Je suis fatigué ce soir.

Il se coucha une demi-heure plus tard après avoir fait le repas des chiens et avalé le bol de soupe de sa voisine, sans même s'asseoir. Il était exténué, sentant dans le bas de ses reins les efforts de courses qui commençaient à n'être plus de son âge. Les courbatures l'étreignaient, le tétanisaient.

Raymond se réveilla de bonne heure, tant par habitude que par la grâce retrouvée du chant du coq gascon de Simone. Sa voisine cultivait cette race avec un soin tout particulier qui étonnait dans ce pays où l'importance prêtée aux gallinacés se résume à la quantité d'œufs pondus. Il est vrai que la bête était majestueuse, pourvue d'un plumage noir aux reflets bleu-vert souligné par une crête ferme et des bajoues rouge sang. Il avait ainsi une allure souveraine et dominait sans peine son aréopage de poules qu'il soumettait à sa puissance de mâle, n'hésitant pas à leur becqueter la tête pour leur montrer qui était le maître du lieu.

Raymond descendit à la cuisine. Sa main glissait sur le bois de la rampe de l'escalier, naturellement, comme celles des générations passées. Le cantou était éteint et la cuisinière froide. Construite en fonte noire, elle exhalait une odeur tenace de suie et d'humidité, faute d'avoir fonctionné depuis le printemps. Mais cette impression se dissiperait, ce soir, à son retour de Saint-Girons, sous l'effet de la flamme qui viendrait raviver les mille diamants des foyers coiffés de plaques en cercles concentriques. Ce matin, Raymond était pressé. Pas le temps de faire le café, juste celui de faire chauffer sur l'Arthur Martin une casserole d'eau pour se raser la couenne. Pour ce faire, il n'utilisait plus depuis longtemps le coupe-chou, comme son père et son grand-père l'avaient fait. Bien avant guerre, il avait cédé à la modernité d'alors et utilisait depuis un de ces rasoirs dits de sécurité, à la mode dans les années trente, dont le manche formait un T en se vissant sur le porte-lame. L'instrument était passé de mode, à l'heure des premiers jetables Bic, symbole de cette société de consommation de masse dont la jeunesse non conformiste dénonçait l'abrutissement par une contestation véhémente, désordonnée, gauchiste mais sincère. Lui, il continuait chaque semaine à affûter ses lames Gillette, pour les faire durer un peu plus longtemps, en les passant dans une curieuse machine chromée, sur un rail, en un bruit métallique et saccadé. Il avait placé le manche en fer de la petite glace ronde dans un pot de faïence bleutée aux anses cassées. Ainsi, en visant bien l'espace compris entre le menton et le miroir, il arrivait à voir le bas du visage. Sur sa peau, flétrie par les années d'estives, de vent et de soleil du printemps à l'automne, le rasoir courait dans le crissement du poil gris, coupé plus ou moins ras selon les plis du menton. Raymond tirait savamment sur sa peau fripée, pour éviter tant les écorchures que la verrue qui, depuis dix ans, ornait son menton.

Le rasage terminé, il s'appliqua, avec circonspection et un peu de coton, du « sent bon », cadeau de Simone à la Noël antérieure. Cette eau de Cologne lui brûla les joues, les faisant rosir aussitôt, activant le feu du rasoir. Mais il lui sembla qu'il était ainsi un autre homme, plus citadin donc plus digne, qu'il sentait moins le suint et qu'il était plus apte à affronter le père Vidal dont il connaissait l'âpreté au gain et la dureté en affaires. Il coiffa un béret propre, enfila sa veste de velours des jours de sortie sur une chemise à carreaux verts et bleus et, après avoir enfermé les chiens dans la salle, il tira la porte pour en cacher la clé derrière le contrevent, en cet endroit que tous, au village, connaissaient, sans avoir peur des voleurs pour autant.

La mobylette bleue l'attendait sous l'appentis depuis le printemps, simplement recouverte d'un de ces sacs de jute qui servent aux pommes de terre, lui-même surmonté d'une vieille toile cirée. Raymond nettoya le filtre à essence, démonta la bougie pour en chasser l'humidité, essuya le tout avec un chiffon crasseux et refit le plein du réservoir, qui affectait la forme d'une goutte d'eau, à l'aide d'un vieux jerrican carré à l'embouchure plombée remontant à la guerre de quatorze. Puis, la machine reposant sur sa fourche, il se mit à pédaler nerveusement jusqu'à ce que la pétrolette, dans un « dégueulis » de moulin à café asthmatique, émit un panache de fumée bleue annonciateur du démarrage du moteur. Raymond eut un sourire de satisfaction : c'était une bonne machine, pas toute jeune certes mais beaucoup plus fiable à ses yeux que ces modernes japonaises pétaradantes dans l'aigu et qui faisaient le bonheur des jeunes chevelus de Saint-Girons, avides d'épater les filles prêtes à se pâmer devant la génération qui exhibait des poitrines imberbes, virilité « dépoilée » en contraste avec leurs pères.

Il attela une petite remorque à vélo construite de ses mains avec des planches propres qu'il avait assemblées sur un essieu de récupération. L'engin lui servait ainsi une fois par mois à porter ce qu'il ne pouvait pas caser sur son porte-bagages, telles les bouteilles de gaz. Ainsi équipé, il prit la route de la vallée, celle de Saint-Girons, dans la fraîcheur matinale qui blanchissait les prés de plus en plus cernés de fougères et de ronces depuis l'abandon des derniers paysans. Saint-Girons se trouvait à presque trente kilomètres et il n'avait que rarement l'habitude d'aller aussi loin. D'ordinaire, ses pas ne le portaient pas au-delà de Seix. Il devrait donc laisser sa remorque artisanale chez Pagès, pour la reprendre au retour, dûment chargée des provisions de bouche dont il aurait fait l'emplette. Bien sûr, il savait que c'était moins cher à Saint-Girons, mais il se voyait mal faire le trajet avec un tel tilbury sur une si grande distance.

L'air vif frappait son visage en humidifiant légèrement le béret noir neuf qui lui couvrait le crâne. Il n'aimait pas ces casques que la prévention routière recommandait. Au bout d'une bonne heure apparurent les premières maisons des faubourgs de Saint-Girons. Raymond ralentit, cherchant le chemin bien connu du café Pousse, rendez-vous patenté des éleveurs depuis des générations de bergers.

Le café Pousse était situé à la sortie de la ville, un peu à l'écart de la circulation qui s'intensifiait en cette fin des années soixante par la masse grandissante des 4 L et des 2 CV, synonyme de l'accession des classes les plus populaires au B.A.BA de la société de consommation. Sa proximité du champ de foire en avait fait le lieu de rendez-vous privilégié des maquignons et des paysans venus vendre quelques bêtes. Depuis quatre ou cinq ans, ils étaient moins nombreux et les foires de janvier périclitaient faute de fréquentation assidue : une génération de cultivateurs disparaissait peu à peu tandis que celle de leurs fils, qui n'avaient pas pris le relais, préférait les modernes banlieues et leurs barres d'appartements marquées d'un urbanisme stalinien, à l'ombre des platanes séculaires qui ornaient le foirail. Déjà, les plus anciens évoquaient, autour d'un verre ou d'une mominette, les temps d'avant, quand, dans la marée des blouses noires et des chapeaux, bruissaient clameurs et cris des bêtes. Désormais, moutons, bœufs, vaches et surtout mulets, étaient plus rares. Et ainsi le café Pousse, de printemps en automne, était moins animé que jadis, plus simplement peuplé les jours ordinaires du groupe des quatre petits vieux, bientôt octogénaires, venus jouer à la belote devant leur demi panaché, comme chaque après-midi.

Raymond poussa la porte mollement, après avoir garé sa mobylette à l'ombre des platanes dont les feuilles se teintaient de jaune et de mordoré. Nul besoin, ici encore, de recourir à un cadenas antivol, surtout pour un engin aussi rustique. La clochette tinta dans le bruissement des conversations. Quelques têtes se levèrent, regard posé sur le nouvel arrivant.

Le café Pousse était un monde en lui-même : derrière une façade étroite ornée d'encadrements de bois moulurés dont la peinture verte se délavait d'année en année, s'étendait une salle étroite, sombre, tout en longueur, médiocrement éclairée d'ampoules sans âge. Sous prétexte qu'il n'était pas le propriétaire des murs, Gaston, l'actuel cafetier, ne voulait entreprendre aucun travail de réfection et ainsi, le café présentait le même aspect que dans les années trente quand il appartenait alors à la veuve Pousse dont le mari faisait partie de l'innombrable cohorte des morts de la guerre de 1914-1918 dont les noms, gloire posthume, s'étalaient en lettres d'or sur une pierre de granit gris.

Les trois baies vitrées qui auraient pu apporter un peu de lumière étaient obscurcies par des rideaux à carreaux rouges et blancs qui accumulaient dans leurs plis la succession des saisons et des jours. Même en été, la lumière devait être allumée. Elle descendait, chichement, de trois ampoules de quarante watts tachetées de chiures de mouches, pendant au-dessus du bar, chapeautées d'un abat-jour triste qui se balançait parfois au courant d'air de la porte ouverte. Une fumée bleue y planait par nappes, témoin des cigarettes de gris roulées et allumées dans le grésillement nauséabond des briquets à essence. Gaston n'en finissait pas d'essuyer son zinc, passant inlassablement son éponge sur la surface métallique tant par habitude que par propreté. L'œil lourd et morne, à demi fermé par une paupière tombante qui le faisait ressembler à une caricature de Laval, il avouait une fin de cinquantaine grassouillette, nourrie au quotidien des canons bus en cachette de la patronne, sa femme, qu'il taxait de vieille rombière les soirs de cuite, c'est-à-dire une fois par semaine en moyenne.

– Té, t'es descendu, fit une voix éraillée dans le fond de la salle.

Raymond la reconnut de suite : c'était le père Soum. Sa gorge s'encombrait de cinquante années de tabagisme actif, conjuguant les gitanes-maïs et les boyards en une savante alchimie qui lui avait cassé la voix dans la fumée bleue de l'inconscience des méfaits du tabac, quand les publicités agressives d'alors alignaient à la une des magazines les mérites et la supériorité qu'elle conférait aux mâles. Il portait sa traditionnelle casquette écossaise et sa grosse veste de velours sombre qu'il n'avait pas quittée depuis les années de guerre. Malgré ses soixante-dix-huit ans, il restait assez vert pour courir les bois à la saison des champignons.

– Vidal m'a donné rendez-vous...

– Il te doit une avance sur la paye ! fit le père Soum d'un air entendu.

– Oui, et le solde après les foires de janvier, comme d'habitude. Mais ce coup-ci, tu sais, y'a eu un peu de perte.

– Oui, je l'ai entendu dire...

– Les nouvelles vont vite, dis-moi.

– De la perte pour lui ?

– Non, mais j'ai dû descendre avant l'heure à cause de l'ours !

– Des ours, tu sais bien qu'il y en a plus depuis longtemps.

– En tout cas, la bête, elle a massacré des brebis à Caujolle et à moi.

– Ben dis donc, on va plus oser se balader dans le coin, fit-il en chercheur de cèpes et de rousilhous averti.

– T'auras intérêt à faire attention, répondit Raymond, sentencieux, avant d'ajouter : hé, Gaston, donne-moi un café au lait, veux-tu...

Il alla s'asseoir à une table ronde de marbre sombre, ceinturée d'une bande de laiton jaune, sur une chaise en bois usée par la succession des fesses qui s'y étaient posées.

– Tu préfères pas un canon, plutôt ?

– Que non ! C'est trop tôt, répliqua Raymond en désignant la pendule ronde qui s'enchâssait dans un cadre de bois foncé, occupant une large place sur le mur ripoliné, à gauche du comptoir. Ses grosses aiguilles noires marquaient tout juste dix heures, étalées sur le fond blanc du cadran. Depuis longtemps, personne n'en avait nettoyé la vitre, faute de temps ou d'attention. La pendule faisait, de toute façon, partie du paysage du café et nul ne se souciait de son état de propreté. Chez Gaston, il n'y avait pas de femme de ménage, et la Juliette, son épouse, avait suffisamment la phobie des toiles d'araignées pour ignorer la poussière au café, d'autant plus qu'elle était peu portée à la faire chez elle.

Gaston lui jeta un bref regard, blasé par habitude, qui descendit aussitôt sur le zinc miroitant sous la lumière blafarde des suspensions jaunâtres.

— Alors, paraît que t'as eu de la visite ?

Raymond avala une gorgée brûlante de son café au lait en un gargouillis sonore avant de répondre dans un souffle :

— Ah bon ! T'es au courant ?

— Comme tout le monde... je vous écoute parler...

— C'est sûr que t'as que ça à faire..., marmonna Raymond.

La clochette tinta, agitée sous la poussée sèche de la porte. Une haute silhouette coiffée d'un béret parut. Elle se baissa à l'entrée pour passer sous le linteau de pierre. Vêtu d'une canadienne qui devait remonter à la guerre, elle s'avança jusqu'au fond sans un mot pour Gaston qui, l'œil broussailleux, essuyait inlassablement son comptoir. Vidal avait l'air mal léché, tel un ours, le visage fermé, la lippe tombante sur un double-menton.

— Ah ! t'es au rendez-vous..., fit-il sèchement en voyant Raymond.

Un long silence s'ensuivit. Chacun mesurait le poids des mots. Le temps prenait soudain une épaisseur à couper au couteau. Les joueurs de belote retenaient même leurs cartes, et la lutte des classes, maître et serviteur, propriétaire et berger, trouvait soudain un terrain d'expression concret face auquel les politiques de tout bord eussent pris la fuite. Une grosse mouche passa, lourde, dans un vrombissement d'ailes, avant d'aller se coller sur la vitre crasseuse masquée du rideau rouge et blanc, avide de la lumière crue du matin d'octobre. Gaston respira lourdement de sa bedaine empâtée. Il flairait l'algarade. Personne ne disait mot, économe des gestes et des paroles.

— Faut qu'on se parle, dit Vidal à Raymond qui s'était levé. Assieds-toi !

Dans un raclement de chaises qui brisa le silence, Raymond posa les coudes sur la table.

— T'es descendu trop tôt ! fit Vidal d'un air de reproche.

— Tu sais bien pourquoi... N'empêche que tu me dois la saison d'estive, payable comme d'habitude, répliqua Raymond.

— Laisse-moi rigoler ! Y'avait pas le feu...

— On voit bien que c'était pas tes bêtes !

— Trois semaines de moins... T'en avais marre de la montagne, fainéant !

— Fainéant ! Moi ! fit Raymond soudain tout rouge. Tu n'es qu'un viandard !

— Viandard ! Tu sais ce que ça va me coûter en foin, ta connerie ? Ah, tu peux être content !

— Content ? Tu veux que je sois content avec plus d'une demi-douzaine de bêtes massacrées ! Tiens ! tu es une pute, Vidal... Paye-moi et disparais !

— Vous êtes tous pareils... Vous ne valez rien, tout juste bons à pomper du fric !

— Oh ! pour le fric, regarde-toi d'abord, fit Raymond qui s'était dressé, les mains appuyées sur la table.

— Ça, je te permets pas ! rugit Vidal.

— J'en ai rien à foutre de ta permission. T'es qu'un affameur, c'est tout. Et t'as pas à être glorieux après avoir fait suer le burnous comme tu l'as fait, là-bas, de l'autre côté de la Méditerranée.

— Ordure, t'es bien comme les autres. Vous valez rien, répliqua Vidal repoussant sa chaise violemment. T'auras ta paye, rassure-toi. Mais tu perds rien pour attendre.

— T'es qu'un négrier, Vidal, et maintenant j'en ai rien à foutre de toi.

— On verra ça l'an prochain...

— C'est tout vu ! On n'a plus rien à se dire.

— Tiens, voilà..., jeta-t-il de mauvaise grâce, en exhumant de la poche intérieure de sa canadienne un portefeuille de cuir jaune, usé aux jointures par vingt ans de foires et de marchés. Dix mille, vingt mille, trente mille... (Il comptait les billets en les faisant claquer.) Et dix mille de plus, qui te font deux cent mille, soit un sixième de ce que je te dois... moins quinze jours !

— Quinze jours ! N'y compte pas, fit Raymond. Je garderai autant de brebis de plus pour moi sur les bêtes en commun !

— Si tu fais ça, fit Vidal, mauvais, je te fous au tribunal...

— Essaye donc, lui jeta avec défi Raymond, dressé derrière sa chaise.

— T'y amuse pas !

— N'oublie pas, toi, de me payer après les foires.

— Je suis de parole, moi ! Comment crois-tu que j'ai réussi en affaires ?

— Ça, je préfère pas le savoir, laissa tomber Raymond.

Vidal lui jeta un regard de mépris. Il cracha par terre avant de rabattre son béret sur la tête et de dire à Gaston qui se tenait prêt à les séparer :

— Des types comme ça, Gaston, tu devrais leur interdire ta boutique ! Ça te gâchera le commerce !

La grosse mouche rescapée de l'été dernier cherchait toujours son chemin dans la maigre clarté de la salle quand Vidal tourna les talons, claquant la porte bruyamment, au point de décrocher les rideaux. Un silence épais retomba, à l'image du brouillard d'automne qui engluait dehors les platanes du foirail d'une masse ouatée. Les joueurs de cartes étaient restés cois, le carton suspendu en l'air, tournés de trois quarts en arrière pour ne pas perdre une miette de l'affrontement des deux hommes. Ainsi, ils en auraient à raconter à leur femme, en rentrant chez eux, ce qui justifierait un peu les heures passées au café et atténuerait les sarcasmes que quarante ans de mariage distillaient au quotidien.

– Tu l'as bien mouché, laissa tomber le père Soum.

– T'as bien fait !... C'est pas parce qu'on est riche qu'il faut se croire tout permis... Pas vrai, Gaston ? ajouta l'un des joueurs à l'adresse du cafetier qui se servait un énième ballon de rouge pour se remettre de ses émotions.

Raymond se sentit brusquement les nerfs à plat, comme vidé par l'excès de tension nerveuse qui s'écoulait en un flot d'adrénaline torrentueux. Il avait osé relever la tête, lui, le simple berger. Il lui sembla qu'il avait retrouvé ainsi un peu de sa dignité d'homme que la soumission traditionnelle au « mèstre » lui faisait parfois oublier. Il tenait sa tête maintenant plus droite, effaçant la bosse d'usage qui lui cassait le dos à force de s'appuyer sur son bâton. L'esprit dans un ailleurs trop plein de souvenirs, il grommela quelque chose d'incompréhensible où il était question de salauds, de boches et d'honneur perdu, avant de rajuster son béret et de reprendre ses esprits pour dire à la cantonade, peu désireux de commenter l'algarade :

61

– M'en vais... J'ai des courses à faire... Allez, adiou Gaston...

Sa mobylette bleue l'attendait sous les platanes et, tel un destrier, il l'enfourcha, fier de lui et de ce qu'on allait en dire.

3

La vie en plus

Il remontait le boulevard sur la pétrolette bleu azur passé, fièrement assis sur la selle de plastique noir, dans le flot maigre des retours du marché, à l'heure où l'apéro occupait les nostalgiques des jours avec et des jours sans. La tête droite, sous le béret enfoncé jusqu'aux oreilles, pour faire face à l'humidité, sa silhouette, engoncée dans cette canadienne qui ne comptait plus les hivers, paraissait défier le temps comme elle traversait le brouillard et l'Histoire. Cet achat d'après guerre, à l'aube des lauriers de la Libération, au col orné de mouton retourné, synonyme d'une aisance retrouvée, lui tenait chaud au corps, calfeutrant bien le chandail de laine marron, rapiécé proprement aux manches, qu'il portait par-dessous sa veste.

Les dernières maisons de Saint-Girons s'effacèrent avec l'apparition du damier des champs qui se transformait chaque année davantage en prés, avant de devenir friches livrées aux fougères et à la ronce, quelques années plus tard. La route était sinueuse, pas bien large encore en cette fin des années soixante. Mais sur le ruban gris au revêtement médiocre, ici dans la haute vallée, la circulation restait épisodique, souvent faite de vieilles guimbardes, genre Juva 4 ou

203 que les derniers paysans du coin remisaient avec soin dans des granges désormais vides de fourrage avec l'abandon progressif de l'élevage ancestral. Roulant à soixante à l'heure au maximum, ils avaient tout le temps de se croiser, de se reconnaître, parfois même de s'arrêter pour se saluer et bavarder de portière à portière, au milieu de la chaussée, quand il n'y avait personne derrière eux pour klaxonner.

La route longeait la rivière, épousait le cheminement cursif du relief, laissant sur l'autre rive la trace historique d'une voie ferrée jamais achevée dont les traverses de chêne noir finissaient de pourrir à l'entrée du tunnel de Kerbanac. Par endroits, la vallée se faisait gorge étroite et avait nécessité le marteau-piqueur pour tailler dans la roche vive un passage plus confortable à l'homme. Quelques surplombs contribuaient ainsi à rendre le trajet plus austère, générateur l'hiver de plaques de verglas tenaces.

Raymond arriva à Seix. Il laissa, à sa gauche, la placette et ses platanes pour s'engager sur le pont qui franchissait le Salat, ici ruisseau vif et argenté, courant entre les pierres blanches et rondes que son flot avait transformées en galets. L'ancien moulin, à droite du pont, ne fonctionnait plus depuis longtemps même si le canal de retenue était toujours à sa place. Par habitude, Raymond jeta un œil à la rivière qui chantait par-dessus le parapet de gros blocs de granit taillé. L'eau était blanche d'écume, jaillissant de caillou en caillou, à l'abri desquels les dernières farios sauvages faisaient saliver les Toulousains, chevaliers de la gaule du week-end, impuissants à déjouer leur méfiance naturelle.

Il gara sa mobylette bleu fané devant le magasin « Chez Pagès », le marchand de fruits et légumes. Petit, l'âge ayant creusé des poches irrémédiables sous les yeux, le béret vissé sur la tête, l'homme était vêtu en toute saison d'une de ces blouses grises patinées par le temps, protégée aux coudes par des empiècements de cuir rajoutés pour les prévenir de l'usure, les poches débordantes de petits calepins noirs, ceints par un élastique flasque, où il notait scrupuleusement toutes ses ventes. Il n'avait jamais fait confiance à la moderne caisse enregistreuse NEC qu'un habile représentant toulousain avait réussi à lui vendre une après-midi, surmontant les défenses naturelles du commerçant roublard. Le père Pagès, le cheveu rare et l'œil torve, aspergeait ses salades au jet, histoire de faire croire aux clients qu'elles étaient plus fraîches que leurs trois jours de vécu à l'étalage, sans que cela lui pose de problème de conscience.

    — Té ! Le Raymond, fit l'homme en gris. T'es descendu de l'estive ?

    — Ben, tu me vois...

    — Hé ! dis, c'est plus tôt que d'habitude.

    — Peut-être... question de lune ! fit Raymond.

Il était peu désireux d'entamer une conversation avec quelqu'un à qui il n'accordait qu'une confiance limitée, vu son passé trouble durant la guerre. De notoriété publique, il avait fricoté de droite et de gauche comme beaucoup de BOF, ces commerçants en beurre, œufs, fromage, plus enclins au gain sur le dos du peuple des pauvres et des vaincus qu'à rejoindre les rangs maigres des commerçants honnêtes qui avaient fourni la Résistance à prix coûtant. Nombreux dans la vallée ne pouvaient oublier, vingt-cinq ans après, son refus d'alimenter les maquis, arguant faussement de l'absence de tickets, pleurant sur la dureté du temps alors qu'il ne se privait pas lui-même d'acheter tout le nécessaire pour nourrir son cacatoès de femme, éternellement peinturlurée en bleu ou vert – vert-de-gris, disaient les mauvaises langues – mais jamais en bleu, blanc, rouge, commerce oblige, sauf à partir de juin 1944.

Il acheta promptement ses provisions, et quelques fruits frais que ne lui fournissait plus le verger en cette saison, avant d'atteler la remorque, laissée à l'aller, et de remonter en selle. La mobylette pétaradait dans l'air humide de la fin de matinée. Au-delà de Seix, la route se conjuguait en lacets, de virage en virage, suivant le cours du Salat. Au bout de deux kilomètres environ, il perçut une nappe de brouillard plus dense dont les filaments planaient çà et là au bord de la rivière. Il y entra comme dans du coton. Dans la lumière laiteuse, Raymond ne vit pas la flaque de gasoil. L'humidité matinale l'avait grassement étalé sur l'asphalte en un film irisé de bleu et jaune, difficile à distinguer à l'œil nu. Le camion de Rigal, le marchand de fuel qui approvisionnait les modernes chauffages de la vallée, l'avait laissé échapper dans le cahot du pistolet de remplissage, hors de son logement.

Le pneu usé de la mobylette traversa la nappe et s'en imprégna largement sur tout son bandage. Raymond, en une fraction de seconde, perdit le contrôle de son engin. Le cyclomoteur zigzagua, tel un bateau ivre, tandis que le paysage vacillait sous ses yeux. Il donna bien un coup de guidon pour tenter d'en reprendre le contrôle, freina, mais en vain. Quelques mètres de plus et il se sentit perdre l'équilibre, la béquille racla le sol, le cyclo se coucha sur le goudron noir, glissant inexorablement vers le fossé tandis que lui, soudain suspendu en l'air, était projeté, tel un vulgaire fétu de paille. Raymond vit en une fraction de seconde l'alternance du ciel et du sol, eut le réflexe de lever un bras protecteur vers son visage. Une seconde plus tard, il s'écrasait lourdement dans un buisson de buis vert, dont les branches craquèrent sous le poids de son corps, amortissant un peu sa chute. Si la vieille canadienne de toile marron le protégea tant bien que mal de la rudesse de l'accueil, son béret noir ne put absorber le choc des branches qui égratignèrent le crâne dégarni. Au bord de la route, la roue de la mobylette n'en finissait pas de tourner dans le silence du moteur, dont Raymond, sonné, ne comprenait pas pourquoi il ne percevait plus le chant. À ce moment-là, il ne mesurait plus le temps...

La 4 L vert pomme montait à petite vitesse depuis Saint-Girons, pétaradant bruyamment dans l'air frais de l'automne. Lourdement chargés, les amortisseurs avaient bien du mal à remplir leur office et le pare-chocs traînait presque par terre à chaque cahot. La banquette arrière avait même été relevée pour accueillir le maximum de charge. Deux bouteilles de gaz capuchonnées d'un bouchon de métal bleu ciel occupaient l'essentiel de la place dévolue ordinairement aux passagers arrière. Elles voisinaient avec des cageots de fruits et légumes entassés sans ordre, au milieu des poches plastiques de la moderne supérette où ils avaient fait leurs courses, habitudes parisiennes quand, fraîchement arrivés, on ne connaît pas encore les fournisseurs locaux, ou que ceux-ci vous accueillent avec un air de circonspection digne des temps de guerre.

Depuis un mois qu'ils s'étaient installés au Planol, Christelle et Hervé campaient plus qu'ils ne vivaient dans ce qui avait été une belle ferme. Ils avaient compris un peu tard qu'ils auraient dû venir ici plus avant dans la saison, qu'ils avaient choisi, en un automne bien entamé, un mois romantique peut-être, – quand la forêt se teinte de pourpre et de doré propres à vous donner du parfum à l'âme –, mais sans mesurer que c'était le moment où l'on se tourne vers l'hiver et son engourdissement, prélude à l'éternel renouveau.

Le chien, un sans-race quelconque à la robe noir et jaune ornée de larges traces de pelade, ramassé dans un box grillagé de la SPA, et sauvé de la piqûre fatale dans un excès de naïveté urbaine, s'était soulagé, dégageant une odeur d'ammoniac qui montait à la gorge.

– Ah ! le salaud... T'as pissé, fit Christelle. T'es dégueulasse !

– Tu l'as voulu, le chien, merde !

– Il est gentil, non ?

– Ouais, sauf quand il faut nettoyer la bagnole.

– De toute façon, c'est toujours moi..., fit-elle désabusée. La libération des femmes, c'est pas pour demain, hein ! Faudrait faire évoluer tes préjugés bourgeois...

– Oh ! Arrête ton discours militant. J'en ai marre des théories. T'as voulu qu'on vienne ici, alors faudra écoper la pisse du copain aussi !

– Vous avez vraiment rien compris ! Tout à apprendre...

– Hé ! Le MLF, c'est bon pour les Buttes-Chaumont.

Elle le regarda, attristée de ce retour de machisme qu'il affichait depuis leur fréquentation de l'air pur des cimes. « Chassez le naturel, il revient au galop », pensa-t-elle, retrouvant en même temps la valeur du silence et l'attitude de la femme éternelle, ces choses non dites car incompréhensibles pour l'autre. Il haussa les épaules puis, en un geste affectueux, lui promena la main sur la jambe qui se dissimulait sous une robe de lainage rouge et jaune. Soudain, après un virage plus serré que les autres, dans ce jour laiteux et triste de la mi-octobre, il distingua une masse métallique bleuâtre, couchée au bord de la route.

– Putain... merde ! fit-il. Y'a un mec qui s'est viandé !

– Arrête-toi, Hervé !

– On va encore perdre du temps avec cette connerie...

– T'es plus à Paris, arrête-toi, je te dis.

Il freina. La 4 L lourdement chargée tangua, zigzaguant presque, dans le couinement des tambours martyrisés, pour stopper juste avant la fatale plaque de gasoil. Ils descendirent sans arrêter le moteur ni fermer les portières, pour se précipiter vers la silhouette qui émergeait du buisson proche.

– Ho, monsieur, ça va ? Ça va ? demanda Hervé.

– Oui... Oui..., répondit une voix un peu vague.

– Qu'est-ce qu'il vous est arrivé ?

– Et je sais pas..., dit Raymond en reprenant ses esprits.

– Vous êtes blessé ?

– Non... Enfin, je crois pas, fit-il en essuyant la coupure qu'une branche pointue lui avait faite à la joue.

– Vous saignez bien un peu, dites-moi ! Vous voulez pas qu'on vous descende à l'hôpital ?

– Oh non ! Pas pour une bosse.

– Ça serait plus prudent ! Des fois que vous auriez quelque chose de cassé...

– Vous voulez me tuer !

– Pourquoi ?

– Parce qu'à l'hôpital, nous ici, on y va que pour mourir.

– Attendez que je vous aide au moins à vous relever, fit Hervé, secourable.

– J'y arriverai bien tout seul, faudra bien.

Raymond se redressa péniblement, sans vouloir saisir la main qu'on lui tendait. Il ramassa son béret, grogna en observant qu'il avait désormais un accroc au milieu. Puis il le rajusta de ce geste familier qui le faisait descendre et monter sur son front. Il remonta le col de sa canadienne pour réprimer un frisson qui soudain lui parcourut l'échine tout entière, mais dont il s'efforça de ne rien laisser paraître, surtout face à ceux qu'il ne connaissait pas et qui n'étaient pour lui que des étrangers.

– Ça va aller, monsieur, vous êtes sûr ? demanda Christelle, bêtement prévenante.

– Ouais... Ouais..., marmonna Raymond, agacé de tant de sollicitude.

Il lui jeta un regard froid, la détaillant de la tête aux pieds. Cette robe indienne à chevrons rouges et jaunes, ce bandeau dans les cheveux qui plaquait les mèches sur le front n'étaient pas de son monde. L'homme était grand ; il avait les yeux clairs. Il portait un pantalon de velours beige, légèrement usé, retenu à la taille par un large ceinturon de cuir brun, orné d'une boucle style western, voyante, une de ces grosses chemises à carreaux rouges et blancs comme en arborent les bûcherons canadiens, les manches retroussées sur des avant-bras blancs mais musclés. Une barbe blonde mal rasée de plusieurs jours garnissait les joues et le menton en un duvet soyeux et inégal qui vieillissait le visage prématurément. Ils étaient là, devant lui, immobiles, à le regarder. Et au fond de lui-même, bien qu'il ne les ait pas attendus, il était content qu'ils soient là.

– On va vous ramener, vous êtes de Bonnac, c'est ça ?

– Comment le savez-vous ?

– Oh, on nous a parlé de vous.

– Et qui ça ?

– Oh, les gens... On les connaît pas bien, vous savez. Ils nous ont parlé du berger de L'Artigue... Nous, ça fait qu'un mois qu'on est là... On va vous remonter là-haut, chez vous...

70

– Et ma mobylette ? Et ma remorque ? Je vais pas les laisser là...

– Je peux pas les mettre sur le toit... même avec un sandow, ça tiendrait pas..., fit Hervé en redressant son mètre quatre-vingt-cinq.

– Et mes provisions ? fit Raymond, vaguement inquiet.

– On va les prendre, vous en faites pas, monsieur, répondit Christelle. Pour le reste, on reviendra plus tard.

Raymond dévisagea Hervé d'un regard d'homme. Il avait l'air solide et costaud. Il lui inspira confiance dans ce monde montagnard qu'il sentait foutre le camp à chaque saison au fil de ces abandons qui profitaient à des éleveurs de plus en plus puissants et de moins en moins nombreux, véritables nouveaux seigneurs féodaux d'une terre qu'ils s'appropriaient aux dépens des occupants d'usage, sans avoir mérité le titre de « mèstre ». Et sans savoir pourquoi, il éprouva soudain une cordialité inexpliquée, vieille réminiscence, sans doute, de cette société passée où l'entraide était à la base de tout lien rural.

– On va se serrer un peu, fit Christelle en se recroquevillant sur le levier de vitesse qui dessinait un angle droit au tableau de bord de la 4 L. Je suis pas bien grosse..., ajouta-t-elle modestement.

– C'est sûr ! dit Raymond en la soupesant du regard, comme on évalue une bête sur le champ de foire. Vous êtes pas épaisse... Vous êtes jamais malade ?

– Non, pourquoi ?

– Oh, comme ça ! fit-il pour s'excuser en rentrant dans la voiture. Ah, mais vous avez un chien !

– Oui, il est pas très propre encore...

– Oh, c'est pas grave, ça... Hum... celui-là, il devrait

bien garder, ajouta-t-il en connaisseur. Les bâtards, ce sont souvent les meilleurs des chiens ! Vous savez les chiens, ils ont le caractère inverse de leur race quand c'est des sang-coupé !

– Comment ça ? demanda Hervé.

– Ben... celui qui ressemble à un chien de chasse, il a le caractère du berger et inversement... Toute ma vie, j'ai vécu avec des bêtes, alors je commence à les connaître un peu. Et vous ? Vous venez d'où ?

– Moi, je suis né à Paris, fit Hervé qui s'attendait à cette question.

– Ah !..., laissa tomber Raymond, comme s'il se préparait à adresser ses condoléances à ce malheureux qu'un destin fatal avait fait naître au pays où les bouses de vache n'existent pas. Moi, je suis né ici, dans la maison de mes parents. Ma mère a accouché sur la table de la cuisine. C'est une voisine qui l'a délivrée. Vous savez, à l'époque, les docteurs, ils montaient pas comme maintenant.

– Vous avez de la chance, dit Hervé, sincèrement admiratif.

– C'est vous qui le dites, laissa tomber Raymond, désabusé. J'aurais peut-être préféré naître en ville, mais j'aime encore mieux avoir vécu ici que là-bas. Té ! on est arrivé, c'est là, fit-il en désignant la maison à étage qui avait poussé à côté du lavoir.

L'eau y murmurait un chant clair de la source des Périquets. La maison, en hauteur, était comme ces coulemelles grandies trop vite à l'automne pour profiter des derniers rayons du soleil avant les frimas de novembre. Après ces imprévus de voyage, ses muscles commençaient à refroidir. Son dos lui semblait une armure qui l'oppressait en son corset rigide. Les courbatures se mariaient avec les rhumatismes en des douleurs qui se rappelaient à son bon souvenir.

Entendant la pétarade du moteur à l'échappement quasiment libre qui détonait dans le silence religieux de la montagne, Simone sortit sur le pas de la porte, foulant une fois de plus la marche de pierre usée par ceux qui l'avaient précédée.

– Hé, Raymond !... Qui fazet's ? laissa-t-elle tomber en patois en le voyant surgir de la 4 L vert pomme dont l'arrière touchait presque les pierres inégales de la cour.

Elle n'avait pu oublier sa langue maternelle malgré les sanctions endurées dans sa jeunesse par une institutrice psychorigide, au chignon armé de peignes noirs, qui la morigénait chaque fois qu'elle utilisait la langue de ses ancêtres dans la cour de récréation en bavardant avec ses camarades. La vieille maîtresse, sèche comme ces morues que l'on met au sel, avait beau lui infliger des punitions, la faire asseoir, genoux nus sur la grosse règle en bois de buis des heures durant, elle était restée rétive à ses injonctions sadiques, fidèle jusqu'au bout au parler que sa grand-mère pratiquait au quotidien. Si la République avait cru s'enraciner dans cette pratique sémantique forcée, pour elle, sans se le formuler clairement, elle avait aussi occulté la transmission du passé proche, celui que l'on hérite et dont il faut s'efforcer d'être digne pour ne pas perdre son âme.

Raymond s'était extirpé péniblement de la 4 L, passager meurtri et rendu à la liberté de mouvements. Son corps n'était que courbatures et il avait l'impression d'avoir reçu une volée de bois vert. Il se redressa douloureusement, les mains sur les reins. Son regard parcourut l'horizon familier des maisons du village. La chute l'avait rendu encore moins loquace que d'habitude, et sa bonne humeur naturelle se limitait à un sourire discret tandis qu'il se hâtait à petits pas

sur les pierres luisantes de rosée. Il eut un peu de mal
à gravir les marches mais s'obligea à mettre un pied
devant l'autre.

— Qu'est-ce qu'y t'est arrivé ? insista Simone.

— Il est tombé, fit Christelle.

— Suy crévats... m'en vaou al leit..., lança-t-il par-dessus la rambarde de pierre, à l'adresse de sa voisine.

— Je te prépare un cataplasme, dit-elle simplement.

Elle était, comme à l'accoutumée, vêtue du tablier
nylon à fleurs bleues que sa sœur de Toulouse ne
manquait pas de lui offrir sempiternellement, chaque année, pour son anniversaire, ce qui lui évitait,
à coup sûr, de faire des efforts d'imagination, et de
se tromper sur l'utilité d'un cadeau dont le prix
modeste ne ruinerait pas sa bourse et n'attirerait
pas les foudres de son mari, radin pour tout ce qui
touchait aux dépenses familiales superflues. Elle le
regarda monter, tout raide, les marches de pierres.
L'escalier s'ouvrait sur un perron orné d'une marquise de verre dépoli et granuleux, confort que les
parents de Raymond avaient fait installer avant
guerre, afin que les sabots puissent sécher à l'abri
du mauvais temps.

Simone, en bonne commère, ne se fit pas prier
pour écouter à satiété le détail de l'aventure. Elle
était avide de nouvelles fraîches à répéter le soir,
entre voisines, devant le camion de Rogalle, à l'approche de l'hiver qui allait isoler chacun chez soi
en cette saison où les bûches chantent dans l'âtre
avec un craquement à fendre l'âme. Si elle apprécia
d'un sourire la proposition de Christelle d'aller
chercher la mobylette et sa remorque, l'après-midi,
elle prit grand soin de n'en rien laisser voir à ces
gens d'ailleurs dont l'allure même détonnait par
rapport au monde d'ici. Elle leur parla habilement
de la pluie et du beau temps, maniant ce parler

rural qui inspire confiance aux gens de la ville. Elle ne manqua pas de les questionner discrètement, au détour d'une phrase, rebondissant sur leur installation au Planol, désignant d'un geste de la tête la voiture pleine à craquer, histoire de satisfaire cette curiosité naturelle qui lui permettrait d'épater tout à l'heure Josette Pujol, quelques maisons plus loin. Christelle y répondit de bonne grâce d'autant que, depuis leur arrivée, les contacts avec les gens d'ici se limitaient au minimum, chacun les observant avec méfiance tels des lézards dans un vivarium.

Lassé d'attendre ses nouveaux maîtres, dans la 4 L, le chien s'était assis à la place du conducteur. Reniflant de droite et de gauche, il avait posé ses pattes sur le volant et le tableau de bord, et déclencha le klaxon en un meuglement lugubre qui mit fin à l'entretien que Christelle et Hervé n'arrivaient pas à rompre.

Remontés dans la voiture qui faisait demi-tour, elle laissa tomber :

— Elle est causante, la mémé...

— Ouais... un peu pot de colle..., fit Hervé, lassé du babillage des femmes.

— Putain, il a encore pissé le clebs, c'est pas possible ! Faut le laisser à la maison, la prochaine fois.

— Tu sais bien qu'il s'est barré avant-hier !

— T'as qu'à acheter une chaîne, cet après-midi... De toute façon, tu dois redescendre pour la mob du vieux ! Et t'oublieras pas de prendre aussi des clopes.

— Si tu les roulais, ça coûterait moins cher...

La 4 L démarra dans un panache de fumée qui enveloppa d'oxyde de carbone la masse verte de la voiture et s'accentua encore quand le conducteur accéléra.

La route pour le Planol était sinueuse à souhait, serpentant entre les murs de pierres sèches effondrés et les touffes de buis sauvage dont le contrôle avait désormais échappé aux habitants absents. Le temps des ronces avait sonné et l'abandon était le refrain de la chanson des jours ordinaires. Tous les vieux savaient que demain n'avait pas d'avenir, que les troupeaux de vaches se raréfiaient dans les villages au point qu'on ne risquait plus de se salir les chaussures sur les bouses odorantes. Déjà, les sociologues écrivaient à juste titre que la France changeait, théorisant la réalité d'un vécu que les villes se hâtaient d'oublier. La terre n'avait plus qu'un passé, elle était livrée à l'oubli et les petits vieux pouvaient partir par dizaine, juste avant l'hiver, pour gagner les maisons de retraite de Blagnac ou de Muret, antichambre des mouroirs où leurs enfants en ville les oublieraient.

Déjà la fougère se faisait plus conquérante sur le bas-côté des routes, refoulant les efforts civilisateurs des générations de faucheurs qui l'avaient contenue dans les strictes limites du « saltus » pour le bien de la communauté, soucieuse de préserver le maximum de terre cultivable. Hervé et Christelle ignoraient tout de cette lutte historico-temporelle pour l'espace quand ils avaient choisi de migrer, sur un coup de tête, au retour d'une virée dans ce Sud profond où ils avaient des attaches enfantines. Par un soir de juin, dans la lumière tendre qui descendait par-delà les crêtes, au volant d'une voiture de location sur la route du Haut-Salat, ils avaient découvert le Planol et bâti le rêve d'une vie nouvelle.

Le Planol avait le poids des ans gravé dans l'agencement de ses pierres. Il portait les stigmates d'une histoire séculaire. Ce lieu-dit, à la fin du XIXe siècle, à l'heure où les campagnes étaient encore pleines, hébergeait alors trois familles et une bonne quinzaine d'âmes, hommes, femmes, enfants, maîtres et valets confondus. Il avait lentement périclité dans les tragédies du siècle suivant qui avaient durement frappé les Escaich, les Loubet et les Dedieu. Aux trois fils des uns, morts à la guerre de 1914, s'était ajouté le départ des filles des autres dans l'entre-deux-guerres, vers les villes de la vallée, aux horizons moins rudes que le travail de la terre. Ainsi, seuls les vieux étaient restés, entre eux, à l'aube de 1939, comme dans le refrain de Rina Ketty, à « attendre leur retour ».

Au début des années soixante, quelques enterrements plus tard, ils n'étaient plus que deux, quand l'électricité arriva enfin au hameau. Ils l'avaient longtemps refusée malgré la proximité du transformateur de ciment gris, orné d'isolateurs en porcelaine, que l'on avait installé en face. Pourquoi sacrifier à ce progrès tardif ? Toute leur vie, comme leurs parents et les parents de leurs parents, ils avaient vécu au rythme de la lampe à pétrole que l'on remplit le soir avec parcimonie pour économiser le lampant. Ultimes témoins d'un temps qui finissait d'exister, ils étaient partis vers cet au-delà que les curés disparus ne prêchaient plus, à quelques mois d'intervalle, dans le silence glacé de la montagne abandonnée des hommes, ayant vécu jusqu'à leur dernier souffle, chichement, de trois poules et quatre lapins, le dos cassé à jamais par une existence de labeur et de peine à gratter la terre au « bigoucet ».

Des trois maisons qui constituaient le hameau accroché au flanc de la soulane, deux avaient déjà le toit qui s'effondrait, offrant une charpente décharnée à la succession des hivers et des étés. Les tuiles avaient commencé à glisser, le vent avait fait le reste, conjuguant abandon et désintérêt de la part d'héritiers lointains. Aussi, le panneau « À VENDRE », posé par un notaire de Saint-Girons, ne pouvait-il guère attirer du monde, même parmi les partisans du retour à la terre. Seule la maison des Escaich, que Christelle et Hervé avaient achetée quelques mois auparavant, avait survécu à l'usure du temps parce que abandonnée la dernière. Elle offrait l'allure d'un quadrilatère organisé en deux blocs soudés à angle droit, couvert d'ardoises et doté d'un de ces balcons-galeries de bois qui courait sur la face au soleil. Si le rez-de-chaussée restait traditionnellement ouvert aux bêtes, en étables basses et obscures, elle offrait au premier un logis où on accédait par un escalier de pierres usées. Elle n'avait pour toute originalité que d'être la seule encore habitable. En signant l'acte notarié, Hervé et Christelle ne s'étaient pas beaucoup intéressés aux anciens occupants. Après avoir mis leurs affaires en ordre, ils s'étaient couchés, dans la tiédeur d'un été finissant.

Il n'y avait pas que le passé qui était mort. Le souvenir même de ceux qui l'avaient construit achevait ici de disparaître. Quelles idées pouvaient en avoir ces jeunes, issus des générations urbaines et qui, depuis quelques mois déjà, commençaient à débarquer dans les campagnes de la France profonde, comme ici, en Couserans, bercés par les illusions qu'un printemps révolutionnaire avait fait éclore ? La télévision noir et blanc les montrait braillant haut et fort et brandissant des pavés fébrilement arrachés à la rue, face à des CRS au visage impassible derrière le plexiglas de leur casque noir à double bande jaune. D'autres, aux convictions plus fleuries et pacifistes, empreints des accents d'un Woodstock tout proche, suscitaient une curio-

sité incrédule, mais souvent teintée d'in(
voire de réprobation, face à des mœurs l¹
qui heurtaient les autochtones.

La lumière diffuse du soleil, noyée dans la brume
qui montait de la vallée, baignait la maison de pierre
d'un halo jaunâtre qui dégoulinait par-dessus les silhouettes décharnées des peupliers déplumés au vent
d'automne.

Depuis leur arrivée ici, Christelle et Hervé avaient
entrepris de débarrasser la maison de ce qu'ils
jugeaient être des vieilleries. Ainsi avaient-ils jeté
dehors un bric-à-brac innommable digne d'un inven-
taire à la Prévert : les restes d'un vieux vélo rouillé aux
bandages de caoutchouc momifiés voisinaient avec un
monceau de boîtes en fer aux étiquettes déchirées et
rongées, ayant contenu des biscuits Lu. Elles laissaient
échapper un flot de semences diverses, soigneusement sélectionnées pour le printemps suivant et éti-
quetées à la plume. Saison après saison, les Escaich
les avaient recueillies sur des plantes montées en grai-
nes à cet effet. De vieilles valises en carton aux coins
de fer blanc terni, autrefois ceinturées d'une courroie
de cuir fatigué, ouvraient désormais leurs couvercles
éclatés pour laisser apparaître en leur ventre béant
des dentelles anciennes, mélangées à des corsets aux
baleines tordues, qui en leur temps avaient martyrisé
la taille de la grand-mère, quand elle sortait le lundi
pour la foire, s'habillant ce jour-là comme les femmes
de la haute, dans l'espoir de vendre mieux ses légumes au marché.

C'était une de ces grandes purges définitives,
noyant tout un passé de petites choses, d'existences
d'êtres disparus, de détails oubliés dans la nouvelle
orthodoxie du temps qui, depuis quelques années,
conjuguait modernité factice et benne à ordure pour
le plus grand bonheur des brocanteurs parés du titre

ronflant d'antiquaire, prétexte à augmentation sub-
stantielle des prix. À peine quelques années encore et
ils seraient nombreux alors à regretter les dentelles
Napoléon III sacrifiées sur l'autel du chiffon, les buf-
fets 1900 transformés en poulaillers et la vaisselle
IIIe République brisée en un défi provocateur au
temps passé.

De l'extérieur, la maison leur avait plu et, sur un
coup de tête, ils l'avaient achetée fin juillet. Ils
avaient voulu conjuguer l'espoir d'un monde nouveau, à l'issue de ces années soixante, où ils avaient
poursuivi le succès, de manière forcenée, comme
les astronomes les étoiles. À la trentaine rayonnante,
sans enfants encore, dynamisés par une vie profes-
sionnelle réussie mais de plus en plus ressentie
comme source d'aliénation, Christelle et Hervé
avaient cultivé un individualisme qui les avait menés
aux portes de l'hédonisme. Et puis soudain, ils
avaient eu envie d'autre chose que ce quotidien
terne et parisien qui les conduisait, dans l'air tiède
des stations de métro, d'Invalides à Nation. Ils
avaient eu envie d'entendre autre chose que le claquement des vérins hydrauliques qui fermaient les
portes des wagons de deuxième classe. Ils avaient
eu envie de « jouir sans entraves », au détour du
chemin, d'une existence qui s'accomplit du soleil
levant à la lumière disparaissant derrière les montagnes.

La vieille horloge comtoise, ornée d'un décor fleuri
et naïf aux couleurs délicieusement passées sous le
soleil des générations, marqua midi et demi dans le
tintement cristallin de sa sonnerie, amplifiée par une
caisse en bois de pin patiné par les ans. Achevant de

décharger les bouteilles de Butane, Hervé interpella
sa femme :

— Hé, Christelle, on mange ?

— Tu penses qu'à manger, toi...

— T'as vu l'heure !... On n'est pas en avance...

— Bof...

— C'est que j'ai faim ! et heureusement qu'on n'a
pas à s'occuper des bêtes !

— C'est toi qui y tiens à cette idée...

— Parce que tu crois qu'on va vivre de l'air du
temps ?

— On a encore du fric... et puis mon père envoie
des mandats, non ?

Il la regarda avec un rien de désespoir, traduction
d'une utopie qui cultivait la béatitude innocente des
« peace and love » en ignorant le quotidien des jours
difficiles, capables de transformer les rêves en cauche-
mars. Comme elle, il croyait toujours en l'avenir,
après avoir voulu changer la vie, changer la sienne en
tout cas, mais rester contre vents et marées un être
positif, loin de ces rêveurs casqués qui, quelques mois
plus tôt, rue Gay-Lussac, affrontaient les CRS, à la
recherche de « la plage sous les pavés ». Sa formation
d'électricien, de travailleur manuel, de primaire,
comme disait sa femme, y était peut-être pour quelque chose.

— Ça durera pas, tu le sais bien. Merde, on a tout
lâché pour venir ici !

— On a le temps de voir venir...

— C'est toi qui le dis. Moi, je veux démarrer au printemps !

— T'es encore « alien », toi ?

— J'ai suivi les cours de l'école de Rambouillet pour
devenir berger ! C'est pas pour rien !

— Allez, laisse-toi vivre ! T'es plus là-bas...

Hervé haussa les épaules, en sortant du buffet,

81

rapatriées d'un F 2 dans le onzième, les assiettes plates à fleurs bleues, héritées d'une cousine lorraine, du côté de Sarreguemines, qui, avant de mourir vieille fille, avait eu la bonne idée de faire ses parents légataires universels. Par moments, la Christelle, il avait du mal à la comprendre. Pourtant, ils avaient partagé beaucoup de choses depuis ce concert yéyé, où ils s'étaient connus, juste sous les yeux de Johnny, alors que des groupies survoltées arrachaient les chaises et jetaient en l'air leurs vêtements dans une débauche aussi électrique que les guitares du même nom. C'est là qu'il l'avait rencontrée, à l'aube de l'année 1965, alors que les jupes raccourcissaient déjà sérieusement et que les genoux osaient se montrer, au grand dam des conservateurs et des bien-pensants. À Paris, on attrapait encore les bus par l'arrière, au vol, comme autrefois, et les contrôleurs, la casquette en arrière et la gauloise sur l'oreille, faisaient entendre la petite musique mécanique de leur boîte à poinçonner, suspendue par de larges courroies de cuir sombre qui se croisaient en V sur leur vareuse bleue. Mais déjà la modernité pointait son nez, à l'image de ce quartier de la Défense qui hissait ses tours par-delà le périf en une réplique new-yorkaise à un urbanisme haussmannien, que la jeunesse contestatrice rejetait.

– Tiens, t'as une boîte de raviolis...

– T'as rien de plus campagnard ?

– Tu veux quoi ? Des tripes ? Je croyais que tu aimais les bêtes !

– Tu comprends rien ! T'es vraiment une nana !

– Arrête, t'es pas drôle...

– Ouais ? Pourquoi on a voulu venir ici, tu y as réfléchi ? Tu y as pensé, un peu ?

– Moi, ce que je cherche, c'est la bonne vie, l'harmonie du corps et de l'esprit, la plénitude sensorielle du Yin et du Yang, fit-elle en remontant une mèche blonde rebelle derrière le lobe de l'oreille. Tu peux comprendre ça ?

– T'es pas un peu naïve des fois ?

– T'as pas évolué dans ta tête, fit-elle en haussant les épaules.

– Et toi, avec ton MLF, t'es quoi ?

– Bon, ça va, on va pas se disputer, on a mieux à faire, non ? On avait un projet commun, pas vrai ?

– OK, ça va. C'est si nouveau tout ça pour nous. Allez, on fait la paix, proposa Hervé en esquissant un geste dans ses cheveux.

Elle opina du bonnet, émue sans vouloir en avoir l'air, avant de s'échapper, l'œil de biche papillonnant, en bonne fille de la bourgeoisie du huitième où elle avait été éduquée. Comment aurait-elle pu oublier cette cellule familiale compassée où elle avait vécu sa jeunesse. Un père, président du tribunal d'instance, rentrant tard, les bras encombrés de dossiers, une mère qui ne travaillait pas car cela aurait été déchoir... et puis tout ce qui allait avec, le salon Napoléon III avec ses fauteuils capitonnés, cette ambiance feutrée derrière de lourdes tentures en velours de Gênes, ces napperons de dentelle qui servaient de lit aux plantes vertes dégoulinant des chaudrons de cuivre... Le tout sentait l'encaustique de bon aloi, celle que la bonne, espagnole, depuis qu'on ne trouvait plus de personnel, passait toutes les semaines en alternance avec l'astiquage de l'argenterie 1900 au style nouille pour les dîners du mercredi, jour de réception habituel de Madame.

Née dans cette France traditionnelle qui croyait dur comme fer que ses enfants recevraient la meilleure éducation possible dans les cours privés catholiques, censés les préserver des dérives du temps, elle n'avait pas eu la chance de faire des études brillantes, peu calibrée par un Q.I. insuffisant pour préparer Centrale ou X. Cette perspective n'avait pas inquiété ses parents. Un vernis culturel, un sourire désarmant et de beaux yeux la rendaient fréquentable. Après un bac obtenu laborieusement, Christelle s'était inscrite à la fac de Lettres, histoire de peaufiner sa culture... Hervé, auditeur libre des cours du soir, un peu dragueur, en légère rupture avec une famille conventionnelle, mais de rang beaucoup plus modeste, avec un père simple professeur de lycée, était le vilain petit canard : le seul à ne pas avoir eu un baccalauréat, le numéro à oublier ou à caser au mieux selon les cas. Son bagage intellectuel se limitait à un BEP d'électricité et il ne risquait pas de faire de l'ombre à sa sœur, gâtée par ses parents, et propulsée dans les bras d'un apprenti pharmacien. Son frère, débutant une brillante carrière d'ingénieur chimiste chez Lesieur, était à des années lumière. À Hervé, on avait collé l'étiquette de manuel, donc, de bon à pas grand-chose, par définition, dans le monde universitaire.

Elle débarrassa un coin de table, d'un geste rapide de la main, de l'amoncellement de journaux, de disques qui se mêlaient aux courses à peine sorties de la voiture. Le rangement n'avait jamais été son fort. Elle n'y avait pas été habituée. D'ailleurs, dans l'appartement de ses parents, la bonne qui habitait la soupente au-dessus, était là pour ça. Ce désordre ne l'effrayait pas pour autant. À ses yeux, il faisait partie des bonheurs de la vie, symbole de cette conquête de liberté qu'un printemps révolutionnaire avait fait souffler sur une jeunesse soucieuse de se débarrasser de toute autorité. Sa commode d'adolescence, un joli meuble fin XIXe, en noyer blond, ne mélangeait-il pas son linge intime et ses jouets en une joyeuse pagaille simplement masquée par le tiroir que l'on ferme dessus, comme pour ne pas voir la misère du monde ? Le repas fut vite préparé : un coup d'ouvre-boîte et la casserole en émail jaune canari chanta bientôt sur le gaz. En écartant le méli-mélo d'un quotidien désordonné, Hervé avait fini par dénicher deux assiettes encore propres.

— Faudra que tu fasses la vaisselle et un peu de ménage quand même !

— T'as qu'à m'aider !

— Tu sais bien que je dois aller chercher la remorque et la mob du vieux, fit Hervé.

— Tant que tu y es, pense aussi à remonter du bois, y'en a presque plus, et le soir il commence à faire frais.

— Oui, j'en prendrai au retour... Tu vois, on a rudement bien fait d'acheter cette coupe toute prête en bord de route plutôt que d'aller se crever à le couper dans les communaux comme tu voulais. Tiens, passe-moi le pain...

Elle attrapa une grande tourte de pain noir à la croûte scarifiée et blanchie de farine odorante. D'un coup d'Opinel neuf, dont le manche était encore brillant de vernis et exempt de ces rayures qui découlent de l'usage, il s'en tailla une large tranche pour pomper le jus de son assiette. Ils avaient acheté le pain, ce matin même, à ce marché de Saint-Girons, où des jeunes, qui venaient de reprendre une boulangerie, tenaient étal le samedi matin. La miche laissa échapper un flot de miettes brunes qui jonchèrent le parquet sous la morsure de l'acier. La vieille horloge comtoise qu'Hervé avait réussi à remettre en marche après avoir longuement cherché la clé à pas carré qui permettait de la remonter, marqua deux heures et demie, dans le tintement clair de sa sonnerie.

— Bon, faut que j'y aille... si je veux rentrer avant la nuit...

– Hé ! N'oublie pas mes clopes, surtout ! J'ai plus rien, fit Christelle.

– Si tu fumais moins...

– Oh ça va, toi ! Ça me libère ! Pense plutôt à la chaîne pour le chien !

Il repoussa la chaise branlante à la paille usée sur laquelle des générations d'Escaich avaient dû s'asseoir, jour après jour, dans la monotonie des saisons simplement rythmées par les travaux agricoles. En reculant, l'un des pieds accrocha une lame de parquet disjointe en un craquement sinistre de bois vermoulu qui rend l'âme.

– Oh putain ! encore une !... Elles valent rien, ces chaises. Je t'avais bien dit qu'il fallait en acheter des neuves...

– Pourquoi tu crois qu'ils ont vendu la maison meublée ?

– Ouais, allez, ciao...

La 4 L vert pomme démarra dans une pétarade qui résonna en un écho sonore dans l'air frais de l'après-midi. La boîte de vitesses couina, martyrisée, quand Hervé passa la première sans ménagement en tirant sur le levier d'aluminium gainé de plastique noir qui ornait le tableau de bord. Les hêtres bruissaient sous l'autan, qui avait dégagé le ciel encombré du matin. L'avenir était à demain, le ciel bleu lui sembla éternel, et soudain, le bonheur lui parut à portée de la main, après toutes ces années passées à l'ombre d'une famille essentiellement préoccupée du « qu'en dira-t-on » et soucieuse de respecter le rythme du « métro-boulot-dodo ». Il se mit à pousser le moteur bêtement, sans prendre garde à la mécanique qu'il savait pourtant fatiguée, s'enivrant des lacets de la pente qui, dans leur enchaînement, le libéraient des contraintes du passé. En venant s'installer au Planol, il n'avait pas du tout eu envie d'écrire le mot « fin »

86

sur son existence mais plutôt un « à suivre » éternel, un peu comme ces fous, à la poursuite des étoiles, qui, depuis quelques années, s'obstinaient à vouloir conquérir une Lune sur laquelle l'homme venait de poser le pied pour la première fois.

Il descendit ainsi, presque comme dans un rêve, jusqu'au lieu de l'accident de Raymond. Malgré le soleil généreux, la chaussée restait humide. À l'ombre des fougères déjà rousses sous les premiers coups de gel et les massifs de buis vert, personne n'avait touché à la mobylette et à la remorque qui, tel un Don Quichotte désarticulé, gisaient toujours dans le fossé. Seul, il passa du temps à trouver la bonne configuration pour faire rentrer le tout dans la 4 L en un ordre acceptable. Le garde-boue de la fourche avant, à angle droit, gênait le passage du tilbury. Finalement, Hervé se résolut à fermer la portière arrière de la voiture en débordant sur la roue par un sandow doublé et accroché au pare-chocs. Ainsi, équipé, il descendit à Seix.

Il aimait ce village depuis qu'il l'avait découvert quelques mois auparavant. Le Salat, en traversant le pont, y exaltait une odeur vive d'eau fraîche qui fouettait le sang, propulsant l'âme vers un monde d'aventures et d'authenticité. Les petites rues tortueuses, fréquemment gelées dès l'automne et toujours à l'ombre en été, respiraient le souffle de la vie traversée au quotidien dans le calme et le silence des pas qui les parcourent en décroissant. On s'y sentait bien, même sans y avoir vécu, dans la plénitude d'être simplement arrivé.

Il ne regrettait pas le deux-pièces cuisine qu'il avait loué au-dessus d'un bistrot pendant plusieurs mois avec Christelle dans le onzième et dont les fenêtres donnaient sur le cimetière du Père-Lachaise. Ce n'était pas que la vue des tombes illustres l'eusse déprimé mais il n'aimait pas cette longue rue du Chemin-Vert qui descendait vers le boulevard Richard-Lenoir. Il l'avait prise si souvent, tous les matins et tous les soirs, en zigzaguant entre les crottes de chien, les fraîches du jour et celles de la veille, pour gagner à pied la station de métro proche. Cette rue, au parfum sui generis, avait l'odeur de la vie subie et des joies entre parenthèses. À l'heure des poubelles matinales et du laitier, elle exhalait, dans l'humidité triste du jour qui se lève, les bonheurs volés et le travail vécu comme une punition. C'était pour ne plus descendre la rue du Chemin-Vert, tous les matins à sept heures trente, qu'il s'était installé ici, dans ce coin des Pyrénées, dans ce Couserans, trait d'union entre Ariège et Comminges, afin de rejeter toute forme d'aliénation que les années de croissance effrénée des trente glorieuses avaient générée.

Au retour, il s'arrêta au village. La fontaine des Perriquets gargouillait dans le chuintement musical de l'eau sortant d'une buse de cuivre terne et usée pour tomber dans le bassin de pierre où les bêtes venaient se désaltérer en été. Hervé n'osa pas monter voir Raymond. D'ailleurs, les deux chiens, Picard et Tango, montaient la garde devant la maison et lui réservèrent l'accueil menaçant, babines retroussées, que leur méfiance naturelle appliquait aux étrangers. Il se contenta de déposer son encombrant chargement sous l'appentis que lui indiqua Simone, avant de reprendre le chemin du Planol. Déjà, le jour déclinait, et une volée de pinsons des Ardennes passa dans le ciel au vent d'automne pour gagner les bois proches avant le crépuscule. Il lui fallait faire vite s'il voulait, comme on dit ici, « prendre du bois à la pile » et arriver avant la nuit.

Le soleil était juste passé par-dessus la Serre de Durban quand il stoppa dans le deuxième tournant, après la ferme de Loubières, au bas du bois des Houillères. Le taillis, épais, qui couvrait l'ombrée, se nommait ainsi parce que, autrefois, on en faisait du charbon de bois pour alimenter ces forges à la catalane, ancêtres de la métallurgie moderne, qui étaient si gourmandes de combustibles. Là, sur le bas-côté herbeux, une pile longue d'une dizaine de mètres étalait ses bois noircis par quatre hivers successifs alignés comme au cordeau. Déjà les champignons la colonisaient, commençant à s'en faire un royaume dans l'odeur du lent pourrissement végétal. Les troncs du bas avaient perdu leur consistance fibreuse pour devenir spongieux au fil des pluies qui ravinaient le sol. Hervé l'avait eue à bon compte, cette pile, au vu de la quantité de bois qui, malgré tout, restait utile. Il pensait avoir fait une bonne affaire. Bien sûr, ce que le propriétaire, un forestier peu bavard, ne lui avait pas dit, c'était que le cœur de coupe était constitué de vulgaires taillis, laissant les parties nobles de chêne et de hêtre sur le dessus. Il s'était bien gardé de lui révéler également que le maire l'avait mis en demeure, par lettre recommandée, d'en débarrasser la route au plus vite, faute de quoi il l'assignerait au tribunal pour entrave à la circulation.

Hervé chargea l'arrière de la 4 L jusqu'à la gueule. À cause des amortisseurs usés par plus de cent vingt mille kilomètres, le pare-chocs jadis chromé et maintenant terni et piqué touchait presque par terre, menaçant à chaque cahot de racler la route où le goudron avait sauté par plaques, sous l'action du gel et du dégel, agrandissant un peu plus, année après année, les trous en formation pour les transformer en véritables nids-de-poule que les services municipaux tardaient à combler. Le chargement était impressionnant, empêchant de fermer le hayon. La cuisinière noire des Escaich, qui avait repris du service après des années d'assoupissement, dévorait abondamment le combustible, quitte à émettre de lourds panaches de fumée grise et épaisse et calcinant les moisissures accumulées. Depuis trois jours, après un vague coup de hérisson passé dans un conduit trop étroit, Hervé et Christelle avaient entrepris d'activer le cantou désaffecté. Depuis des années, le diamant noir de l'âtre était terne, comme mort, et le long manteau de la cheminée s'ornait d'un petit rideau rouge, tout cuit et tout fané. Fixé par des punaises à la tête rouillée, il avait pour fonction de diminuer l'appel d'air et le tirage du conduit. Ils avaient cru s'étouffer la première fois tant la fumée âcre, épaisse de la suie avait envahi la cuisine. Quelques feux plus tard, nourrie modérément, la cheminée avait accepté de fonctionner mieux, comme rafraîchie par l'air du temps.

C'est entre chien et loup, les phares cahotant dans la nuit qui tombait, qu'il atteignit le Planol. Il entendit une chanson lointaine puis, en approchant, reconnut la voix de Joan Baez. Christelle avait dû mettre en route le tourne-disques, un cadeau de son père lors d'un Noël passé dans sa famille bourgeoise. La musique lui réchauffa le cœur dans l'obscurité glacée. Il ne manquait plus qu'une bonne odeur de soupe comme sa mère savait les concocter, quand elle voulait bien abandonner la cuisine de son existence convenue, pour retrouver le bonheur imaginé et conjuguer, en un épicurisme retrouvé, la saveur des jours et des saisons. Hervé passa la main dans sa barbe de trois jours, savourant par avance la soirée qui s'annonçait. Et il eut soudain conscience qu'au Planol, il avait la vie en plus.

4

La peau de l'ours

L'aube se leva, timide et incertaine aurore qui laissa la place à un ciel clair, exempt de nuages, baromètre assuré d'une de ces belles journées comme l'automne ici, en Ariège, en réserve souvent. Hervé s'étira sous la couette, délassant, tel un chat, ses articulations. Le dessus-de-lit de piqué blanc avait glissé par terre. Du pied, il chercha le corps de Christelle, mais seule la vague chaleur du drap gardait la trace de sa présence. Depuis qu'il était au Planol, il prenait plaisir à se lever tard, renouant avec le temps des vacances. Le métro ne le concernait plus. Il en éprouvait un bonheur intense et libérateur. Il avait assez trimé au boulot, dans les petits matins blêmes, pour savourer ces réveils faits d'étirements et de langueurs.

Une odeur de café frais monta jusqu'à ses narines par la porte de la chambre entrouverte. Il entendait l'eau chanter sur le gaz. Christelle devait peu à peu vider la casserole pour mouiller la poudre d'arabica grossièrement moulue la veille au soir en un bruit de mitrailleuse mal synchronisée dans l'antique moulin à manivelle de marque Peugeot qui avait appartenu aux Escaich. Inconsciemment, elle avait retrouvé le geste ancestral qui, le moulin coincé entre les cuisses, faisait entendre cette musique mécanique. En arrivant au Planol, ils avaient eu la surprise de découvrir que la maison était restée équipée en 110 volts, comme avant guerre, ce qui rendait peu performant l'usage des appareils électriques modernes tel ce robot-ménager multifonctions que sa mère l'avait presque suppliée d'emporter dans leur exode urbain. Seul le tourne-disques, parce que plus ancien et en bitension, fonctionnait normalement. Pour le reste, il fallait avoir recours à un transformateur lourd et gris qu'ils passaient de pièce en pièce, usage peu pratique en attendant qu'Hervé refasse l'installation électrique complète, travail programmé pour les mois d'hiver qui s'annonçaient longs.

La chambre donnait directement sur la salle par un bout de couloir. Le passage étroit s'agrémentait d'une armoire en pichpin et dans sa partie gauche conduisait aux premières marches de l'escalier menant à un espace mansardé où jadis l'on entassait les sacs de grain, d'une année sur l'autre. L'humidité et la poussière avaient rempli le lieu d'une épaisseur grasse qui collait à la paume comme aux meubles en une chape de plomb. Des générations d'Escaich s'étaient succédé ici sans se poser de questions et l'acte de vente, signé chez un notaire barbu et occitaniste, n'avait pas mentionné que le temps aussi était en héritage.

Hervé sauta du lit et ouvrit les volets, découvrant le point de vue grandiose et tragique de la solitude des espaces abandonnés que le Planol offrait en plongeant dans la vallée. Ici, on était presque au bout du monde, au bout des autres, au bout de soi... Et cette condition sublime avait quelque chose d'apaisant qui tenait à l'éternité et au karma. D'une éducation religieuse vite oubliée, le lieu ressuscitait soudain l'âme du temps et l'esprit de la Nature, mère de l'humanité. Là, une communauté aurait pu s'installer, pensa un instant Hervé en parcourant l'alignement des crêtes à la beauté classique et éternelle. Ici, dans le simple déroulement des saisons induites par le calendrier grégorien, on avait envie d'être, de vivre et d'aimer. Il respira à pleins poumons l'air frais entré par la fenêtre grande ouverte, comme pour se pénétrer de cette vie nouvelle qui l'envahissait dans chacun des détails de son existence, dans son quotidien le plus banal.

Assise à la grande table rectangulaire, guillochée des coups de couteau qui avaient tranché les tourtes, Christelle lisait une vieille *Dépêche* de plus de vingt ans, trouvée dans le fatras qu'avaient laissé les Escaich au soir de leur vie. Elle avait glissé sur les articles de politique intérieure, annonçant la victoire triomphante du tripartisme, pour se concentrer sur la lecture amusée des réclames que le salon des Arts ménagers de 1949 affichait à l'aube des trente glorieuses. Un instant, elle pensa que sa propre mère, plus jeune, avait dû saliver devant ces frigidaires ventrus aux portes arrondies, annonciateurs du progrès et de la modernité, qui avaient tant bercé sa jeunesse. Plongée dans son introspection, elle négligea l'arrivée d'Hervé au point de s'entendre reprocher :

— Tu me dis pas bonjour ? Tu boudes ?
— Je t'avais pas vu...
— Dis que je suis un passe-muraille...
— Tu t'es levé du pied gauche ?
— Laisse tomber... Y'a du café ?
— Oui, va voir à la Melitta.

Hervé déjeuna en silence, trempant ses tartines dans le café noir. Le matin, il avait toujours du mal à se réveiller. C'est peut-être pour ça qu'il ne l'entendit pas arriver. D'ailleurs, même le chien n'avait pas aboyé. Sans doute avait-il humé un homme habitué aux bêtes. Il s'était juste contenté de flairer le bas de son pantalon et de l'escorter jusqu'à l'escalier de pierre.

– Bonjour... Ça vous dirait d'aller faire un tour aux champignons ? demanda Raymond en poussant la porte, sans autre préambule.

Hervé regarda Christelle. Gantée de latex bleu, elle avait maintenant les mains dans la vaisselle. En cet instant, il mesura ce qui lui était proposé : au-delà de la simple balade, d'un bon moment partagé, c'était la découverte d'un de ces endroits que l'on tait habituellement, la quête d'un autre ailleurs où la vie s'écoulait différemment. Hervé comprit qu'on lui tendait une main, une main rugueuse, aux ongles noirs et carrés, faite du labeur des jours ordinaires, et dont l'usure qui sculptait la paume avait l'épaisseur de l'histoire.

– Oui... je veux bien, dit Hervé.

– Enfin, si vous avez le temps, et si vous aimez les champignons, ajouta Raymond.

– Hé, Christelle, tu as fini de décharger la voiture, hier soir ?

– Oh, on va pas loin, juste à côté de chez vous, pas besoin de la prendre... D'ailleurs, peut-être que vous y avez déjà été, fit Raymond en relevant son béret sur son front dégarni en ce geste qui lui était si naturel.

Un petit bois de hêtres s'étendait en effet à quelques centaines de mètres du Planol. Là, sous le couvert mordoré d'un automne flamboyant, la pente d'une soulane riante se parsemait de quelques mélèzes clairs, offrant la beauté d'une nature encore intacte de l'empreinte négative des hommes. Un petit sentier serpentait sur le versant baigné de lumière froide. Le bâton à la main, ils progressaient lentement dans le silence des pas étouffés. Au gré des sautes du vent d'automne, les feuilles tombaient dans un souffle discret pour recouvrir peu à peu un sol encombré çà et là de branches mortes, en état de pourrissement, délices des plaques de lichen. Par endroits, la ronce se faisait conquérante, lançant ses stolons vers l'avant de saison en saison, à l'assaut de ce qui avait été jadis, au temps où la montagne était vivante de l'activité des hommes, un bois pacagé. Qui aurait pu imaginer qu'ici, quarante ans auparavant, pliées en deux, les reins cassés, les Ménines vêtues de noir s'obstinaient à balayer la pente des talwegs afin que l'herbe tendre y pousse mieux pour le bonheur des brebis.

Ils dépassaient les restes d'une ancienne coupe quand Raymond, dans un souffle, leur jeta sur le ton du secret en se retournant pour voir si personne ne pouvait l'entendre :

— Attention où vous mettez les pieds... C'est par là !

— Où ça ? fit Christelle en écarquillant les yeux.

— Là. Devant vous.

— Moi je vois rien... Et toi, Hervé ?

— Ils se cachent sous la feuille mais si le vent continue de souffler, dans une semaine tout sera recouvert et vous verrez plus rien vraiment...

— C'est petit ou gros ?

— Vous posez de drôles de questions, sourit Raymond. Ça dépend, mais les petits, ou les tête-de-nègre, ce sont les meilleurs...

— Moi, vous savez, je les ai toujours achetés en boîte...

— Té... Regardez, en voilà un ! Vous le voyez ? fit Raymond.

— Je vois toujours rien, fit Hervé.

— Mais si... Là, devant vous !

Du bâton, Raymond souleva une feuille plus large que d'autres, découvrant la tête charnue et sombre d'un cèpe frais et luisant que les limaces gourmandes n'avaient pas encore eu le temps de déguster. Il se cachait, discret et timide dans l'humidité du ras du sol, comme s'il avait retardé le moment fatal de paraître en pleine lumière dans la fraîcheur tendre du matin. Au pied d'un hêtre à l'écorce blanchâtre, fragile il offrait sa beauté sauvage dans le parfum des choses naturelles. Hervé tendit simplement la main avant de s'entendre dire aussitôt :

— Attendez ! Ne l'arrachez pas !

— Pourquoi ? Faut pas ?

— Y'a que les Toulousains qui font ainsi ! Faut le couper au pied... Té, prenez le couteau !

Il lui tendit son Laguiole à manche de corne usé par les saisons d'estive mais dont la lame, affûtée journellement sur le linteau de la cabane, avait un tranchant qu'aucune pierre moderne n'aurait pu donner. Son fil exceptionnel aurait peut-être permis de se raser à l'un de ces vagabonds, l'un de ces trimardeurs qui une fois ou deux l'an, lesté d'un maigre baluchon, traversait le village à la recherche d'on ne sait quoi. Ils avaient le poil gris, le manteau sale et déchiré, les joues hâves et le regard flou de ceux qui ont vu trop de misère pour s'attarder sur la leur. Ils mendiaient quelques tranches de pain, un bout de cambajou, histoire de poursuivre leur route sur les chemins de la vie. On ne les craignait même pas car leur malice se limitait à quelques chapardages, répliques naturelles aux portes que certains leur fermaient au visage.

— Recouvrez-le de feuilles... pas la peine qu'on le voie. Y'a plein de monde qui traîne ici maintenant. Inutile de leur indiquer le chemin, aux doryphores ! fit Raymond.

— Vous les aimez pas beaucoup, les gens de la ville, dit Christelle.

— C'est pas ça, mais eux ou les autres, ils sont pas d'ici ! On parle pas la même langue ! Je dis pas ça pour vous, se hâta-t-il d'ajouter, soucieux de ne pas les vexer. On n'a pas la même histoire, vous comprenez !

– Je sais..., fit Hervé. Vous devez avoir l'impression qu'on vient vous voler votre terre !

– Oh ! moi, vous me volez rien. Maintenant qu'il n'y a plus personne ici, tout est à prendre... Le problème, c'est de le garder !

Raymond les regarda avec, dans les yeux, le défi farouche qu'un monde rural mourant jetait à une génération pour qui la campagne était encore dimension onirique et notion abstraite. Il faudrait du temps, des saisons et des ans, pour que ceux-là soient d'ici, pour qu'ils oublient leur passé afin d'en faire un présent acceptable par une nature qui restait exigeante. Raymond, tout comme la Simone, ou la Josette, cette autre voisine à la langue bien pendue, tout comme Caujolle ou Fouroux, plus bas dans la vallée, étaient d'ici, eux. Leurs pères et leurs grands-pères y étaient nés, y avaient vécu et souffert. Leur place était déjà réservée au cimetière. Il leur suffisait d'attendre que la vie s'écoule pour apporter leur nom à la succession des tombes.

Au fil de leurs pérégrinations, dans un espace restreint, ils trouvèrent une bonne dizaine de champignons dont certains accusaient déjà le poids de quelques jours, au vu d'un chapeau troué par la morsure baveuse des grosses limaces rouges, épaisses et ventrues qui s'en régalaient. Raymond rangea les cèpes avec délicatesse dans une musette fanée, lointain héritage d'un temps militaire les enveloppant avec précaution dans un torchon blanc pour les préserver de la rugosité de la toile kaki. Revenus à leur point de départ, sur une tire boueuse, tous trois se séparèrent sur une brève poignée de main.

La moderne sonnerie électrique de l'église qui avait remplacé le sacristain perclus de rhumatismes, décédé cinq ans auparavant, égrena ses onze coups qui se répercutèrent dans la vallée en un écho lointain alors que Raymond prenait le chemin du retour. Il était satisfait d'avoir payé sa dette en leur enseignant ce qu'ici on ne montrait jamais. La vallée était inondée du soleil de cet automne qui se mourait à regret. Finalement, pensa Raymond, ils n'étaient pas désagréables, ces jeunes. Avant de rentrer à l'« oustal », comme on dit ici pour désigner le foyer et la maison, par acquit de conscience, il passa jeter un œil sur la gazaille de brebis sortie au pré de bon matin. Elles se régalaient du maigre regain que l'été sec avait consenti à laisser pousser. Les bêtes ne faisaient pas trop de difficultés pour se réhabituer à l'univers clos mais rassurant de l'étable, après avoir passé plus de cinq mois à l'estive. Il les contempla avec, dans les yeux, la satisfaction du bonheur simple, celui du travail accompli.

Secouant à grandes volées, dans un panier à salade en fil de fer tressé, une laitue tardive cueillie du matin, Simone le héla du haut de son balcon en bois qui formait une terrasse couverte, dominant la cour.

– Hé, Raymond !

– Qué y a ?

– Vidal ! Il est passé...

– Et alors ?

– Hé, il veut te voir...

– Qu'est-ce qu'il me veut encore, celui-là ?

– Oh, il m'a juste dit que tu montes à la mairie après la sieste...

Raymond haussa les épaules, et marmonna en patois quelques propos peu amènes où il était question de ceux qui se croient tout permis parce qu'ils ont de l'argent. De ferme en hameau, Vidal avait fait la tournée tout le matin de ce qui restait d'éleveurs dans la vallée. Partout le scénario était le même : sur la table de la cuisine, devant le verre de rouge, rite traditionnel de bienvenue, après avoir longuement parlé de la pluie et du beau temps, des enfants qui faisaient leurs études à Toulouse, des agneaux qui étaient nés l'an passé, des cours du broutard qui ne cessaient de chuter, et des maquignons toujours aussi peu généreux, il attaquait tout de go :

– Cet ours, faut le tuer... parce que, tu sais, aujourd'hui c'est Caujolle... mais demain, ça sera sûrement toi... Alors, t'es concerné aussi ! Allez, rendez-vous à trois heures à la mairie...

– Mais elle est fermée, la mairie. Elle ouvre que le samedi après-midi, hasardait parfois l'autre, prudent.

– Moi, je la ferai ouvrir, ajoutait, alors, Vidal important.

Il avait su convaincre également quelques chasseurs impénitents, fusillots fous de la gâchette et avides d'un trophée interdit. Ainsi, ils s'étaient retrouvés à un peu plus d'une vingtaine dans la salle froide et humide qui servait aux délibérations du Conseil municipal sous l'œil de plâtre tout grand ouvert d'une Marianne poussiéreuse et jaunâtre, autour de la grande table de chêne recouverte d'un tapis vert et fané. La fumée du gris que l'on roule y planait par nappes tandis que les conversations se nouaient en aparté au fur et à mesure des arrivées. Ils étaient tous là : Caujolle, Fouroux, Bonzom, le mari de la Lulu qui était connu comme un fin braconnier, Ernest, le facteur, plus prompt à discutailler qu'à distribuer le courrier, Rodriguez, l'ouvrier de chez Job, arrivé dans les fourgons de la guerre d'Espagne, syndicaliste fiévreux cultivant le rouge et le noir, souvenir de la F.A.I. de sa jeunesse. Ils étaient là, une vingtaine au total, que Raymond découvrit en poussant la lourde porte de bois de la mairie dont la peinture verte s'écaillait en un inéluctable destin comme tombent les feuilles à l'automne. La salle bruissait sous le regard torve et gris de la Marianne défraîchie.

— Hé, qui l'a vu, l'ours, en dehors du Raymond ? demanda Caujolle.

— On m'a dit que Mathieu Astre..., hasarda Ernest toujours bien informé par son métier.

— Mais non, il a juste eu quinze bêtes tuées au-dessus de L'Artigue. Il n'a rien vu... D'ailleurs il n'était pas là quand ça s'est passé.

— Alors si je comprends bien, on n'est pas sûr que ce soit un ours, fit Bonzom.

— Oh que si ! Les coups de griffes, ça laisse des traces qui ne trompent pas..., le contra Vidal. Il faut qu'on s'en débarrasse, je vous dis.

— Le dernier qu'on a tué dans la région, je crois bien que c'est Théodore Boudou qui l'a tiré dans la vallée de Salau. C'est interdit de chasser depuis 1964...

— Pas besoin de dire qu'on chasse ! On peut prétexter autre chose, dit Vidal.

— Attends, c'est pas si simple ! La dernière battue administrative, dans la chaîne des Pyrénées, elle a eu lieu en 1957, si je me souviens bien. Même que *La Dépêche du Midi* en avait parlé comme quelque chose d'exceptionnel... Je crois que c'était sur la commune de Saint-Lary, pas très loin d'ici... Mais depuis, l'ours, il est protégé ! Tu sais ce qu'on risque, Vidal, à braconner, maintenant ?

— Si vous avez les foies, faut le dire de suite ! On en parle plus, chacun rentre chez soi et les bêtes seront massacrées peu à peu... C'est ça que vous voulez ?

— Tu sais bien que non ! Mais de toute façon, avec l'hiver qui approche, il va hiberner et bientôt, on sera tranquilles...

101

– Justement, faut s'en débarrasser avant. On n'a que quelques jours. Tous les soirs, il bouge. Il est peut-être déjà repassé de l'autre côté.

– Alors, on risque plus rien ! Les franquistes le buteront bien. Ils ont l'habitude de tirer sur tout ce qui se dresse devant eux, ajouta Rodriguez narquois, en ancien combattant d'une guerre perdue qui l'avait brisé par ses horreurs.

– Imbécile ! fit Vidal entre ses dents. L'hiver arrive et dans une semaine, il sera trop tard ; on va pas recommencer au printemps. C'est maintenant ou jamais ! Allez, demain matin, à la première heure, on fait les traces. Et après, chacun à son poste...

– Et les gardes ? Tu y as pensé ? hasarda Caujolle, un peu inquiet.

– On est au sanglier, pas vrai, les hommes ? répliqua Vidal, l'œil plissé d'une malice entendue.

– Et si on se fait coincer ? Géraud, le garde chef à Saint-Girons, c'est pas un rigolo...

– T'as la trouille ? T'as qu'à rester chez toi ! jeta Vidal, pincé.

– Je serai là, j'ai pas la trouille...

– J'y compte bien ! Sinon, c'est pas la peine de vouloir louer avec moi les estives du Prat de Monteil, ajouta-t-il, menaçant.

Raymond n'avait pas ouvert la bouche de toute la réunion. D'abord parce qu'on ne l'avait pas questionné, sans doute parce qu'il avait peu de bêtes, ensuite parce qu'il n'était qu'un berger, pas un propriétaire, autrement dit, un employé. En rentrant chez lui, à l'oustal, Simone le confessa devant l'appentis, un torchon à la main. Il eut un long silence, non pas un de ces silences gênés, mais parce que les femmes d'ici ne s'occupaient pas de ça d'habitude, parce que la tradition les avait transformées en vestales du cantou, mangeant même debout pour mieux servir les hommes qui travaillaient, eux.

— Vidal organise une battue demain, laissa-t-il tomber finalement.

— Et alors ?

— Ça servira pas à grand-chose... L'ours, y'a longtemps qu'il est loin ! fit Raymond.

— Mais dis-moi, c'est interdit que je sache ! Et si les gardes vous attrapent ?

— Ouais..., marmonna-t-il. Ça me plaît pas beaucoup... Mais je peux pas ne pas y aller ! Ils ne me donneraient plus de troupeaux à garder l'an prochain, ajouta Raymond avant de prendre le chemin de l'escalier en lauze grise qui montait à son logis.

En cet instant, il avait dans la tête les récits des anciens que l'on se remémorait, les soirs, au coin du feu, entre deux coups de gniôle, avec les voisins venus à la veillée. Le temps où la bête était ouvertement chassée n'était pas si loin... À peine l'avant-guerre, trente ans plus tôt ! Les dernières battues ici, en Ariège, avaient eu lieu en 1937 et 1938. Les gardes des eaux et forêts en avaient même projeté une dans le secteur de Bordes-sur-Lèze, vers la vallée de Riberot, à la suite des plaintes de trois bergers, pour le 1er septembre 1939... Mais à cette date, c'était à une autre chasse que l'on se préparait avec beaucoup moins d'enthousiasme. Il savait également, comme tous ici, que pendant des années, à la fin du XIXe dans les vallées d'Ercé, d'Aulus et d'Oust, les hommes s'étaient servis de l'ours pour vivre : « oursaillers », montreurs d'ours, voilà un métier qui s'était bien perdu depuis. Au début, on se contentait de dresser les oursons capturés dans la forêt en hiver puis, avec la raréfaction due à la chasse, on en avait même acheté en Europe centrale. On soumettait les uns et les autres à la pratique barbare de la ferrade : un anneau de fer glissé dans le museau, complété d'une muselière au bout de laquelle pendait un bout de chaîne, permettait de diriger leurs mouvements et de les faire danser, suscitant étonnement et admiration des badauds. Ainsi équipés, les montreurs d'ours parcouraient à la belle saison les routes de France et d'Europe.

L'ours avait marqué les trois vallées de son empreinte, et même quand le métier périclita, au début du siècle, le souvenir en resta vivace jusqu'à la Seconde Guerre mondiale. Quant à la chasse, elle avait été longtemps si fructueuse qu'elle avait enflammé durablement nombre d'esprits chasseurs. On s'en remémorait les faits et gestes en un culte entretenu par ces longues soirées d'hiver que l'on passait au cantou entre voisins venus se tenir compagnie pour meubler le silence dans l'épaisseur de la nuit. Ainsi étaient vivifiés les exploits des ancêtres souvent anonymes et devenus d'autant plus prestigieux qu'ils appartenaient à l'histoire, et à la mémoire collective que chacun pouvait s'approprier. Là, au coin du feu, on évoquait avec tendresse, entre deux verres d'un vin nouveau, léger et âpre, apte à aider la dégustation de quelques châtaignes farineuses, la légende de ces hommes rudes d'autrefois. Les récits s'entrechoquaient dans le mélange des souvenirs édulcorés, mais avec des variantes multiples revenaient celui du Timbal, surnom de Guillaume Fouroux, qui avait tué l'ourse de la passe du Repaire. Alors qu'il montait au coq de bruyère, elle s'était dressée devant lui, avec ses oursons, en mère protectrice, à trente pas environ, mais trop loin pour que la chevrotine de son seize à broche ne la foudroie. En un instant, il avait compris qu'il ne pourrait recharger, il n'en aurait pas le temps, elle serait sur lui avant. Alors, dans un éclair de génie inspiré par saint Hubert, il avait délibérément tiré sur un des petits, et l'ourse, folle de rage et de douleur, avait approché debout sur les pattes de derrière, immense et menaçante. Il l'avait fusillée à bout portant de sa dernière cartouche, du canon gauche, en plein cœur, à cinq mètres à peine. Cette histoire, répétée et ressassée, participait à la mystique d'un pays qui n'avait plus d'autres ressources que de cultiver la mémoire des hommes de jadis pour faire face à la réalité d'un temps marqué par la désertification.

Maintenant le jour déclinait plus rapidement. Il laissait place à l'atmosphère bleutée de la nuit. Dominant la vallée, la silhouette sombre du Valier se détachait un peu plus sur le ciel bleu clair où des myriades d'étoiles s'allumaient les unes après les autres. Depuis quelque temps, on sentait bien que l'automne s'installait. Au-delà de la couleur mordorée que prenaient les feuilles dans les bois, l'air était plus frais, porteur du parfum des feux de bois et de l'odeur des bêtes. Instinctivement, les oiseaux chantaient moins longtemps, comme pressés de regagner les taillis. Quelques grosses draines n'allaient pas tarder à faire leur apparition avec l'arrivée des premières neiges.

Picard et Tango attendaient Raymond dans la grande salle. Il les enfermait là, à la fois pour éviter qu'ils aillent courir au diable Vauvert, penchant naturel d'un instinct vagabond cultivé par les saisons d'estive, mais aussi parce qu'ils étaient bons gardiens. Les deux chiens lui firent fête. Par habitude, un instant, il chercha Bambou du regard avant de marmonner entre ses dents un « putain d'ours ! ». Il n'avait pas encore digéré la perte de son chien.

Raymond dînait tôt en hiver. Il suivait simplement le rythme du soleil, tout au long de l'année, ainsi qu'il l'avait toujours fait, sauf peut-être à un bref moment de sa jeunesse. Il prépara son repas comme à l'accoutumée : d'abord un bol de soupe agrémentée d'un peu de graisse à la façon des garbures du pays, mélangeant les morceaux de légumes entiers de telle sorte que la cuillère tienne debout toute seule, et ensuite, à la fortune du pot et des jours. Ce soir-là, il accommoderait un cèpe cueilli du matin. Dans une grasale de faïence ébréchée, au fond culotté de multiples rayures, il jeta un œuf, le battit vigoureusement d'une fourchette partiellement édentée pour lui donner cette consistance mousseuse et aérienne apte à faire une omelette convenable. Il ajouta un peu d'ail et de persil, de sel et de poivre, et versa le tout dans la vieille poêle noire que sa mère utilisait déjà au début de son mariage.

Après le repas, la table débarrassée, Raymond alla chercher son fusil. Il le tenait dans le placard juste sous l'escalier, appuyé contre les pots de grès qui conservaient les morceaux de cochon tué au printemps précédent. L'arme avait appartenu à son père, Tistounet. C'était un Hammerless de calibre 16 qu'il avait nettoyé et entretenu au fil des saisons de chasse... Il était enveloppé d'un chiffon marron marqué par les taches sombres d'une huile brunie. Ses canons étaient assez courts, pas plus de soixante-cinq centimètres, ce qui était bien suffisant en une époque où le gibier pullulait partout, partant de près, tels ces râles des genêts, hôtes habituels des buissons de la montagne ariégeoise. Pour avoir servi, l'arme n'était pas usée pour autant, ayant fait l'objet d'un soin attentif. Il fallait armer les chiens à la main, dans un cliquetis métallique qui donnait soudain du poids à l'action personnelle.

Raymond utilisait peu le fusil, n'étant pas du genre chasseur. Toutefois, comme beaucoup dans ces terres

106

reculées, il lui vouait un respect quasi religieux, dû peut-être au fait qu'il avait appartenu à son père, disparu dans des circonstances tragiques. Ce fusil, c'était le résumé d'une existence, de joies, de peines et de labeur. Plus que l'huile, il sentait la transpiration de l'homme, l'odeur du travail bien fait et justement récompensé. Le recevoir en héritage était ainsi plus qu'un dû, un devoir, une mission acceptée pour être transmise à son tour aux jeunes générations. Ce sentiment profond, il n'était pas le seul à le partager. Nombreux étaient ceux de sa génération qui le considéraient comme une vraie fortune, parce qu'elle faisait l'homme, dans une nature où il fallait survivre. Mais Raymond n'avait personne derrière lui, personne à qui le donner à son tour au seuil de la vieillesse.

Il le caressa des doigts. L'acier était bleu, froid et lisse. Il inspirait le respect et pouvait légitimer de justes actions. Les siècles futurs pourraient bien se moquer de ce sentiment confus qui sous-tendait le raisonnement paysan au point d'obérer toute notion de critique objective. Raymond prépara cette arme qu'il maniait avec respect : il l'essuya, la graissa, flattant la loupe de noyer qui servait de crosse. Il avait une dizaine de cartouches de chevrotine qui dataient de son père, d'avant guerre, de la trois-grains liés, munition meurtrière par le fil de laiton qu'elle tendait entre les billettes de plomb. C'était bien suffisant pour chasser un ours qui, en plus, serait introuvable. En deux jours, la bête avait dû faire du chemin. Raymond ne se faisait pas d'illusion sur la probabilité de tomber dessus, mais Vidal avait réussi à remonter les autres, à exciter leur imagination et leur bêtise.

Raymond se coucha de bonne heure, tant par habitude que pour trouver un sommeil réparateur avant la battue du lendemain. Il faisait encore nuit quand il se leva, matinal. Un bol de café au lait vite avalé, la canadienne sur le dos, il se saisit du fusil pour se rendre au rendez-vous fixé la veille. Au rythme de l'arrivée des 4 L et des Ami 8, la quinzaine d'hommes s'étaient retrouvés devant la mairie, dans l'aube laiteuse du jour nouveau. Au fil des arrivants, la fumée du gris se mélangeait à la buée exhalée des corps dans le petit matin frais. Odeurs d'hommes juste sortis du lit, les joues rougies par le feu du rasoir, l'haleine sentant le café ou la chicorée fraîchement avalés. Ils se serraient la main, parlant à voix basse, tels des conspirateurs inquiétants.

— Hé, Caujolle ! tu vas faire les traces ? questionna Bonzom tout guilleret.

Celui-là était toujours prêt à partir à la chasse. Il y retrouvait le parfum de ses opérations, comme au bon vieux temps de son passé militaire. D'ailleurs, vêtu d'un vieux treillis vert olive, bardé d'une large cartouchière, il arborait fièrement sur l'épaule un MAS 36, un ancien fusil de guerre ramené d'Indochine qu'il avait fait transformer en calibre civil au banc d'essai de Saint-Étienne.

— Oh ! je vais pas y aller tout seul. Qui vient avec moi ?

— Allez va, je t'accompagne..., fit le mari de la Lulu. Faudra passer par la Bourdasse... Mais faut voir aussi par la Combe d'Aurel. Qui y va là-bas ?

— J'y passerai, fit Rodriguez. Fouroux, tu m'accompagnes ?

— Bon, dit Vidal, allez ça marche... Vous en avez pour une bonne heure. Inutile de prendre le pied des sangliers. C'est pas ce qu'on cherche aujourd'hui !

— Ouais, t'en fais pas ! On le sait bien.

— Nous, on vous attend là, fit Vidal. On cassera la croûte au retour !

Par groupes de deux, ils disparurent dans l'aube

tendre qui absorba rapidement leurs silhouettes. On entendit les portières des voitures claquer en une fermeture sèche et métallique à peine atténuée par le joint de caoutchouc qui parait la feuillure. Bientôt le bruit des moteurs se perdit dans l'aurore du matin d'octobre.

Les autres s'étaient regroupés par cet instinct grégaire qui rassemble les troupeaux, resserrant les rangs dans les discussions feutrées, avant cette grand-messe qui s'annonçait barbare et brutale, pleine de cris, de sang et de furie, comme pour expier la terreur ancestrale des hommes que les grands fauves avaient fait perdurer depuis la préhistoire et que, dans un inconscient collectif savamment cultivé, on se remémorait le soir à la veillée. Il fallait qu'ils aient sa peau pour que la leur puisse continuer à vivre. L'éternelle lutte contre la nature qui avait fait des hommes les conquérants du monde.

Raymond ne se posait pas toutes ces questions. Il se contentait d'être, sans plus d'ambition, celui qui aspirait à remonter vers l'estive la saison suivante. Il ne visait ni l'enrichissement ni la gloire d'un trophée illusoire comme beaucoup d'entre eux. L'ours l'avait attaqué, il éprouvait juste le besoin de se défendre et de se venger, sans passion, sans haine et sans intérêt.

Vers neuf heures et demie, les pisteurs rentrèrent, le sourire aux lèvres. Ils descendirent des voitures en parlant entre eux à voix basse, comme partageant un secret funeste. Les autres les attendaient, autour de la fontaine, dans le chant cristallin de l'eau qui s'écoulait.

— Alors ? fit Vidal, le sourcil interrogateur.

— On a vu des traces, dit Rodriguez.

— Où ça ? demanda Ernest.

— Au bas de la forêt de Rouze...

— Des traces comment ? demanda Vidal.

— Des traces bien nettes, dans la boue, sur le bas-côté...

— T'es sûr que c'est lui ? fit Raymond, dubitatif.

— Tu parles ! les griffes, ça se confond pas avec le pied d'un sanglier, dit Rodriguez.

— Oh ! toi, tu t'es bien trompé un jour avec un chevreuil, dit Ernest, moqueur.

— Te fous pas de ma gueule, lâcha Rodriguez, vexé.

— Non, sur les griffes, il peut pas se tromper, dit Vidal. C'est lui ! Faut pas traîner... Il est encore dans les parages. Bon, écoutez-moi : on va se diviser en deux groupes, moi je prends par le chemin de la cabane d'Assac, le deuxième groupe prendra par la Bourdasse vers la Combe d'Aurel et le Col des Portes pour lui barrer le chemin. On va lâcher les chiens et je vous dis qu'on a des chances de le coincer, ce salopard. C'est bien le diable si on se le fait pas !

Ils opinèrent du bonnet avant de s'ébranler dans le glapissement heureux des chiens lâchés, avides d'odeurs émanant des pistes fraîches. Ils avaient passé le Pla de Rouze et progressaient maintenant vers le Pic de Soubirou. La cohorte humaine ressemblait à une chenille processionnaire : tels des Indiens sur le sentier de la guerre, ils montaient à la queue leu leu, suivant plus ou moins le talweg naturel creusé par le petit ruisseau. Le chemin n'était pas bien large, obstrué par endroits d'un arbre mort couché en travers qu'il fallait alors enjamber. Il serpentait au flanc d'une ombrée humide recelant, dans la fraîcheur matinale, quelques pierres glissantes traîtreusement cachées sous les feuilles rousses des hêtres, craquantes, sous le pas, des premières gelées blanches. L'étroitesse du passage n'autorisait pas grande conversation et les hommes se hélaient dans la colonne, en se dandinant.

– Oh putain ! Ça glisse...

– Hé ! Fais gaffe à ton fusil, Caujolle !

– J'ai failli me péter la gueule, Lulu...

– Ouais, mais moi, je suis derrière...

– Il s'arrange pas, ce chemin... Dans dix ans, on y passera plus, fit Ernest, fataliste.

– Tu y viens jamais par ici, Raymond ? demanda Bonzom.

– Tu sais bien que je garde de l'autre côté de la vallée, d'habitude !

– Oui, ça on le sait... C'est surtout qu'il n'y a plus personne à la cabane d'Assac !

– Pas plus d'ailleurs qu'à celle de Douillous ou de Saubé..., fit Fouroux.

– C'est comme ça dans tout le pays, maintenant, laissa tomber Rodriguez qui marchait en tête de colonne.

– Y'a bien les « zippies » qui arrivent, fit Bonzom, provocateur.

– Oh, ceux-là, ils vont pas nous emmerder ! D'abord, ils sont pas d'ici, fit Caujolle avant d'ajouter en se retournant : je dis pas ça pour toi, Rodriguez ! Toi, t'étais juste de l'autre côté...

– Ouais, c'est tous des fumeurs de topinambour. Je les vois, moi, dans ma tournée, fit Ernest.

– Faut les foutre dehors, les Indiens, conclut Vidal. La montagne, elle est à ceux qui ont des bêtes, à ceux qui suent, qui peinent, et qui s'en servent. Vous êtes pas d'accord avec moi, vous tous ?

Vidal les plaça un par un, poste par poste, en leur expliquant par où l'ours risquait de venir, leur murmurant au creux de l'oreille, persuasif, les multiples

indices annonciateurs du passage du fauve. Il susurrait à chacun d'un ton confidentiel le bruit de la branche cassée, celui de la feuille qui craque sous un pas
trop lourd. À tous, il sut inspirer confiance et certi-
tude. Cet homme-là connaissait la montagne, savait
donner des ordres..., pensaient-ils. N'était-il pas naturel qu'il soit le chef de ce monde montagnard maintenant déserté ?

Raymond se retrouvait posté au coin d'un genévrier
bleu et piquant, avec pour tout horizon quelques touffes de buis bicolores plantées sur un replat d'estive
abandonnée depuis des lustres. Ici, le temps se conjuguait avec l'histoire des hommes, fait de conquêtes et
d'abandons, de flux et de reflux, ce que dans le Nord
on nommait les essarts et ici les orts. Il arma les chiens
du seize dans le vent aigre du matin qui balayait le
faux plat en une bise glacée. Il posa l'arme contre le
buisson piquant pour grignoter un bout de saucisse
sèche sorti de sa musette sans âge. Il aimait chiquer
ainsi, mâchouillant inlassablement de ses vieilles
dents jaunes ce bout de gras dur à la saveur souvent
rance. Il promena son regard de buis en buis, cherchant les passages potentiels par lesquels l'ours pouvait surgir pour le surprendre. Le vent bruissait dans
les buissons sempervirents qui frissonnaient sous sa
caresse rugueuse. Ici le monde était encore à l'état
brut, la nature égale à elle-même. On s'y sentait soi-
même, seul face à l'Histoire et au Temps.

Raymond éprouvait ce même sentiment de plénitude qui lui gagnait le cœur lorsque, en été, le troupeau à ses pieds, il contemplait l'estive. Ici, avec pour
décor la montagne qui se découpait dans le ciel clair,
il se sentait bien. Il était chez lui, là où il avait choisi
de vivre. Cette pensée s'interrompit soudain dans un
bruit de branchages cassés. L'instant d'après, à moins
de cinq mètres devant lui, une masse sombre apparut,

grimpant à quatre pattes la pente du talweg. Raymond en fut pétrifié. Il était là, devant lui. Il ne pouvait réagir, comme tétanisé par cette apparition qui rentrait dans un champ de vision trop proche. L'ours marqua un temps d'arrêt, le flaira un instant, émit un grognement et s'enfuit aussi vite qu'il était apparu. Raymond n'osa faire un geste vers le fusil adossé aux genévriers. Il resta là, idiot, sans réaction immédiate. L'ours avait disparu et seul le vent faisait entendre son mugissement. Quand il émergea lentement de cet état second, Raymond eut conscience qu'il serait désormais, plutôt deux fois qu'une, celui qui avait vu l'ours, mais jamais il ne pourrait leur expliquer pourquoi il n'avait pas tiré. Comment dire la surprise totale à des assoiffés de trophées. Il saisit le fusil et tira deux coups en l'air. Mieux valait passer pour un maladroit que pour un couillon !

Les deux détonations claquèrent comme un coup de tonnerre dans un ciel clair. Tous les entendirent. Ils apaisaient une tension marquée par les aboiements ponctuels des chiens. Toutefois, en l'absence d'un coup de trompe, la plupart restèrent sur le qui-vive. Ils attendirent encore un long moment, chacun à son poste respectif, avant d'être délivrés par la voix du piqueur qui leur raconta la traque au fur et à mesure que les chiens montaient en suivant la piste.

— Le Raymond l'a manqué !
— Comment ça ?
— Trop près...
— Trop près ?
— À moins de deux mètres !
— Oh ! putain... C'est pas vrai !

Relevés de leur poste de tir, ils redescendirent vers la vallée, souvent deux par deux. Les conversations allaient bon train. On blâmait le maladroit, on comprenait l'émotif, on pardonnait au tireur surpris.

113

Ils se retrouvèrent tous autour de la fontaine, dans le chant frais de l'eau. C'était raté. Ils l'avaient raté. Les bonnes âmes n'en étaient pas surprises. Il y avait là de quoi alimenter les conversations pendant plusieurs jours. Seul Vidal affichait une mine renfrognée. Il semblait en vouloir à tout le monde et à Raymond en particulier, quand celui-ci arriva.

— Qu'est-ce que tu as fait ? lui demanda-t-il sèchement. Comment tu l'as manqué ? Tu l'avais à portée de main, pourtant !

— Oui ! Trop près...

— Tu voulais pas le tuer ou quoi ? lâcha Vidal.

— Il m'a surpris..., avoua Raymond.

— Y'a pas de surprise qui tienne !

— Laisse-le, Vidal... T'as jamais rien manqué, toi ?

— Moi, je rate pas mes ennemis !

— Oui, ça on le sait ! fit Bonzom, lucide.

— T'as quelque chose contre moi ? N'oublie pas que le bois que tu ramasses, c'est sur mes terres que je te le laisse prendre.

— Ho ! Vidal ! faut pas me parler comme ça. Je suis pas ton commis, moi. Tu n'es pas le seigneur du pays.

— Occupe-toi plutôt de tes enfants qui viennent pas souvent te voir.

— Laisse mes enfants tranquilles ! Ça ne regarde que moi. Et si Raymond l'a manqué, l'ours, c'est que toi, t'aurais pas pu faire mieux.

— C'est vrai, Vidal, c'est pas évident, tu sais... Le voir à deux mètres, tirer... Je sais pas comment j'aurais réagi, moi, fit Ernest, conciliant.

Vidal maugréa, marmonna quelques paroles désobligeantes sur les incapables que le pays avait nourris, avant de tourner le dos pour remonter dans sa 2 CV camionnette et démarrer sèchement dans la poussière de midi.

Le petit groupe resta silencieux quelques instants,

un peu mal à l'aise, puis les conversations reprirent, roulant alternativement de la traque ratée de l'ours au mauvais caractère de Vidal, jusqu'à ce que Rodriguez propose d'aller boire l'apéro à Seix, histoire de finir la matinée autour d'un Ricard-tomate ou d'un perroquet. Raymond les regarda monter en voitures dans le claquement des portières. Personne ne l'avait invité. D'ailleurs, comment serait-il remonté ? Il les regarda s'éloigner sans rien dire, restant « pité » dans sa vieille canadienne, sur la placette. Il rentra chez lui, de ce pas mesuré qui sait s'économiser, la courroie usée du fusil sur l'épaule. Il n'était même pas déçu, il savait tenir sa place, et toutes ces années d'estives lui avaient appris la vanité des comportements humains. Les touffes de gispet qui avaient échappé à la dent rasante des brebis pouvaient bien frissonner au vent d'octobre. Il n'était qu'un berger. De cette position, il ne tirait aucun sentiment d'amertume, ni soif de revanche. La contemplation, des mois durant, des bêtes éparpillées au flanc des soulanes et des ombrées, lui avait fait comprendre la vraie nature des choses humaines.

Une odeur de soupe fraîche le surprit au pied de l'escalier de pierre qui conduisait à sa maison. Simone le héla du haut de son balcon :

– Hé ! Raymond... Je t'en ai mis une casserole sur la cuisinière.

– T'es bien bonne...

– Tu pourras me couper un peu de bois quand tu auras le temps ?

– Bien sûr, je te le rentrerai dans la grange...

Cette attention ne le surprit guère. Ici, pour eux encore, les relations de voisinage étaient faites de cette complicité qui savait devancer les désirs de l'autre dans l'accompagnement mutuel de la vie, peines et joies confondues.

La soupe brûlante avalée, il compléta son repas en tranchant un morceau du cambajou, qu'il avait redescendu de l'estive dans sa musette. Il en mastiqua les bouchées avec application, faisant durer le plaisir de goûter une viande serrée et sèche, simplement accompagnée de quelques gorgées de vin coupées d'eau fraîche. Après ce déjeuner frugal, pris dans le silence de la comtoise qui égrenait l'éternité du temps qui passe, il alla quérir, sur l'étagère du placard, un paquet de lentilles du Puy, enveloppé de Cellophane verte, histoire de préparer un fricot. Ce paquet d'une livre, agrémenté de lard, de couenne et d'un bout de saucisse, assurerait deux repas, évitant les efforts d'imagination. Ayant chaussé une vieille paire de lunettes que son grand-père et son père s'étaient repassée, il étala largement les lentilles sur la table de bois patiné. Il promenait un doigt vagabond et fureteur sur la masse camaïeu pour en repérer et ôter les pierres, quand on frappa à la porte. Il n'eut même pas à crier d'entrer. La silhouette massive de Roger Piquemal, le maire, apparut dans l'encadrement. La cinquantaine à peine entamée, le visage taillé à coups de serpe, la peau tannée par un travail d'extérieur, il avait le cheveu ras et gris. Chef de chantier à la subdivision de l'Équipement de Saint-Girons, il essayait avec quelques autres, vaille que vaille, d'administrer un pays qui se mourait au fil des enterrements, tellement que même le glas se raréfiait désormais.

– Hé, qu'est-ce qui t'emmène, Roger ? demanda Raymond.

– Tu le devines pas ?

– Eh non !...

– Vos conneries, fit Roger, peu aimable.

– Comment ça ?

– Dis-moi, Raymond, ce matin, vous n'avez pas fait une battue à l'ours ?

– Non, on était au sanglier...

– Ne me prends pas pour un imbécile, Raymond. À la chasse, tu n'y vas pas... D'ailleurs, t'as même pas le permis ! Je le sais, c'est moi qui vous le donne à la mairie. Alors, avoue, vous étiez à l'ours, hein ?

– Pourquoi tu me le demandes, si tu le sais ?

– Bougre d'idiot, attends-toi à ce que les fédéraux et les gendarmes montent.

– Et pourquoi ils monteraient ?

– Parce que figure-toi qu'à l'apéro à Seix, avec quelques Ricard dans le nez, tes copains, ils ont été un peu trop bavards !

– On l'a pas tué !

– Il aurait plus manqué que ça ! Heureusement que tu l'as manqué. Mais enfin, ça reste une action de chasse prohibée, et en plus, vous avez eu le toupet d'organiser votre coup à la mairie, sous l'œil de Marianne. Putain, mais où vous vous croyez ? Bonnac, c'est encore en France, pas une république bananière !

– Tu sais bien que c'est pas moi qui l'ai organisée.

– Je sais, mais Vidal, faut qu'il comprenne qu'avoir plus de huit cents têtes, ça donne pas le droit de faire n'importe quoi. Il est plus en Afrique, ici...

– Alors, qu'est-ce qu'il faut que je dise, si on me questionne ? demanda Raymond.

– Écoute, j'ai pas de conseil à te donner mais au point où vous en êtes, autant continuer à dire que vous étiez au sanglier. Enfin, moi je t'ai rien dit, hein... Et surtout, essayez de pas en faire d'autres...

Raymond se replongea dans l'examen attentif des lentilles vertes, triant, de l'index pointé, les petites pierres claires, perplexe sur les suites que cette histoire risquait d'avoir. Lui qui aimait le calme et la sérénité que les montagnes procurent, il appréhendait avec un peu d'angoisse les incertitudes que cette battue allait générer. Vidal était prêt à tout. Têtu et obstiné, refusant de s'avouer vaincu. Raymond connaissait l'influence que l'homme pouvait avoir dans cette vallée où la puissance se mesurait au nombre de bêtes que l'on possédait ; et sa petite gazaille ne lui donnait pas voix au chapitre, le confinant simplement dans le rôle de la piétaille.

5

Le pouvoir de nuire

À peine Roger Piquemal, le maire, était-il sorti, que Marie-Lou, l'autre voisine de Raymond, celle qui habitait deux maisons plus loin et qui était souvent fourrée chez lui, fit son apparition dans l'encadrement de la porte. À soixante-seize ans, le cheveu teint et coupé court à la garçonne, toujours bien pomponnée et arrosée d'eau de Cologne, elle portait encore beau. Après une vie de labeur marquée par des hauts et des bas qui l'avaient conduite jusque dans la capitale, Marie-Laure Souquet, pour l'état civil, arborait un riche passé.

Elle était la cinquième d'une famille nombreuse. Six frères et sœurs avaient d'ailleurs suivi sa venue au monde. Son père, Eugène, facteur intérimaire, toujours vêtu de cette serge bleue des Postes qui faisait hurler les chiens, trimbalait sa boîte noire réglementaire, retenue par une courroie brunie sur l'épaule en toutes saisons. Le képi légèrement incliné sur l'oreille, le sourire aux lèvres, les mauvaises langues de la vallée disaient de lui qu'il faisait autant d'enfants à sa femme que de tournées dans la semaine. Venue au monde dans la modestie d'un foyer où l'on comptait ses sous, Marie-Laure avait naturellement gardé les bêtes, comme bien des gosses du pays, à l'âge de

119

sept ans, quels que soient les caprices de la météo montagnarde. Elle avait juste eu le temps de fréquenter assez la communale pour y apprendre à lire et à écrire autre chose que le patois, sans avoir pu passer le certificat d'études à une époque où ce diplôme représentait encore quelque chose. Très tôt, elle avait appris la valeur de l'argent et, assurément, elle comptait mieux qu'elle ne connaissait l'orthographe. Placée à quatorze ans chez un médecin de Saint-Girons, elle avait dû travailler dur, les mains meurtries de gerçures attrapées au lavoir, dans l'eau glacée, à rincer les bandages des malades. C'est là, au détour d'une corvée de lessive, qu'elle fit la connaissance d'Aurélien, un garçon de ferme venu consulter le médecin, son patron, pour un coup de pied de vache mal cicatrisé. Tôt mariée à l'âge de dix-sept ans, mère l'année suivante, son horizon de jeunesse avait été marqué par des grossesses à répétition qui, avec de courts intervalles, lui avaient fourni six enfants et l'impérieuse nécessité de trouver du travail pour les nourrir et gagner ainsi quelques sous que son mari, comme beaucoup d'hommes de la vallée, buvait parfois le dimanche, quand il parvenait à les trouver avant qu'elle règle les ardoises de fin de mois chez les commerçants attitrés où l'on contresignait les cahiers.

Il était pourtant sérieux et travailleur, l'Aurélien, jamais au chômage malgré cette période de crise qui, à partir de 1932, avait commencé de toucher la France, cette lèpre endémique du travail devenant aléatoire. Il était toujours prêt à rendre service mais, au fil des ans, l'affirmation du caractère de maîtresse-femme de Marie-Laure l'avait conduit insensiblement à se réconforter à coups de chopine. Mais pas question pour lui d'aller au café. C'était trop cher. Il préférait se fournir au litre. Marie-Laure le savait et veillait au grain. Toutefois, malin et rusé, Aurélien savait compter sur les complicités du voisinage qui lui permettaient, grâce à quelques sous subtilisés à la sagacité de son épouse, d'acheter les bouteilles qu'il cachait soigneusement derrière la pile de bois ou le clapier. Et Marie-Laure ne comprenait pas pourquoi il rentrait si gai certains soirs, elle qui lui mesurait chichement son quart de rouge, repas après repas. Alors, en peignoir et chemise de nuit, elle se contentait de le mettre au lit après lui avoir fait la morale, scandalisée de l'état dans lequel il s'était mis.

En 1946, après des années de galère, de ménage en ménage, alors qu'elle frôlait la cinquantaine rayonnante et plantureuse, piquée par une lubie subite elle décida de mettre le cap sur Paris et de trouver un travail plus rémunérateur. Là, son entregent naturel l'avait rapidement imposée comme chef d'équipe dans une entreprise qui nettoyait les rames du métro. Elle avait même passé le permis de conduire, pilotant de main de maître une Juva 4, dans la capitale qui, chaque jour davantage, était envahie par un flux croissant de véhicules en ces trente glorieuses naissantes. Elle avait réussi à faire embaucher son mari à la SNCF, comme cantonnier, ce qui, au-delà d'un salaire régulier, n'avait pas arrangé son penchant naturel pour la pause casse-croûte et le petit blanc pris à la cantine de la gare de triage.

L'année 1958 l'avait autorisée à faire valoir ses droits à la retraite et à rentrer au pays, la crête flamboyante, au volant d'une dauphine qui faisait l'admiration de tout le village. Bonne langue, style moulin à paroles comme ses voisines, Simone et Josette, ayant toujours un avis à donner sur tout, elle expédiait rapidement son ménage pour passer ses journées à faire le tour des maisons encore habitées. Elle colportait ce qu'elle avait appris ailleurs et inventait ce qu'on ne lui avait pas encore dit, ce qui était à l'évidence source de méprise, de quiproquos, dégénérant souvent en bouderies et parfois en embrouilles tenaces. Si certains lui prêtaient un rôle qu'elle n'avait pas, il est vrai qu'elle se régalait, particulièrement en période électorale, se chargeant d'assurer la communication des candidats et leurs intentions supposées en matière de politique communale. Au quotidien, elle arrivait souvent chez ses voisines vers les onze heures et demie, au prétexte futile de venir chercher un peu de beurre et de persil, et nul ne savait alors combien de temps elle pouvait rester, assise sur une chaise, au cantou, à passer en revue les dires des uns et des autres. Les quelques hommes qui restaient au village la fuyaient, expliquant en aparté que son babillage incessant justifiait sans doute les chopines qu'Aurélien s'envoyait derrière la cravate. Ils en oubliaient que leurs propres épouses se prêtaient complaisamment à ce jeu, et qu'elles n'étaient pas les dernières à alimenter le moulin des rumeurs.

— Alors, Raymond, c'est bien le maire que j'ai vu monter chez toi ?

— Oui, c'est Roger, en effet.

— Et qu'est-ce qu'il te voulait ?

— Me parler, fit Raymond, taciturne.

— Et de quoi ? Pour monter pendant ses heures de service, faut que ce soit rudement important.

— De l'ours qui a tué les moutons de Caujolle...

— C'est vrai que tu l'as manqué, ce matin ?

— On chassait pas l'ours...

— Oh, à moi, tu peux le dire, tu sais bien que je suis un tombeau.

— On n'était pas à l'ours, je te dis !

— Allez, arrête ! Tu sais bien que depuis la maison, je vois tout.

— Je sais que tu es toujours derrière ton rideau, ça, oui... Moi, je vais soigner les bêtes, elles lisent pas le journal, fit Raymond, peu désireux d'entamer la conversation.

Il se leva, dans le raclement de la chaise, pour siffler Picard et Tango, puis, les deux chiens sur les talons, descendit l'escalier de lauze pour gagner les étables. Avec cette battue, il n'avait pu encore les mettre dehors, et les bêtes, habituées à l'estive, bêlaient à qui voulait l'entendre leur envie de liberté. Devant les portes de bois dont seule la partie supérieure était ouverte, faisant entrer un jour maigre, la masse cotonneuse piétinait dans la chaleur animale où se mêlait le parfum du foin, l'odeur du suint et des crottes ovines. À peine les portes ouvertes, les moutons se précipitèrent dehors, harcelés par l'aboiement nerveux des chiens qui cherchaient à canaliser la cohue blanche. Serrés les uns contre les autres, épaule contre épaule, ils suivirent Raymond qui les mena à cette terre de la Breiche, la terre de la sorcière, qui, ceinturée de murs de pierres sèches, constituait un enclos acceptable où elles pouvaient pacager à loisir.

Le béret sur la tête, Raymond s'installa à l'abri du vent d'autan qui contenait les nuages au loin selon le rythme traditionnel des trois, six, neuf, pour quelques jours encore. Il ressassait cette histoire d'ours : tout ça allait mal finir et il ne croyait pas aux « solutions à la Vidal ». D'ailleurs, l'ours allait bientôt hiberner, peut-être pas de ce côté de la chaîne, renvoyant le problème au printemps et à la fonte des neiges. Bien sûr, cet ours était l'ennemi des troupeaux mais il y avait si longtemps qu'on n'en avait vu que rien ne prouvait qu'on le reverrait dans les années à venir. Et puis, n'était-il pas, lui aussi, l'élément naturel d'un paysage montagnard que l'on avait voulu tellement domestiquer au point de l'oublier ? Ces pensées se téléscopaient dans sa tête habituée aux choses simples, quand la silhouette de Bonzom apparut par-dessus la « cleyde ».

– Ho ! Raymond, j'ai une commission pour toi...

– Au sujet de quoi ?

– De l'ours, pardi !

Vidal les avait tous convoqués pour cinq heures. Il avait fait passer le mot par Joseph. « Rendez-vous à l'école puisqu'on peut pas à la mairie !... Faut qu'on mette au point quelque chose... », avait glissé le messager d'un air entendu. Certains avaient râlé en pensant à la passée du soir qu'ils ne pourraient pas faire alors que les palombes commençaient à bien descendre à l'approche de la Saint-Luc. Mais si Vidal organisait une réunion sur le problème, fallait y aller, palombes ou pas !

La salle était sombre de l'opacité de la fumée des gauloises. Elle planait en brouillard dense, par strates superposées, tel un millefeuille construit au fil des cigarettes que l'on allume et que, devenues mégots, l'on écrase. La modernité du temps faisait consommer davantage de paquets bleus au casque ailé que du gris roulé dans le traditionnel papier Job, surtout chez les jeunes, qui se grisaient ainsi d'une urbanité d'apparence, offrant en partage quelques instants d'illusions. Seuls les plus âgés lissaient encore d'un trait de salive les savants cylindres confectionnés au Bergerac, pour se les ficher au coin des lèvres avant de les allumer dans le grésillement âcre et puant de l'essence bon marché dont ils nourrissaient leurs briquets.

– Dis-moi, Raymond, fit Vidal, les yeux mi-clos, soudain mielleux. Y'a bien toujours la vieille herse devant chez Delrieu, n'est-ce pas ?

– Oui, en effet, même qu'elle achève de rouiller depuis plus de dix ans qu'on laboure plus avec les bêtes. Personne n'ira la chercher...

– Et surtout pas les Delrieu, vu qu'ils sont au cimetière, rigola Caujolle.

– Elle fera l'affaire, fit Vidal, sentencieux.

– L'affaire de qui ? demanda Raymond.

– T'occupe ! c'est pas tes oignons, à toi. T'es que
berger, lâcha Vidal brutalement.

Raymond le regarda sans illusion. Celui-là, il savait
bien faire venir ceux dont il avait besoin. Toute sa vie,
il avait pressé les citrons pour jeter la peau après en
avoir tiré le jus jusqu'à la dernière goutte. Raymond
eut le sentiment confus de n'être qu'un pion, de
s'être fait manipuler une fois de plus. D'ailleurs, cette
réunion dans la vieille école du village fermée depuis
des années pour cause de potaches absents, il n'aurait
pas dû y aller. Il s'en faisait le reproche intérieur, se
cherchant en même temps des excuses. Comment
pouvait-il faire autrement ? S'en dispenser, c'était
affirmer son désintéressement de l'avenir des troupeaux d'une vallée en pleine déprise agricole. C'était
hypothéquer les saisons d'estives à venir. Les bons
bergers n'étaient pas nombreux, certes, mais il n'était
pas irremplaçable. Il savait que Vidal ne ferait pas de
sentiment et que les autres propriétaires suivraient ses
avis de grande gueule.

De la dizaine de participants rassemblés autour des
tables bancales, il était bien le seul sûrement à se
poser des questions. Les autres, pour des raisons
diverses, n'avaient pas hésité à répondre présents. La
poussière avait recouvert les bancs et les tables des
générations d'écoliers du voile de l'Histoire et du
passé. Leurs doigts, en y marquant leurs empreintes
actuelles, ne faisaient qu'y souligner le comportement
différent entre les générations d'aujourd'hui et celles
de jadis. L'encre violette avait séché depuis longtemps
dans les encriers de porcelaine blanche, où plus
aucune plume Sergent-Major ne venait désormais se

tremper. Dans l'armoire de sapin clair vernissé, les livres de la modeste bibliothèque scolaire, recouverts d'un papier bleuâtre et nantis d'une étiquette à pans coupés, achevaient de jaunir dans la moisissure née de l'humidité ambiante qui collait chaque hiver un peu plus les pages les unes aux autres, comme on agglomère les années dans le raccourci de la mémoire.

— Dis-moi, Caujolle, ton poste à souder fonctionne toujours ?

— Oui, tu veux t'en servir ?

— Moi non... mais je vais avoir un travail pour toi ! Demain matin, je te porterai des fers à béton... tu sais des gros, du quinze ou vingt de diamètre... Je crois qu'il m'en reste de la dalle que Cros, le maçon, m'a coulée y'a quatre ans.

— Et qu'est-ce que tu veux en faire ?

— Un piège pour l'ours...

— Un piège ? Comment ça ?

— Tu me les couperas à environ un mètre de long, bien en biseau, avec une bonne encoche dessous pour que ça fasse comme un hameçon. Tu vois ce que je veux dire ?

— Oui, oui... Continue...

— Ensuite, tu vas me les souder à l'électricité sur les dents de la vieille herse de Delrieu. Tu piges ?

— Hé ! Vidal, je suis pas idiot !

— Tu sauras le faire ?

— Je connais mon métier !..., répondit un peu vexé Caujolle qui faisait profession de garagiste pour compléter les maigres revenus d'une exploitation familiale trop exiguë, héritée du beau-père et dont sa femme avait la charge.

— Et tu veux le poser où, ton piège ? demanda Joseph Bonzom qui, en bon ancien militaire, était soucieux de connaître les phases de l'opération.

126

– À la Combe d'Aurel ! C'est là qu'il doit passer pour rejoindre sa tute, de l'autre côté de la vallée, avant que l'hiver n'arrive, et comme les premières neiges vont pas tarder, on n'aura pas trop à attendre.

– Attends, Vidal... tu crois quand même pas qu'il va venir se piquer par plaisir, le martin ! ricana Joseph.

– Hé ! les ours, ça aime le miel, non ? Tu as bien des ruches près de chez toi, dit-il en se tournant vers un petit vieux que tout le monde appelait ici Pépé Lulu, éternellement coiffé d'une casquette verte crasseuse où la transpiration avait dessiné des auréoles festonnées et blanchâtres.

– Tu crois que ça va marcher ?

– Tu as envie qu'il recommence ? fit Vidal, l'air mauvais.

– Explique-nous ce que tu veux faire ! Nous on aime bien comprendre, même si on est moins forts que toi, ajouta Caujolle, moqueur. Pas vrai, les gars ?

– C'est pas sorcier, reprit Vidal. Le piège, la herse, on va le poser au fond d'une fosse qu'on camouflera avec des fougères, juste à côté d'un arbre. La ruche, toi, Pépé Lulu, tu vas me la fixer sur l'arbre, mais il faudra bien lui en gêner l'accès. Pour ça, t'auras qu'à accrocher un poids à une branche devant. Ce que tu veux, un vieux bidon par exemple.

– Et alors ?

– C'est simple : l'ours, pour aller à la ruche, il va écarter la branche et le poids va se balancer pour revenir sur lui. Il va l'écarter à nouveau, et à force, le mouvement finira par le faire trébucher. Il tombera dans la fosse où il s'empalera vivant.

– Ça peut marcher, en effet, fit Joseph. J'ai vu un truc pareil en Indochine, en 47, quand on se cravatait avec les Viets, du côté de la RC4. Mais nous, c'était plus petit, la tige, elle te ressortait par le mollet, et si tu tirais, tu t'arrachais la viande avec. C'était vicieux, et en plus, avec les parasites de là-bas, la gangrène s'y foutait vite...

– On leur avait pourtant rien fait à ces cocos..., soupira Pépé Lulu qui affichait ouvertement un penchant colonialiste, vieux reste d'un passé militaire glorieux, accompli chez les tirailleurs marocains dans les années vingt, et vécu comme une aventure sans cesse embellie depuis par les souvenirs.

– Ouais, c'est pas le sujet, Lulu. C'est pas con, ton idée, Vidal, fit Caujolle, sincèrement admiratif.

Vidal redressa la tête d'un air supérieur, plein d'une morgue dominatrice. Il les écrasa de son regard de riche propriétaire au compte en banque bien garni. C'était pas eux qui y auraient pensé ! Il les toisa : des bouseux pour la plupart, sans dimension de réussite sociale, des gagne-petit à trois francs six sous, incapables de voir plus loin que leur nez. Plus que jamais, il voulait, à leurs yeux, apparaître comme le chef, le patron, le nouveau seigneur de la vallée. Un sourire lui plissa les lèvres en un rictus cruel. Une onde de satisfaction lui parcourut la colonne vertébrale, lui occasionnant un plaisir intense. Il se garda bien de leur révéler que l'idée du piège et sa conception n'étaient pas de lui, qu'il avait passé deux bonnes heures à compulser des livres de chasse anciens à la bibliothèque municipale de Saint-Girons avant de trouver ce qu'il cherchait. L'essentiel était qu'ils croient que c'était lui l'inventeur, que le piège fonctionne, et qu'ils lui en soient ainsi redevables. Il serait alors celui qui avait débarrassé la vallée de l'ours. Et la reconnaissance qui, à coup sûr, en découlerait, accroîtrait un peu plus son pouvoir, consolidant sa stature pour donner du champ à ses ambitions.

– On va quand même suer pour la monter à la Combe d'Aurel, la herse, surtout avec la ferraille en plus, fit le petit vieux à la casquette verte.

– T'occupe !... C'est pas nous qui allons la monter.

– Et qui ça, alors ?

– Ricardo, tu sais, l'Espagnol, celui qui fait du bois...

– Oui, eh bien ?

– Il a deux mulets dont il se sert pour le débardage, là où son Caterpillar ne peut pas passer. Il nous les prêtera bien...

– Oh ! tu le connais pas... Celui-là, avec son caractère...

– Il me doit bien ça ! fit Vidal d'un air entendu avant d'ajouter : l'autre jour, je l'ai surpris dans le taillis de Mirabat. Il avait quelque peu débordé sa coupe chez Sicre. J'aurais pu le dénoncer... Té, le voilà qui arrive...

Il n'en ajouta pas plus, gardant sous silence la magouille à laquelle il avait contraint l'autre à cet instant. En échange de son silence, Vidal lui avait fait déplacer une borne en haut du même bois, ce qui, d'un coup, faisait sienne toute une rangée de sapins quinquagénaires, situés sur la parcelle voisine, celle de Delrieu, dont les enfants émigrés en ville ne viendraient vérifier ni l'alignement ni l'existence. Ainsi, donnant-gagnant, il le tenait, utilisant une fois de plus sa bonne vieille technique du pourrissement pour faire avancer ses affaires et pousser ses intérêts.

– Et si les fédéraux nous chopent ? dit Fouroux, inquiet après la savonnade musclée que Roger Piquemal lui avait passée à midi, devant sa femme, le menaçant de tous les pouvoirs de police que son autorité de premier magistrat de la commune lui conférait.

– C'est toi qui vas aller leur dire ? répliqua Caujolle en le fusillant du regard.

– Oh ! certes pas, je suis pas un mouchard, j'ai jamais vendu personne... Mais c'est pas le cas de tout le monde, peut-être.

– Et tu parles pour qui ?

– Pour ceux qui savent entendre. Roger m'a dit que les gendarmes risquaient de monter demain. Tu connais Rouzaud, même s'il chasse avec nous le dimanche, dans le boulot, il est service-service. Même qu'il foutrait un PV à sa belle-mère...

– Ça, on pourrait le comprendre, dit Bonzom.

– T'es qu'un foireux, en tout cas, jeta Vidal, méprisant. Tu mérites pas le troupeau que tu as. C'est vrai que c'est surtout celui que ta femme a hérité de son père. T'aurais jamais été capable d'en constituer un pareil, avec ton courage...

Fouroux blêmit sous le propos. Une fine sueur perla sur son front. Il avala sa salive péniblement avant d'ajouter à voix basse, comme pour se convaincre lui-même de la nécessité du piège :

– Mais si quelqu'un se pique dessus ?...

– Qui veux-tu qui monte là-haut, surtout en cette saison, avec la neige qui va bientôt tomber ? répliqua Vidal. Et puis, de toute façon, on l'enlèvera au printemps si ça n'a pas marché.

– On a tous intérêt à se taire dans un coup pareil, fit Ricardo de sa voix profonde et grave, empreinte d'un accent rocailleux, à l'image de ces Pyrénées qu'il avait franchies trente ans auparavant, les armées franquistes à ses trousses.

– Assez parlé ! fit Vidal. Allez donc chercher cette herse, qu'on la prépare pour la poser au petit jour ! Si on attend trop, ce sera foutu. Rendez-vous demain matin, à sept heures, et pas un mot à vos femmes !

Il faisait déjà sombre quand ils se séparèrent en silence, tels des passe-muraille de la braconne. En face de la petite école, Marie Cros achevait de rentrer ses torchons avant que l'humidité ne les saisisse.

Comme d'habitude, elle avait profité du soleil pour faire un peu de lessive : elle vivait seule depuis plus de vingt ans et ne fréquentait guère le lavoir à cause de ses rhumatismes, se contentant de faire bouillir à la lessiveuse tous les mois, dans une vapeur savonneuse qui envahissait sa cuisine, son modeste linge d'usage. Marie avait vécu toute sa jeunesse dans l'ombre d'une belle-mère tyrannique qui l'avait terrorisée d'autant qu'elle vieillissait et devenait acariâtre. Épouse d'un brave homme, fils effacé, terne et travailleur, elle avait enduré en silence des humiliations au quotidien, comme cette eau qu'on lui envoyait chercher dans le froid de la nuit d'hiver alors que, enceinte jusqu'au bout des dents d'un enfant de plus, elle avait du mal à déplacer sa lourde silhouette. « Marie, va chercher de l'eau pour la baccade des cochons », commandait la vieille d'un ton revêche qui n'admettait pas de réplique. Elle avait longtemps courbé l'échine, pour les enfants, pour son mari soumis. Et quand la vieille était morte, quand elle était crevée, comme elle disait en aparté, elle s'était sentie libérée enfin. Certes, la vie restait dure, dans les montagnes, mais elle était enfin maîtresse d'elle-même. Ce sentiment neuf, presque inconnu, surtout quand on était « entrée bru » à seize ans à peine, tout juste bonne à faire la souillon, lui avait rempli le cœur d'une allégresse nouvelle. Mais la vieille avait vécu longtemps et Marie n'avait eu sa liberté qu'à la cinquantaine, à l'âge où les désirs s'émoussent et se contrarient. Déjà habillée de noir, elle s'était voûtée au fil des ans, cultivant à chaque saison la succession des deuils en une histoire qui tenait de la ritournelle.

– Vous rentrez bien tard, leur lança-t-elle.

– Hé ! on n'a pas encore fini la journée, fit Caujolle, pressé d'aller récupérer la herse avant la nuit noire.

– Moi, j'ai encore les bêtes au parc, se lamenta Raymond.

– Et où tu les as ? demanda Marie, curieuse.

– À la Breiche, depuis ce matin.

– Elles doivent croire que tu les as oubliées...

– Heureusement, j'ai laissé les chiens avec... Sinon, j'arriverais jamais à les rentrer tout seul.

– C'est vrai qu'elles prennent de mauvaises habitudes après quatre mois d'estive...

Un bruit de pétarade les interrompit, et la 4 L verte d'Hervé négocia péniblement le virage autour de la placette dans le couinement lamentable des amortisseurs martyrisés. Ce qui restait du pot d'échappement, hors d'usage, transformait la paisible mécanique en une cacophonie de pistons donnant l'illusion de la puissance déchaînée. Cramponné à son mince volant noir, une main sur le levier de vitesse qui formait un angle droit, le conducteur s'accrochait à son véhicule qui se déhanchait à chaque tournant sous la surcharge de bois que l'arrière du coffre, grand ouvert, laissait apparaître, tel un « dégueuillis » monstrueux.

– Té, regarde-les ! Ils n'arrêtent pas de passer. Ils font un de ces raffuts... Ça me réveille même quand je fais la sieste.

– Faut bien qu'ils montent le bois pour la cuisinière, dit Raymond, compréhensif.

– Ils ont pas besoin d'aller si vite ! Ah ! si on avait fait comme ça, les parents, qu'est-ce qu'ils nous auraient mis ! On aurait pas recommencé deux fois.

– Ma pauvre Marie, à sept ans, on gardait déjà, et à douze ou treize, on était au travail, on n'avait pas le temps de galoper, et d'ailleurs, des voitures, y'avait que celle du docteur, à Seix. Mais ça nous empêchait pas de faire quelques bonnes blagues. Tu te rappelles, le « tustet » qu'on avait fait au vieux Jean Rivière, ton voisin ? dit malicieusement Raymond.

– Oh que oui ! J'étais juste jeune mariée avec l'Aurélien et vous aviez le diable dans la peau.

– Faut dire qu'on l'avait cherché...

Derrière la maison de Jean Rivière, s'étendait là, comme souvent dans les campagnes pyrénéennes, un petit « ort », un de ces jardins mouchoirs de poche, clôturé d'un mur de pierres sèches fait de lauzes plates savamment empilées. Il faisait l'objet de tous les soins du vieux Rivière, amendé de printemps en automne par le fumier de lapin retiré du clapier, retourné au « pelleversoir » à chaque intersaison pour bien en éclater les mottes et offrir à la terre l'alternance du soleil, de la pluie et du gel, complément indispensable à la pérennité de sa fertilité. Ici, point d'herbes folles ou d'orties. Tout était en ordre, orchestré par l'utilisation quotidienne du bigoucet qui traquait la graminée sauvage pour l'éliminer impitoyablement du tranchant de la lame. Une allée en terre battue, bien tracée, conduisait à un cerisier rond qui, à la saison, produisait des bigarreaux goûteux et sucrés. Installé à l'abri du mur, profitant du sol bien entretenu et fumé, l'arbre avait tant prospéré que, parvenu à l'âge adulte, la moitié de ses branches avaient gagné le chemin communal qui courait derrière l'ort, et que les gamins des bordes environnantes empruntaient quotidiennement pour se rendre à l'école.

Au mois de juin, dans le parfum des printemps chargés de fleurs, bruissant du bourdonnement des abeilles assurant la pollinisation, quand ils rentraient, le soir, les gibecières sciant leurs maigres épaules tant elles étaient chargées de devoirs, grande était la tentation de picorer ces fruits charnus qui s'offraient en un goûter naturel à leurs mains tendues. Qu'importaient les taches sur les sarraus gris d'alors ! Les premières branches pillées, l'arbre continuait de susciter des convoitises et, pendant que l'un faisait le guet, deux ou trois têtes blondes jouaient à la courte échelle. Ils avaient tôt fait d'escalader la murette du jardin, de grimper dans le faîte et, assis à califourchon sur les branches, de rafler à pleines mains tout ce qui passait à leur portée, cassant sans vergogne les branquets en un massacre sanglant qui amputait d'autant la production de l'année suivante.

Combien de fois Jean Rivière, rentrant les bêtes tardivement, avait découvert dans le chemin de terre la jonchée des feuilles, témoignage du passage des jeunes prédateurs. Il avait tant de soupçons qu'un soir, il monta une planque derrière la murette. Celle-ci s'avéra fructueuse. Sitôt les gosses grimpés dans l'arbre, il en saisit deux par les chevilles pour les faire chuter dans l'ort, les coinçant sur les lieux mêmes de leur larcin pour les amener à leurs parents qui, plus par nécessité que par conviction, les morigénèrent vertement. Ces quelques taloches, pourtant méritées, suscitèrent dans leurs jeunes têtes une soif de vengeance.

Quelques semaines plus tard, le soir de la fête du village, profitant de ce que le vieux Rivière avait forcé comme d'habitude sur la chopine, les garnements avaient patiemment attendu qu'il rentre chez lui, la tête lourde, et l'esprit embrumé, la chanson aux lèvres, pour le barricader à l'intérieur de sa maison. Du fil de fer bien torsadé passé autour de la tête du heurtoir de la porte d'entrée, le tout relié à une bonne barre de bois qui prenait appui sur les côtés du linteau et le tour était joué. Les fenêtres de la maison basse subirent le même sort sans que le sommeil lourd de Rivière en fût troublé. Le lendemain matin, à l'heure où les femmes se pressaient vers la fontaine, tout le monde s'était retourné sous les cris et les beuglements mêlés de « macarel » et de « hil de pute » que Jean Rivière poussait, coincé chez lui, incapable d'en sortir. Et les gosses, sur la place du village, se tapaient sur les cuisses, ravis du bon tour qu'ils lui avaient joué.

– Vous étiez des garnements !
– Allez Marie, il est tard. Je vais chercher mes bêtes.

Raymond, à la nuit tombée, se hâtait vers ce pré de la Breiche qui lui servait de parc à moutons. Il n'avait pas pensé sortir si tard et sa lampe électrique était restée à l'oustal. Heureusement, il connaissait suffisamment le chemin pour que son pied en devine les obstacles, évitant les pierres saillantes qui en auraient fait trébucher un autre. Tant par frilosité que parce que l'angoisse sourde les étreignait le soir tombé, les moutons s'étaient regroupés en un tas laineux et compact. Au bruit du pas tressautant sur les cailloux, les chiens, couchés à côté des brebis, donnèrent brièvement de la voix avant de prendre le vent et de reconnaître l'odeur de leur maître, ce qui les fit taire aussitôt tandis que leur queue battait de contentement.

En ouvrant la cleyde, Raymond leur parla en patois, comme pour s'excuser d'arriver si tard. Habitué à la solitude, il parlait souvent à voix haute, histoire de meubler le silence des espaces infinis où la voix se perd dans le vent qui balaye les crêtes. Mais ses deux complices, pressés de rentrer à la maison, ne lui tenaient pas rigueur de son retard. Picard et Tango eurent tôt fait, de part et d'autre, de rassembler la masse bêlante et de la mettre en mouvement sur ce chemin dont ils connaissaient eux aussi les traîtrises propices à la fuite toujours possible des bêtes fugueuses. Ils savaient veiller au grain et d'un coup de gueule faire comprendre qui commandait, traduisant par anticipation les désirs de Raymond. Dûment encadré, le troupeau retrouva bientôt l'étable basse qui constituait le rez-de-chaussée de la maison. Une jonchée de paille fraîche, la bassine de zinc remplie d'eau, et Raymond put enfin éteindre la quarante watts qui diffusait une lumière jaune et terne dans la moiteur tiède du suint, rendant les « tataragnes », les araignées, au repos naturel de leurs toiles épaisses, tissées saison après saison.

Raymond ferma doucement la porte puis, d'un geste familier, releva le béret sur son front dégarni pour chasser la fatigue accumulée. Quelle journée !... Il passa une main calleuse et ridée dans les poils gris de sa barbe naissante. Elle crissa dans le froid de la nuit. Son quotidien était d'habitude plus calme, même si le retour d'estive marquait un changement profond dans le tempo des jours et des nuits. La réinsertion automnale dans la société des hommes n'avait pas habituellement ce caractère effréné et passionnel. Tout ça, c'était la faute à Vidal, pensa-t-il. Depuis qu'il avait le plus gros troupeau, personne n'osait plus lui résister dans la vallée. Maintenant Raymond se formulait les choses clairement : ils retrouvaient ainsi, les uns et les autres, ces liens de sujétion ancestrale, d'autant plus forts que la montagne se désertifiait, restant plus que jamais l'apanage d'un petit groupe où la hiérarchie des rapports humains s'établissait par le nombre de têtes possédées et le pouvoir de corrompre. Cette évolution l'éloignait chaque saison davantage de la montagne de son enfance, peuplée des rires clairs des « gaffets » toujours à l'affût d'une bonne blague. La montagne qu'il voyait naître était moins la sienne. L'âge où, gamin, chacun apportait à l'école une bûche de chêne ou d'acacia, le matin, pour alimenter le gros poêle Godin, ventru et rond, dont le tuyau traversait en une construction aérienne la salle de classe unique, lui parut soudain très loin. Il avait conscience que de saison d'estive en retour d'oustal, la France et son pays tombaient dans une modernité où il avait, lui, du mal à se retrouver. Même s'il arrivait, ici, atténué par le filtre de la distance et du temps, ce monde nouveau distillait à ses yeux des poisons pervers, facteurs de la disparition programmée des valeurs éternelles qu'à la campagne, le monde rural avait cultivées pendant des siècles.

Il ne cherchait pourtant pas à faire de la résistance. Il suivait la pente du temps, la subissait plutôt, en déplorant avec ses voisines la naturelle évolution des choses qu'ils percevaient en allant faire leurs courses chez Pagès, à Seix, ou plus rarement à Saint-Girons. À l'âge qui était le sien, à celui des anciens combattants d'une société qui achevait de disparaître, ce n'était certes pas scandaleux, mais cela n'apaisait pas pour autant ses regrets. Appuyé sur sa canne de berger, le regard perdu sur des estives désormais abandonnées, Raymond rêvait d'une montagne vivante, une montagne qui cultiverait l'idéal de respectabilité d'une république de cultivateurs petits propriétaires. Sans le savoir, il se décalait encore à l'heure où, à Paris, Chaban-Delmas rêvait de mettre sur pied une nouvelle société. Mais, ici, dans ce Couserans interface, entre Ariège et Comminges, dans ce pays coincé entre ciel et montagne, qui aurait pu le lui reprocher ? Alors que l'isolement de cette vallée perdue devenait un facteur d'attrait de plus en plus évident pour les marginaux de tout poil, sur place, nombreux étaient les nostalgiques d'un monde défunt à voir, avec effroi, ces nouveaux arrivants prendre possession de la terre des autres.

Les chiens sur les talons, Raymond monta chez lui,

le pas ralenti par une journée bien remplie. La maison était froide et un peu humide, comme tous les soirs à pareille époque quand il laissait le cantou éteint pour économiser le bois de l'hiver à venir. Il posa sa canne et sa canadienne dans l'entrée. Il savait un reste de soupe de la veille dans le garde-manger grillagé qui pendait à la souillarde. Dans cette réserve située au nord, bien ventilée, la casserole de légumes moulinés voisinait avec un fromage et un peu de viande fraîche ramenée de Seix. Raymond n'avait pas de réfrigérateur et s'en passait fort bien, séjournant en altitude les mois d'été. Il alluma une brassée de « branquets », histoire de faire vivre l'âtre. Il était trop las pour effectuer grande cuisine. Mais demain ou après-demain, après les lentilles, il se promettait de mettre des haricots secs à tremper, pour préparer une de ces « mounjetade » avec un bout de saucisse et quelques couennes qu'il affectionnait. Il n'était pas difficile, et cela le nourrirait bien trois ou quatre jours.

La soupe chauffait avec un frissonnement discret sur le fourneau quand Josette Pujol monta avec peine les marches de l'escalier. Sa silhouette sèche semblait glisser sur les pierres, comme le temps sur ses épaules maigrichonnes, la faisant vieillir lentement dans la solitude d'un veuvage précoce. À la voir, on aurait pu douter qu'elle ait eu un jour une jeunesse.

– Té ! tu arrives, fit Raymond en souriant. Je t'avais pas encore vue depuis mon retour.

– Je suis rentrée hier soir, j'étais chez mon fils, celui de Toulouse.

– Eh oui ! Tes volets étaient fermés...

– Oh ! je pars pas souvent...

– Et comment il va, ton fils ?

– Sa femme vient d'accoucher.

– C'est une bonne nouvelle, ça ! Ça fait un Pujol de plus !

– C'est pas pour autant qu'il viendra plus souvent, tu le sais bien.

– Qu'est-ce qu'on a à lui offrir, nous ici ?

– C'est pas pour cette raison que je viens te voir, fit Josette, mystérieuse. Elle laissa passer quelques secondes, histoire de le faire mijoter un peu avant de poursuivre sur le ton de la confidence : figure-toi que quand j'étais à Toulouse, mon fils a reçu un coup de téléphone...

– Ah bon ! Il doit en recevoir plus d'un dans son métier, fit Raymond, sachant que Gilbert, le fils cadet de Josette, travaillait aux PTT. Après avoir passé plusieurs années à Paris, comme tant d'autres, il avait réussi à revenir au pays et était employé depuis à la Poste centrale, à deux pas de la mairie, dans un bureau qui donnait sur les cèdres centenaires du square du Capitole.

– Oui, mais celui-là, c'était pour toi...

– Pour moi ? fit Raymond en fronçant le sourcil.

– Oui, quelqu'un qui voulait m'acheter toutes les terres de la Fayolle. Tu sais, celles que je te laisse pour tes bêtes, l'hiver...

– Et qui ça ?

– Tu devines pas qui aimerait bien les avoir ? demanda-t-elle, malicieuse.

– Oh, y'en a plusieurs qui les voudraient. Trois hectares d'un seul tenant, même si c'est un peu en pente... Té, ça arrangerait sûrement Caujolle qui manque toujours de place pour ses bêtes.

– C'est vrai, mais il a pas les yeux assez gros et surtout le portefeuille assez bien rempli pour ça.

– Vidal ?

– Tout juste ! Comme ça, il relierait ce qu'il a à la

139

serre du haut au ruisseau du Salat. Tu te rends
compte, la propriété en bien propre que ça lui ferait ?

— Et pourquoi il a téléphoné à ton fils ? questionna
Raymond.

— Parce qu'il connaissait ma réponse par avance, et
puis, c'est lui le propriétaire depuis le décès de mon
pauvre Albert. Tu sais qu'avec Mathieu, ils ont fait le
partage.

— Non, je savais pas.

— L'arrangement a eu lieu au printemps, et Gilbert
a voulu garder la Fayolle pour le cas où il se monterait
une station de ski comme ils ont fait à Guzet. Mais
Vidal, il savait pas que j'étais chez Gilbert depuis la
veille.

— Et il en dit quoi, ton fils ?

— Oh, tu le connais, le Gilbert ! C'est pas un mauvais garçon, mais avec sa garce de femme et les
emprunts qu'il a sur le dos pour payer la maison qu'il
s'est fait construire à Pinsaguel, il a toujours besoin
d'argent, et comme il lui passe tout...

— Et combien il en donnait, Vidal ?

— Plusieurs millions, fit Josette, gênée, qui ne voulait pas avouer le chiffre exact. Enfin, presque deux
fois le prix. Heureusement que j'étais là et que l'autre
était à l'hôpital pour accoucher. Il était prêt à dire
oui... Bref ! On s'est même disputés, c'est pour ça que
je suis rentrée plus tôt. Il m'a dit que ça me concernait pas, mais moi, je lui ai répondu que ça m'intéres-
sait, vu que j'ai encore la jouissance des biens de mon
pauvre Albert.

— Je t'en remercie, fit Raymond.

— Oh, c'est pas pour autant que je t'en demanderai
plus, tu sais. De là-haut, Albert préfère te voir sur ses
terres que d'y voir un autre... Et puis, le gigot que tu
me donnes, à Pâques, ça me suffit bien. Vidal, je
l'aime pas beaucoup : en 56, dans ce mois de février

où il a fait si froid, alors qu'il était le seul à posséder une voiture ici, jamais il a proposé à Albert de le prendre pour l'amener au travail, lui qui faisait les nuits et qui avait les poumons si fragiles... Et puis, j'ai pas oublié non plus ce qu'il a fait à la Simone, quand il l'a dénoncée à la mutualité sociale agricole.

Raymond regarda la grande comtoise qui égrenait impitoyablement le temps. Il était près de huit heures et il n'avait pas encore mangé. L'amabilité lui fit néanmoins proposer à Josette un reste de muscat de Rivesaltes qui traînait dans un fond de bouteille depuis le printemps passé. Il savait pourtant qu'elle ne buvait jamais d'alcool, même les jours de fête. Josette refusa poliment, avant de promener un regard circulaire sur la salle. Dans l'âtre, les branquets achevaient de brûler en volutes de fumée ténue et diffuse, semblables à la vie de cette montagne qui se mourait du départ de ses derniers fils.

– En tout cas, t'as du ménage à faire, dis-moi, fit-elle en promenant un doigt humide sur le buffet de la salle à manger.

Raymond, comme beaucoup d'hommes seuls, n'était pas un modèle d'ordre. Il se limitait au minimum mais retrouvait toujours ce qu'il cherchait dans le bric-à-brac de ses tiroirs. La pince multiple voisinait avec le tube de dentifrice Gibbs, à demi entamé, le tire-bouchon publicitaire et les coquilles de noix avec la seringue à vacciner les brebis, un fatras de chiffons usagés et tachés avec une fiole d'huile de pied-de-bœuf pour graisser les chaussures. Si Raymond avait des qualités, il n'avait pas celle du rangement. Par discipline, en souvenir de sa pauvre mère, il s'astreignait à balayer la cuisine une fois par jour, à faire la vaisselle une fois par semaine, et la lessive une fois par mois, ce qui, en hiver, représentait à son âge un réel effort, tant l'eau du lavoir était glacée.

Un couple de Toulousains, fraîchement installé dans la maison d'un voisin décédé, et qui venait tous les week-ends dans leur résidence secondaire, lui avait bien montré la nouvelle machine à laver qu'ils venaient d'installer. Mais Raymond restait à l'écart de toute révolution domestique. Il avait toujours vu faire ainsi pour laver les draps : il les battait au lavoir après les avoir fait bouillir, pour les rincer ensuite à l'eau courante dans les grands bacs de ciment, alimentés en permanence par les gargouillis de la source, dans une mélodie aquatique qui, au fil des saisons, délivrait une eau fraîche en été et glacée en hiver. Il savait que sa voisine, Josette, à soixante-dix ans passés, éternelle silhouette vêtue de noir aux joues creusées d'un dentier qu'elle ne supportait pas, veuve d'un ouvrier-paysan de chez Job, bavait d'envie devant la machine des Toulousains. Ce grand parallélépipède blanc, aux boutons colorés, où l'on insérait une carte crénelée pour choisir son programme de lavage par la plus mystérieuse alchimie électronique, excitait sa convoitise de pratiquante assidue du battoir et de la lessiveuse. Un soir, au printemps dernier, alors qu'il se plaignait de la corvée de lessive et des rhumatismes qu'il commençait de ressentir, elle lui avait lancé :

— Pourquoi t'en achètes pas une, toi ?

— C'est bon pour les doryphores, ça !

— Et tes engelures ? Elles sont bonnes pour qui ?

— Oh, je les prends comme toi...

— Attends, pour ce que tu laves...

— Et puis, Josette, ça doit consommer de l'électricité, tout ça... Paraît qu'il faut « la force »...

— Té, vous êtes tous les mêmes ! Mon pauvre Albert, c'était pareil ! Vous voulez jamais dépenser un sou pour la maison. Acheter des terres, des bêtes, ah ça oui. Il voulait agrandir le domaine... Tu crois qu'il en profite maintenant qu'il est là-haut ?

– Laisse ce pauvre Albert là où il est... S'il avait pas économisé, t'aurais pas les sous maintenant.

Elle avait haussé les épaules avant de rentrer chez elle, à court d'arguments. C'était chaque fois pareil. Raymond était rétif à tout progrès, surtout si une femme le lui susurrait à l'oreille. Au fond, elle s'en moquait bien, mais elle prenait un malin plaisir à faire enrager un peu le vieux garçon que Raymond était devenu, peut-être parce que, en cette fin des années soixante, dans un village passablement dépeuplé, elle ressentait davantage la solitude. Et puis, elle savait que Raymond lui pardonnerait, parce qu'il n'était pas mauvais bougre sous ses dehors rustres et mal dégrossis. Elle n'ignorait pas non plus qu'il était droit et de parole, ce qui commençait à représenter une qualité rare dans les relations de chaque jour. Malgré ses défauts et ses attitudes routinières, elle pouvait compter sur lui contre vents et marées. Elle pouvait frapper à sa porte à onze heures du soir, en cas de besoin, même si elle le faisait lever, vêtu de sa seule chemise de nuit à « pandourel », la tête portant le bonnet traditionnel de tissu blanc. Par cette solidarité naturelle du voisinage, faite d'une complicité entretenue par les mots du quotidien, par cette existence qui obligeait à se frotter le cuir et l'écorce l'un contre l'autre, parce qu'ils avaient toujours été d'ici, de là où les moutons bêlent sous la lune par grand vent, elle pouvait compter sur lui en toute confiance.

Josette détaillait la pièce sombre, médiocrement éclairée par la quarante watts couverte de chiures de mouches au point de constituer un brouillard opacifiant la brillance du filament. Raymond l'observa du coin de l'œil promener son regard pointu et inquisiteur. Elle n'avait jamais pu s'empêcher de scruter ainsi dans le moindre détail la vie des autres, l'environnement de leurs jours, ce que les cancans de la

fontaine de la place et ses pérégrinations hebdoma-
daires au cimetière lui avaient souvent appris. Il y
avait là de quoi satisfaire une curiosité maladive qui
aurait dû être émoussée par plus de cinquante ans de
voisinage, de partage des joies, des peines et des petits
maux de tous les jours. Ce laisser-aller généreux et
bonhomme, empilage de la vie, formé par plusieurs
générations de Lacombe, offrait là un spectacle. Et
l'expression « ça peut servir » avait été conjuguée au
quotidien pour aboutir à cet entassement ubuesque,
auquel lui seul ne prêtait plus attention.

La soupe chantait maintenant à gros bouillons dans
la casserole d'aluminium sur la grille noircie de l'Arthur Martin. Il tourna le gros bouton en bakélite pour
couper le feu. Le manche de bois brûlé, la queue de
la casserole tournait fâcheusement depuis des années.
Aussi, c'est avec précaution, à pas presque comptés,
qu'il alla vers la table, le récipient porté à bout de
bras. Il versa doucement le liquide bouillant dans une
assiette à calotte bleue aux bords ébréchés. Certes, le
placard de cerisier ciré, apporté en dot par une lointaine grand-mère, en avait une pile complète au
même décor naïf et bon enfant, mais comme il prenait celle du dessus, vaisselle après vaisselle, c'était
toujours la même qui lui avait servi depuis plus de
vingt ans, ce qui expliquait cette usure légitime dont
les multiples rayures traduisaient les saisons de coups
de couteau.

Josette, sans bruit, arrangea un peu le feu de bois,
rassemblant de quelques coups de pincettes, par un
geste banal, les branquets incandescents et à demi cal-
cinés, avant de glisser à Raymond, à voix basse :

– Tu veux que je te mette un peu de bois ?

– Que non, c'est pas la peine ! Je mange la soupe
et je vais au lit... Suy crevats !

144

– Bon, allez... Adissiats... À demain, fit-elle simplement en reposant les pincettes au coin de l'âtre.

Raymond prit la bouteille de vin rouge trois-étoiles. Il en versa une large rasade dans l'assiette creuse pour faire chabrot. Le vin se mélangea avec le fond de soupe, faisant surgir au passage quelques yeux de graisse. Puis, portant le tout à ses lèvres, il lapa le breuvage à petites gorgées, les yeux fermés, d'un air de satisfaction profonde, avant de s'essuyer la bouche d'un revers de manche. Il repoussa la chaise lourdement pour aller donner un tour de clé à la porte d'entrée. Les journées à l'estive étaient vraiment plus calmes. Il aspirait au repos, et le béret basculé en arrière sur le crâne, il se mit à rêver d'une nuit paisible. Il avait eu assez d'émotions pour la journée...

6

Les chemins des uns et des autres

Le coq gascon de Simone avait pourtant chanté dès l'aube, à s'en égosiller, gonflant son plumage noir bleuté pour jeter son cri rauque, la gorge tendue, dans la médiocre clarté du jour qui se levait, Raymond ne l'avait pas entendu, enchaînant les soupirs profonds et les ronflements discrets dans l'apaisement du corps recru des fatigues de la veille. Le rayon de soleil atteignit enfin le trou qu'un pivert nerveux avait foré dans le volet de bois sombre et patiné. Par cette ouverture presque circulaire, un pinceau de lumière vint peu à peu baigner la pièce, laissant couler ses photons sur la tapisserie 1930 jaunie et délavée, jusqu'aux paupières fermées de Raymond, tout à la béatitude d'un rêve fugace.

Il ouvrit un œil, puis l'autre, reprenant assez conscience du temps pour que lui vienne l'envie de consulter sa montre-gousset, posée sur la table de nuit en noyer ciré. « Huit heures et demie ! Putain... » Il avait bien dormi... et les autres ne l'auraient pas attendu pour monter la herse que Caujolle avait dû trafiquer hier soir. Il ne fallait pas traîner. Enfin, est-ce que ça valait encore le coup de se dépêcher ? Ils devaient être partis depuis un bon moment déjà ! Raymond émergeait doucement, dans un flot de réflexions contradictoires. Sa lucidité revenait peu à peu. Il fallait qu'il soit avec eux, là-haut ! Il repoussa l'édredon de plumes d'un seul coup pour apparaître vêtu d'une longue chemise de nuit qui lui descendait à mi-mollet, comme on en portait dans les campagnes autrefois. Largement échancrée sur les côtés, de forme ample, tissée dans un coton blanc, avec un col orné d'un liséré rouge, elle absorbait bien les moiteurs de la nuit. Raymond n'avait jamais pu s'habituer aux pyjamas modernes qui lui enserraient le corps telle une camisole fermée de boutons et d'élastiques. Il en était resté à ce vêtement démodé que portaient en leur temps son père et son grand-père. Parfois même, en hiver, dans cette chambre toujours sans feu, les pieds recroquevillés sur la brique qui avait tiédi dans le four de la cuisinière, il coiffait un bonnet de laine blanche pour lutter contre le froid qui lui enserrait le crâne en un casque glacé souvent générateur de maux de tête tenaces.

Il achevait à peine de s'habiller, s'entourant les reins de cette longue pièce de tissu qui lui tenait lieu de ceinture, source de sa force, qu'on tambourina à la porte d'entrée de l'oustal. Les chiens glapissaient furieusement derrière le battant de chêne épais. Ils s'étranglaient presque, s'entraînant l'un l'autre. Raymond ouvrit la fenêtre et aperçut Joseph Bonzom en bas.

– Oh ! Qué y a ?
– Et tu viens pas ? On t'attend.
– Je me lève maintenant...
– Nous, on y va...
– Je vous rejoins...

Décidément, ils n'étaient pas en retard, surtout pour faire des conneries, comme disait Roger, le maire. Si encore ça devait servir à quelque chose.

147

Il était convaincu que pour l'ours, il fallait des patous, ces chiens de berger des Pyrénées qui de toute éternité avaient écarté le danger, luttant jusqu'à la mort parfois contre les fauves. Tout le reste, c'était du cinéma, pensa-t-il. Descendu dans la grande salle, Raymond rafla un croûton de pain dans la panetière, un de ces restes taillés la veille et qu'il gardait pour la soupe du lendemain. Il n'avait pas le temps de déjeuner. Il « rouzèguerait » le quignon en route. Il enfila sa grosse canadienne et s'élança vers son rendez-vous.

Le chemin pour monter à la Combe d'Aurel était raide mais, somme toute, assez praticable. Les mulets de Ricardo, les yeux clos par de grandes œillères de cuir sombre, étaient côte à côte, sagement attelés à un traîneau de bois artisanal reposant sur de larges patins taillés grossièrement, pour donner au véhicule une bonne glisse dans les tires boueuses. Aux quatre coins du socle retenu par des étriers de fer, des barres de bois mal équarries dressaient leurs silhouettes torses pour empêcher les billes de chuter dans les descentes lors des opérations de débardage. Quand Raymond arriva, ils étaient en train de charger la herse. Ils l'avaient calée et l'arrimaient maintenant, d'une corde nouée, bien tendue. L'engin, modifié par Caujolle, était plus qu'impressionnant : hérissé de pics de fer de près d'un mètre de long, il était même monstrueux. Il évoquait la barbarie primitive, les batailles féroces de l'homme et du fauve, les corps à corps impitoyables. Il exhalait, de ses sinistres pieux affûtés en biseaux, les combats sanglants des temps ancestraux où, dans la clameur des vainqueurs et le hurlement des vaincus, la tripe fade coulait des blessures ouvertes, à soulever l'estomac. La vieille herse des Delrieu était devenue l'instrument d'un piège effroyable.

– Oh, Raymond, tu arrives..., s'exclama Fouroux.

– On sera pas de trop pour creuser la fosse, dit un autre.

– Ah ! Tu es venu quand même, ajouta Vidal. J'espère que tu n'as rien dit au maire. Celui-là, il commence à me courir ! Faudra bien lui apprendre qui c'est qui l'a élu...

– Fous-lui la paix ! fit Bonzom. Pourquoi tu l'asticotes tout le temps ?

– C'est vrai, ça ! Il t'a rien fait ! dit Caujolle.

Vidal ne répondit pas. Il surveillait la fin des opérations de chargement, consultant sa montre-bracelet Kelton de temps à autre. Il était convaincu qu'il fallait aller vite. La bête était dans les parages... Des pelles et des pioches, des tas de branches, un gros fagot de fougères brunies, et une ruche usagée au cadre à moitié cassé, amenée par Pépé Lulu, complétaient le chargement.

– Elles sont prêtes, tes bourriques ? glissa Vidal à Ricardo.

– Hé, elles attendent juste le départ.

– Alors, on y va !

– Allez, hue !..., cria l'Espagnol.

L'attelage s'élança, cahotant sur la piste boueuse de la dernière pluie. Sur cette ombrée, la terre grasse avait conservé l'humidité des nuits précédentes. L'équipage oscillait de droite à gauche dans un équilibre précaire. Ricardo s'était porté de l'avant pour conduire les bêtes, la main sur le licol, tandis que Pépé Lulu, tel un Esquimau du Grand Nord, se juchait sur les patins pour plomber le traîneau et lui éviter de quitter les traces profondes de la tire. Derrière, les hommes suivaient, en file indienne, s'interpellant parfois, attentifs toujours à leurs pieds, afin d'éviter les fondrières. Il y avait près d'une demi-heure de marche jusqu'à la Combe d'Aurel. Le soleil était bien levé, maintenant, éclairant par pans coupés de lumière crue, en un ciel de gloire, leur cheminement dans les taillis. La colonne serpentait, semblable à une chenille processionnaire, de part et d'autre de la double trace profonde que les patins du traîneau creusaient dans le chemin. Arrivés sur place, certains s'accordèrent en récompense de leur peine une cigarette allumée dans le grésillement des briquets à essence, tandis que d'autres commencèrent à déboucler les cordes de l'attelage. L'air matinal tiédissait dans les derniers bancs de brume qui se dissipaient, tels des fantômes évanescents.

— Hé ! Vidal, on creuse où ? demanda Fouroux.

— Tous les endroits sont bons, non ? fit Bonzom.

— Moi, je crois qu'il vaut mieux ici, dit Pépé Lulu. C'est juste à l'abri du vent, ça dérangera moins la ruche... et il sentira mieux le miel.

— On va creuser par là..., trancha Vidal en prenant une pioche pour donner l'exemple et en crachant dans ses mains, comme pour se donner du cœur à l'ouvrage. Allez, au travail, les gars !

Il leur fallut deux bonnes heures, en se relayant sans relâche, pour dégager une fosse de dimension suffisante afin d'y enfouir la herse. La sueur baignait les fronts, et les gourdes de rouge, même coupées d'eau, n'étaient pas de trop pour étancher les soifs. De forme assez régulière, le trou final ne mesurait pas moins d'un mètre cinquante de profondeur. La herse y fut descendue droite, à main d'homme, puis couchée à l'envers, les pointes dressées vers le ciel, telles des hallebardes. Lorsqu'elle fut bien posée à plat, ils taillèrent au couteau, dans les fagots de branches montés par le traîneau, des barres de bois qui prenaient appui sur le bord de la fosse, afin de constituer un entrelacs flexible servant de trame aux fougères fraîches prévues pour dissimuler le piège. Entre les hommes, les commentaires allaient bon train sur l'efficacité supposée de l'engin. Chacun participait d'un conseil, d'un mot.

– Ne prenez pas de trop grosses barres... Faut qu'elles cassent sous son poids !

– Y'a pas de risque avec ses cinq cents kilos !

– Hé ! il faut quand même que ça résiste au poids de la neige cet hiver.

– Té ! prends celles qui sont en noisetier... C'est plus souple et solide à la fois.

– Quand il sera pris et crevé, il y aura qu'à remettre dessus la terre qu'on a dégagée pour l'enterrer. Et le tour sera joué... Personne ne viendra le chercher, dit Fouroux.

– Ni vu ni connu ! les gardes pourront toujours courir après les preuves, ajouta Bonzom en habitué des pièges.

– Oui, on sera bien débarrassés, cette fois, les bêtes auront plus rien à craindre, fit Caujolle. Et puis, un ours en moins, ça attire moins de touristes pour faire des photos...

– Attache bien la ruche avec la corde, Lulu ! Comme ça... Oui ! Il faut qu'elle soit juste à sa hauteur, dit Vidal.

– Montre ce que ça fait...

– Oh, fais gaffe ! Joue pas à l'ours ! Si tu tombes dedans, t'es cuit !

– Bon, c'est prêt maintenant... Attention aux abeilles, les gars ! Tirez-vous, je vais ouvrir la ruche, dit Pépé Lulu dont les talents d'apiculteur étaient connus de tous. Sa peau épaisse ne craignait plus les piqûres au point d'ignorer les protections d'usage.

151

Il souleva le couvercle de la ruche pour sortir à demi les cadres de bois, ce qui provoqua aussitôt un bourdonnement sourd et profond chez les insectes dérangés. Les hommes s'étaient reculés d'une vingtaine de mètres en contrebas, près de l'attelage des mulets de Ricardo. La gaieté avait gagné le groupe. Ils ricanaient bruyamment, se tapant sur le ventre, échangeant des plaisanteries grasses, dignes d'un corps de garde. Certains retrouvaient là cet instinct grégaire qui permettait à leur individualité falote de trouver une expression et surtout un public en compensation de l'ignorance des jours ordinaires. Raymond restait silencieux, un peu à l'écart de cette meurtrière complicité. Déjà, à l'école primaire, l'agitation de groupes d'élèves le rendait méfiant par tempérament. Berger, il avait l'habitude du silence et des solitudes grandioses, simplement habités du tintement des sonnailles qui couraient dans l'estive à l'ombre des genévriers gris et bleu. Ce n'était pas les grands espaces qui l'avaient marginalisé par rapport au monde des hommes. C'était lui qui simplement n'accordait pas la même importance que les autres au temps et à l'action.

Quand ils redescendirent par groupes de deux ou trois de la Combe d'Aurel, le mégot de gris aux lèvres, salaire mérité du labeur accompli, le soleil était déjà chaud. Il était presque midi et Raymond pestait intimement, marmonnant de temps à autre quelques mots dans sa barbe naissante, bouillie incompréhensible à laquelle les autres ne prêtaient pas attention. Avec cette histoire de piège manigancé par Vidal et auquel il n'avait pu se défiler, il n'avait même pas sorti les bêtes, ce matin. Les chiens, enfermés dans la maison pour éviter toute escapade, avaient dû « faire quelques conneries », pensa-t-il, histoire de se venger de l'abandon et de faire comprendre à leur maître qu'ils existaient. L'an dernier, en des circonstances similaires, ils avaient sucé la plaque de beurre oubliée sur la table de la salle, la sculptant de longs sillons à coups de dents. Raymond savait bien que la raclée qu'ils avaient prise à cette occasion, dûment ponctuée de « macarel » et de « hil de pute » ne les avait pas pour autant guéris de ce genre de bêtises.

Parvenu enfin au village, il aperçut Marie-Lou. Le bigoudi en galère, ordonnant mal ce matin sa courte tignasse à la géométrie en pétard, elle l'attendait sur le pas de la porte, faisant semblant de balayer la poussière que le vent d'autan s'obstinait à faire rentrer.

— Adiou, Raymond... Qué fasets ? lui demanda-t-elle pour engager la conversation dans ce patois que son long séjour parisien n'avait pu lui faire oublier.

— Eh bien ! tu vois, je rentre, dit-il en ruminant.

— Tu as été aux rousihous ? Il paraît qu'il y a une pousse... C'est Simone qui me l'a dit.

— Elle y est allée, au moins ?

— Que non ! Tu penses, avec ses rhumatismes... Au fait, les jeunes, les « zippies », ils sont passés, tout à l'heure...

— Ah !

— Ils voulaient te voir.

— Et pourquoi diable ? Ils t'ont dit ?

— C'est lui qui est venu. Oh, on l'entend de loin, avec sa voiture ! Comment il s'appelle ? demanda-t-elle pour le faire attendre et aiguiser sa curiosité en silence alors qu'elle le savait parfaitement.

— Hervé, je crois, laissa tomber Raymond.

— C'est ça, Hervé ! Il voulait t'inviter à manger...

— M'inviter à manger ! fit Raymond, incrédule. Mais pourquoi ? Quand on s'invite, c'est pour le travail accompli, pour la fête du cochon ou pour le dépiquage...

153

– Tu sais, ça se fait chez eux, en ville.

– C'est plutôt moi qui leur serais redevable de m'avoir remonté le cyclo et la carriole après ma chute. Ils sont drôles ! C'est le monde à l'envers, ma pauvre Marie-Lou. Ou alors, c'est qu'ils ont quelque chose à me demander, ajouta-t-il en retrouvant cette méfiance naturelle et innée du monde rural.

– Enfin, je t'ai fait la commission...

– Et c'est pour quand ? demanda Raymond.

– Demain midi. Faut que tu leur donnes la réponse.

– Bon..., fit-il, dubitatif. Mais il va falloir que je leur amène quelque chose ! T'as pas d'idée, toi ?

– Vous êtes bien tous pareils... Comme mon pauvre Aurélien ! Pour ça, vous savez jamais.

Raymond haussa les épaules puis ajouta dans sa barbe : « Un saucisson, ça fera bien l'affaire ! » Il rentra chez lui alors que la sonnerie désormais électrique du clocher de l'église, depuis la mort du père Sans, marquait midi et demi. Il libéra les chiens qui jappaient derrière le battant de chêne. Ils avaient hâte de sortir pisser. Heureusement qu'ils étaient propres, pensa-t-il, pas comme celui des « zippies ». Il était trop tard pour préparer les lentilles pour ce matin. Depuis la veille, elles trempaient dans une « grasale » de terre brune, bien recouvertes d'eau. Le récipient, tronc conique, patiné par l'usage, en laissait flotter quelques-unes qui dérivaient dans la mer liquide, égarées, comme suspendues dans l'histoire du temps. Il fallait ça pour les ramollir et les rendre aptes à la cuisson. En regardant sa mère, tout jeune, il avait appris à les accommoder, d'un bout de jambon coupé en dés, de couennes, de carottes et d'un oignon. Il les faisait mijoter longuement sur la cuisinière noire et elles finissaient par constituer un fricot agréable au palais et qui lestait bien le ventre. Parfois, il y ajoutait une feuille de laurier pour changer le goût. Le lendemain, d'habitude, il les consommait froides, avec un filet de vinaigre fraîchement tiré du vinaigrier en grès qui trônait sur l'étagère de la souillarde et qu'il nourrissait périodiquement des fonds de bouteilles qui avaient trop traîné. Mais, vu l'heure, il se contenterait ce midi de deux œufs avec un peu de ce lard coupé en tranches fines et qu'ici on appelle « cansalade ».

Raymond déjeuna lentement, mastiquant avec application les bouchées qui passaient de droite à gauche sous les dernières dents qui lui restaient. La porte, demeurée entrouverte, laissait pénétrer dans le parfum de chèvrefeuille un rai de lumière tiède qui venait lécher la canadienne suspendue à la patère, dans l'entrée. L'horloge marqua une heure et demie dans un tintement cristallin qui résonna dans la pièce. Raymond repoussa son assiette, lapa la dernière gorgée du trois-étoiles acheté chez Pagès en attendant que le père Rogalle, comme de coutume, lui livre un « barricot » de trente litres, moyennant une petite majoration du prix pour le transport.

Il lui fallait sortir les bêtes. Depuis qu'il était rentré de l'estive, en cette arrière-saison, rien ne se passait comme d'habitude. Son rythme quotidien et banal était bousculé par l'événement et il n'arrivait pas à reprendre la tranquille ordonnance de temps qui le faisait courir de l'oustal au parc, les chiens dans les jambes, du matin à la fin de l'après-midi. Cela le perturbait un peu dans sa routine sécurisante au point d'éveiller une anxiété lointaine qu'il croyait disparue depuis longtemps.

Le coq gascon de Simone fit entendre son chant guttural et rêche, dehors, au moment même où la pendule répétait dans le va-et-vient du balancier la demie de une heure. D'ordinaire, quand il mettait les bêtes dehors, au parc, c'était le matin. Et à ce moment de l'après-midi, il s'accordait une sieste paisible et réparatrice des fatigues de la mi-journée. Mais là, pas question ! Il entendait les brebis bêler... C'est lui qui était en faute. Si son père avait vu ça ! Il l'aurait sûrement engueulé, accusé d'être un « jean-foutre », de négliger le troupeau. Les vieux avaient des principes et aussi des manies. Il se souvenait qu'à l'époque, dans cet avant guerre de sa jeunesse, on faisait rentrer les vaches à midi. Pas question de les laisser au pré pendant l'heure du repas. Elles devaient rentrer, comme les hommes, dans la crainte d'une insolation ou d'un excès d'herbe. Ces années lui paraissaient bien loin maintenant.

Sans le vouloir vraiment, il avait, d'une manière indicible, au gré des circonstances et des événements, fait le choix d'une autre vie. Il se leva, ramassa le bourgeron de toile suspendu à la patère dans l'entrée. La veste, décolorée, était de la couleur du temps qui passe, fanée. Dans ses plis les plus secrets, elle conservait un peu de son lustre d'antan, de l'époque où un lundi de foire, sous un ciel gris, elle avait été acquise chez « Conchon-Quinette » à Foix, ultime témoignage de l'alternance des jours qui avaient mêlé peines et bonheurs dans la succession des lunes vieilles et des lunes rousses.

Raymond sortit, les chiens sur les talons. Les bêtes avaient compris, malgré l'heure inhabituelle, le travail qu'on attendait d'elles. Par instinct, elles se dirigèrent vers l'étable, la queue remuant au vent d'autan. En face, profitant d'un soleil encore généreux, Simone finissait d'étendre le peu de linge de sa lessive quotidienne sur le fil de fer qui courait entre deux piquets, le long de la façade de la maison. Raymond la héla :

– Hé, Simone ! Je vais garder les bêtes... Si tu vois passer les « zippies », dis-leur bien que je viendrai demain matin déjeuner...

– Entendu, je leur ferai la commission...

– Au fait, si le père Rogalle passe avant que je ne sois rentré, prends-moi donc une tourte de pain noir... Et fais-la marquer ! Qu'il n'oublie pas de me donner la contre-marque, maintenant que je suis revenu.

Raymond, comme quelques-uns ici, utilisait toujours pour le pain le paiement mensuel à crédit qui, de mémoire d'homme, avait traditionnellement eu cours. Le système était simple : d'une encoche faite au couteau, on guillochait ensemble deux baguettes de noisetier tenues serrées en parallèle pour chaque pain pris. L'acheteur, comme le commerçant, gardait la sienne et, à la fin du mois, on comptait combien de traits il y avait. Cela correspondait à un nombre de pains consommés et à l'addition à régler. Jadis, les paiements se faisaient en échange de farine, d'œufs, voire de volailles ou de lapins. Ce troc à crédit contrôlé avait périclité, sauf dans quelques espaces de campagne profonde. Aujourd'hui, en cette année 1969, dans les terres du Couserans, si certains marquaient encore le pain, le paiement ne se faisait plus qu'en espèces. Seuls certains vieux, pour solder leurs comptes, donnaient parfois un agneau au père Rogalle à l'époque de Pâques, ce qui, quoi qu'il en dise, l'arrangeait bien car il voyait dans ce mode de paiement en nature le moyen de soustraire légalement chiffre d'affaires et recettes à l'appétit du fisc.

À peine ouvrit-il les portes de l'étable que les bêlements des brebis redoublèrent tels des cris de délivrance. Une cleyde intérieure, en bois fait maison, permettait de parquer les bêtes dedans et de laisser la porte ouverte. Les chiens étaient déjà en position, barrant tout débordement fugitif. Ils jappaient par avance pour contenir la masse de laine qui s'apprêtait à déferler. Raymond ramassa un bâton qui traînait contre le mur. Il huma l'air qui bourdonnait des dernières mouches de l'été indien, jaillissant de l'étable avec la sortie des moutons. Le ciel commençait à s'orner de cirrus qui s'étiraient comme des cache-nez en ce début d'après-midi, nuages annonciateurs d'un changement de temps. Il fallait profiter des derniers beaux jours avant les frimas de l'hiver dont les signes étaient déjà perceptibles. Deux heures sonnèrent au clocher de l'église quand le troupeau prit le chemin de la fount du Riou. Raymond n'allait pas souvent dans ce coin-là. Dans cette petite jasse, blottie au fond d'une ombrée discrète, il savait pouvoir trouver une herbe encore grasse et drue dont les brebis feraient festin. C'était un coin très humide mais, en fin d'automne, l'herbe y était bonne à la dent des ruminants. Il ne fallait pas la laisser perdre. Dans deux ou trois semaines, le gel matinal l'aurait flétrie et rendue jaunâtre, impropre à la consommation. Elle économiserait bien un peu le fourrage nécessaire à ce retour précoce de l'estive. Bien sûr, Vidal, avec ses centaines de têtes, ne raisonnait pas ainsi. Il ne comptait pas, lui, en après-midi de pacage mais en tonnes et en camions de bottes.

Parvenu à la fount du Riou, Raymond s'installa à l'abri du vent derrière un petit mur de pierres sèches qui s'effondrait, laissant crouler en un dégueuillis pierreux, son appareillage bâti de main et de mémoire d'homme. À demi adossé contre les lauzes millénaires mises en place à l'aube du Néolithique, dans l'ordonnancement créatif de cette campagne française, construite par des générations de paysans, tâcherons de la glèbe, Raymond avait tout le loisir de contempler la course des nuages dans le ciel de l'automne. Par-delà les crêtes, à l'ouest du Valier, la couverture s'épaississait doucement d'heure en heure. Les chiens s'étaient couchés non loin des deux bornes de granit dressées tels des menhirs qui marquaient de toute éternité l'entrée de la jasse. La tête entre les pattes, le museau bien orienté au vent, ils observaient les mouvements du troupeau, toujours attentifs au moindre commandement du maître. Raymond pouvait fermer les yeux et même s'endormir. Ses deux aides veillaient. Il passa ainsi l'après-midi dans la tiédeur du soleil déclinant, bercé par le crissement perpétuel de l'herbe tendre à la dent des brebis.

Il émergea d'une douce torpeur vers les cinq heures et demie, quand l'astre radieux passa entre deux cumulus de bonne taille, gris et bourgeonnants, qui l'occultèrent, accentuant la fraîcheur du vent, qui balayait les pentes de la montagne. Dans son bourgeron de toile fanée, Raymond frissonna, le corps engourdi par la sieste tardive. Il contempla, les yeux à moitié plissés, le troupeau qui s'égayait au fil de la gourmandise d'une herbe grasse. Les bêtes se groupaient toujours par deux ou trois, l'une près de l'autre, avec cet instinct grégaire qui parfois pouvait conduire au drame lorsqu'elles s'aventuraient au bord des précipices pour grignoter, comme par vice, une herbe rare donc meilleure.

Raymond se redressa des coudes contre le mur à demi éboulé. Le soleil s'apprêtait à passer derrière la crête de la Fajolle. Il siffla doucement les chiens qui, en bons professionnels, rassemblèrent les bêtes en faisant l'économie d'aboiements. Une volée de grives, des draines au ventre blanc moucheté, passèrent en rase-mottes pour gagner les bois proches afin de trouver un dortoir pour la nuit. Elles descendaient le soir, sombres fées des rêves des chasseurs du cru. Il rêvassait encore un peu quand, au coin du saïbre qui marquait l'entrée de la jasse, il vit apparaître la silhouette de Vidal. Vêtu de son paletot des jours ordinaires, portant un sac à l'épaule, il marchait à grands pas, scrutant de droite et de gauche le chemin herbeux, peu désireux visiblement de faire des rencontres. Que pouvait-il faire dans ce secteur et à cette heure ? Il n'avait pas de bêtes à lui, ici... Il allait apercevoir le troupeau, les chiens... Instinctivement, Raymond se tassa contre le mur, il aurait voulu y disparaître pour mieux guetter cette présence incongrue.

Vidal passa devant lui sans l'apercevoir, Raymond se redressa juste après, tel un contrebandier feintant une patrouille de « gabellous ». Il le regarda s'éloigner avec cette méfiance paysanne qui venait du fond des âges. Vidal n'avait aucune raison d'être ici, dans ce coin perdu de montagne. Même son acharnement à vouloir la peau de l'ours excluait cette présence. Et puis, ce chemin ne menait nulle part, tout le monde le savait bien ici, sauf à un pic vertigineux qui s'élevait pour dominer de plus de soixante mètres de rochers le paysage environnant. La pierre, ici, était un affleurement calcaire perforé, tel un gruyère, de mille trous qui servaient de refuges aux pies, aux geais et aux corvidés en général. Raymond demeurait circonspect. Le sac de Vidal lui avait semblé plein. Qu'avait-il pu ramasser, au pied de la falaise, pour l'alourdir ainsi ?

En rentrant, il aurait quelque chose à raconter à

ses voisines, à Simone, à Josette, à Marie-Lou, histoire de les faire saliver et cancaner à tour de rôle quelques jours durant. Elles n'avaient pas fini de causer, de jaser et de supputer sur le contenu mystérieux du sac. Peut-être quelque gibier défendu pour la saison, un coq de bruyère abattu clandestinement ou mieux, qui sait ? D'aucuns murmuraient que les puissants de la vallée, patrons, riches propriétaires fonciers, des élus même, ne se cachaient pas pour abattre, hors période de chasse légale, ces isards qui faisaient la fierté des montagnes pyrénéennes. Certains assuraient même, entre deux tournées de muscat ou de Ricard-tomate au coin d'un bar, quand la langue se délie, avoir vu tel ou tel les descendre sur les épaules jusqu'à la route à la barbe des fédéraux, comme par hasard occupés à autre chose. Racontars, assurément, prétendaient d'autres, mais la rumeur courait, pas forcément injustifiée, toujours rampante. Raymond savait Vidal assez pourri pour tremper dans toutes les combines possibles. Depuis longtemps, il était sur ses gardes vis-à-vis de lui, et la réputation qu'il traînait dans la vallée n'était pas faite pour endormir sa méfiance.

Les chiens poussèrent deux coups de gueule et Raymond rassembla vite le troupeau. Il prit le chemin de l'oustal, dans le froid qui se faisait plus vif. Le soleil était complètement tombé et le soir avançait dans le crépuscule des jours qui devenaient de plus en plus courts. Une hulotte précoce cria dans le bois qui marquait l'entrée du village. Décidément, l'automne était bel et bien là et la nuit plus longue désormais. Les moutons dans l'étable, les chiens se précipitèrent en grattant la porte d'entrée. Ils n'aimaient pas être dehors à l'approche de la nuit. Après avoir posé son bourgeron, Raymond ferma les volets, verrouilla les crémones. Le tic-tac de l'horloge comtoise ponctuait le temps éternel et les aiguilles de cuivre annonçaient six heures déjà sur le front émaillé du cadran. Il avait juste le temps de mettre les lentilles à cuire pour le souper. Encore lui faudrait-il commencer la cuisson au gaz, le temps que la cuisinière soit allumée et fournisse de la chaleur.

Il s'activa rapidement, le béret toujours vissé sur la tête. Peu à peu, les gestes usuels de la maison lui revenaient. Ainsi alluma-t-il par réflexe le poste de radio qui trônait sur une table basse, non loin de la fenêtre. Avec sa grosse caisse d'ébénisterie vernie, ornée au centre d'un cadran octogonal à fine aiguille qu'entourait une série de boutons ronds en bakélite marron, le vénérable appareil inspirait le respect qui sied aux choses antiques. C'était un poste à lampes et il fallait attendre que celles-ci chauffent pour que, dans un crachotis plein de parasites, on puisse entendre dans l'unique haut-parleur la voix du speaker de Toulouse-Pyrénées. Absent de chez lui toute une partie de l'année en raison de son métier de berger, Raymond n'avait pas fait l'emplette d'un tel matériel. Un matin, simplement, Bonzom, qui savait ce que solitude veut dire, était arrivé avec cet appareil sous le bras. Il venait d'acquérir un poste à transistors, et celui-ci lui était désormais inutile, d'autant plus qu'il n'offrait pas la modulation de fréquence qui commençait à se répandre.

Il avait juste mis ses lentilles à cuire dans une casserole en fonte au manche entouré de ficelle pour ne pas se brûler quand Simone entra, une tourte de pain noir sous le bras.

– Hé ! Raymond, je t'en ai pris une grosse...
– J'ai pas fini d'en tailler pour la soupe, alors...
– Que veux-tu, Rogalle n'avait que ça. C'est un peu plus cher mais ça te fera toute la semaine.

– Tu as mangé, toi ? demanda-t-il par réflexe, en désignant la table du regard.

– Tu sais bien que je dîne de bonne heure, vers les six heures, surtout depuis que je suis veuve.

– Alors tu n'as vu passer personne ! Eh bien ! tu t'en es manqué une...

– Ah ! que veux-tu dire ? fit-elle, la curiosité soudain piquée au vif.

– Figure-toi que j'étais à la fount du Riou pour garder. Tu connais la jasse... Et devine qui j'ai vu passer dans le chemin ?... Vidal !

– Vidal ! Mais il ne mène nulle part, ce sentier. C'est un chemin du bout du monde.

– C'est bien ce que je me suis dit, et je n'ai pas trouvé d'explication à sa présence. En tout cas, il était pas aux rousilhous et il semblait pressé...

– Va savoir ce qu'il manigance ! C'est pas bien catholique, tout ça..., fit-elle.

Raymond n'était pas mécontent de son effet d'annonce. D'abord, il savait que Simone ne portait pas Vidal dans son estime, mais surtout qu'elle aurait à cœur de tirer cette affaire au clair. Elle allait activer dès la première heure son service de renseignements fait de bonnes langues de vipères, aptes à poser des questions indiscrètes et à tisser à partir de là des hypothèses venimeuses. Tout en continuant à l'écouter verser ses remarques atrabilaires, Raymond alluma sa cuisinière, enfournant d'abord le petit bois avant de le surmonter de quelques bûches moyennes. Quand le feu aurait bien pris, il y lancerait alors une pelletée de ce coke triboulet qui tenait bien la chaleur pour la nuit et assurait au petit matin un redémarrage facile par les braises qu'il laissait. Il décrocha ensuite le cambajou, le déshabilla du linge qui le protégeait des mouches, afin d'en tailler une petite tranche en guise de hors-d'œuvre, sous l'œil de Picard et de

Tango, attentifs à la chute éventuelle de quelques « pelàlho ».

Sept heures sonnèrent à la comtoise, Simone, bien remontée, parlait toute seule et il n'était besoin que d'un oui ou d'un regard approbateur pour la relancer. Raymond se plut à considérer que, somme toute, c'était un soir comme tant d'autres, ici, dans ce pays qui crevait de solitude et où le manque d'hommes apportait une dimension différente et tragique aux banalités de l'existence. Si la présence de Vidal l'avait intrigué, il n'était pas encore assez parano pour en faire tout un plat, comme d'autres, plus aptes à se cristalliser sur des détails de la vie des autres, faute de piment à la leur. Les lentilles frissonnaient doucement, dans leur casserole de fonte, laissant échapper une odeur appétissante de petit salé qui fusait en une vapeur diffuse du couvercle mal posé. Raymond se préoccupa de nourrir la cuisinière. Il rajouta deux bûches de hêtre bien calibrées, coupées l'hiver dernier à la bonne lune, dans le fourneau étroit et sombre qui se fermait d'un triple cercle de fonte noire concentrique. Dans quelques semaines, quand l'hiver serait bien installé, il allumerait alors en plus systématiquement le cantou, autant pour la chaleur qu'il pouvait diffuser que pour la présence que les flammes dansantes contribueraient à entretenir. Les chiens, assis sur leur arrière-train, étaient attentifs à tous ces gestes qui préludaient au repas du soir.

La nuit était complètement tombée, maintenant, et l'obscurité de la pièce seulement dissipée par la lueur pâle de la quarante watts. Le poste, dans le crachotement d'un son juste audible, débitait quelques chansons à la mode, prélude obligé à l'heure des informations. Raymond versa une louche de lentilles dans une assiette à calotte et les goûta. Elles étaient tout juste cuites et, dans un raclement, il transféra la casserole sur la cuisinière en fonte noire pour les finir à feu doux, ce qui aussi économiserait le gaz. Puis il s'assit et mangea en silence.

Depuis un moment déjà, faute d'un interlocuteur aussi bavard qu'elle, Simone avait fini par se taire. Elle tirait, par réflexe, à intervalles réguliers, sur son tablier de nylon à fleurs bleues qui recouvrait sa jupe noire, éternel uniforme de son veuvage. Au bout d'un long moment, elle se leva enfin.

– Allez, adissiats, Raymond, finit-elle par dire avant de partir.

Et la vie était ainsi renouée, dans ce simple déroulement du rituel de tous les jours, qui, par leur répétitive banalité, constituait le quotidien d'une existence ordinaire. Depuis deux ou trois ans maintenant, Raymond se sentait plus fatigué à chaque retour d'estive. Lucide, il savait bien sûr que l'âge était là, le guettant implacablement. Il avait chaque fois plus de mal à affronter ce changement de rythme de vie, à passer du printemps à l'été, de l'été à l'automne. C'était peut-être ça la vieillesse, pensait-il parfois, refusant énergiquement cet état qui l'éloignerait un jour des pentes couvertes de gispet et du bêlement des brebis dans le vent balayant les cimes. Ce temps-là, il ne voulait pas l'envisager, peut-être à cause de l'exemple du vieux Joseph. Son visage le hantait d'autant plus qu'il faisait partie de ceux qui étaient partis à sa recherche et qui l'avaient découvert, baignant, les bras en croix, dans le gour bouillonnant sous la cascade de L'Artigue.

Le dîner vite expédié, Raymond déposa son assiette dans l'évier de pierre. Il se contenta de faire couler un peu d'eau dessus, comme d'habitude, pour faciliter le lavage ultérieur. La pendule marquait huit heures passées et Raymond se sentait fatigué par cette journée un peu trop pleine pour lui. Il arrangea le foyer de la cuisinière, écarta les lentilles pour les tirer du feu et monta rapidement à l'étage, tandis que les chiens retrouvaient leur tas de chiffons. Dans le lit de noyer blond, Raymond s'étendit avec plaisir sous l'édredon de plumes, les mains croisées sur la poitrine, la respiration apaisée. Ce soir, il n'avait pas envie de lire quelques pages du *Chasseur français*. Il se remémora la pose de la herse, ce matin. Jamais l'ours ne se prendrait dessus ! Une connerie... Juste bonne à couillonner quelque animal... ou quelqu'un ! Recru de fatigue, il ne se rendit même pas compte qu'il s'endormait, et reposa du sommeil des justes, pour émerger paisiblement vers les neuf heures, le lendemain matin, alors que le soleil perçait depuis un bon moment par les interstices des volets disjoints.

Après avoir avalé un café mêlé de chicorée, fait sortir les brebis au parc sous la garde fidèle des chiens, bref, le train-train quotidien, vers les onze heures et demie, rasé de frais sans s'être écorché le menton, il était prêt. Il n'aimait pas arriver en retard, même si le temps n'avait pas ici la même valeur qu'en ville, même si on pouvait laisser couler paisiblement le regard d'une ombrée à une soulane, en suivant la pente des estives, sans que le rythme du travail n'en fût pour autant perturbé. Il enfila un chandail marron que Josette Pujol lui avait donné à l'automne dernier en faisant du tri dans les affaires de son défunt mari. Il coiffa un béret neuf, ferma soigneusement la porte et, le saucisson sous le bras, simplement enveloppé dans une feuille de *La Dépêche*, il descendit l'escalier de pierre lentement, laissant errer sa main sur la rambarde.

D'aucuns, en cette gestuelle familière, eussent dit qu'au fil des marches usées, il mettait ses pas dans ceux des autres. Mais Raymond Lacombe n'en avait pas conscience. Pour lui, l'escalier était là, il l'avait toujours vu, un point c'est tout. Il n'y prêtait pas attention au quotidien, sauf quand une lauze éclatait traîtreusement sous l'effet de l'usure ou de l'alternance du gel et du dégel laissant s'infiltrer l'eau insidieuse dans ses diaclases et qu'il lui fallait alors un peu de mortier pour resceller les pierres disjointes.

Parvenu à l'appentis, il écarta le sac de jute qui couvrait la mobylette. Sur le garde-boue proéminent, la peinture était bien râpée depuis sa chute de l'autre jour. Il lui faudrait y passer un coup pour éviter que la rouille ne s'y incruste. L'engin démarra facilement dans une pétarade bleutée qui le rassura. La machine n'avait pas trop été affectée par son aventure et lui-même ne ressentait plus les courbatures, preuve de la solidité de sa vieille carcasse.

Il prit la route du Planol. Le petit chemin vicinal montait en serpentant dans la fraîcheur de la matinée qui s'attardait. Au fil des lacets, le chemin devenait plus étroit et mal entretenu. Sur les côtés, les ronces grignotaient les prés, tels les cancers d'un monde à l'abandon. Ici, tout indiquait que l'homme se faisait rare. Le paysage, dans le négligé de son ordonnancement, en portait le témoignage tragique.

Parvenu au petit replat, à quelques dizaines de mètres de la maison, il coupa les gaz de la machine par habitude d'économie. Le rythme syncopé d'une musique moderne lui parvint aux oreilles tandis que la mobylette parcourait en roue libre les derniers mètres.

L'engin appuyé contre le mur, il monta l'escalier de pierre, qui, comme chez lui, uniformité du bâti oblige, conduisait à l'étage d'habitation, dans le déchaînement braillard d'une guitare électrique. Tandis que les sonorités brutes agressaient ses oreilles, plus habituées au tintement des sonnailles, il comprit que, question chansons, il était irrémédiablement de l'âge du tango, comme ses parents avaient été de celui de la valse et de la polka. Toute sa jeunesse avait été bercée par la voix grave et chaude de Carlos Gardel, ce poète du « corazón » dont beaucoup avaient oublié qu'avant de chanter dans les bouges d'Argentine, il était né à Toulouse, non loin des bords de la Garonne, là où le bel canto pousse aux lèvres comme les primevères au mois de mars, en un rayon de soleil qui réchauffe le cœur des amours défuntes.

Il était ainsi à des années-lumière du swing, prélude à ces rythmes modernes qui avaient gagné un après-guerre américanisé, véhiculé par les cabarets à la mode rive gauche, avant d'envahir les bals populaires de province, prémices à l'explosion inéluctable de la nouvelle vague et à ses sonorités syncopées venues d'outre-Manche et qui faisaient, en un tourbillon sonore, se pâmer une jeunesse déjantée qui rejetait aux oubliettes les bals à papa et les frissons de grand-mère dansant la mazurka. Le tourne-disques gris, de marque Dual, avalait sans broncher les microsillons en vibrant de toutes les fibres de son haut-parleur unique sous le tempo profond des basses. Les galettes de nylon, empilées en un millefeuille noir, descendaient mécaniquement dans le cliquetis du bras qui se positionnait, automatisme oblige, au début du sillon du disque suivant. Raymond regarda l'appareil. On n'arrêtait pas le progrès. Il pensa avec nostalgie au phono à manivelle que le fils Deltheil avait reçu ici, pour ses dix-huit ans, cadeau d'un oncle fortuné et sur lequel toute la jeunesse du village avait dansé dans ces années d'avant guerre. L'aiguille d'acier égratignait somptueusement les grosses galettes en un crachotement plein de parasites qui ne parvenaient pas, pourtant, à choquer les oreilles émerveillées.

De dos, Christelle tournait vigoureusement une pâte blanchâtre dans une soupière en Pyrex. Elle déployait, d'une fourchette en musique, une ardeur pâtissière qui lui faisait ignorer le monde extérieur. C'est en se retournant pour attraper le sucre qu'elle l'aperçut sur le pas de la porte.

— Ah ! c'est vous, monsieur Lacombe... Je ne vous ai pas entendu arriver. Avec la musique, vous comprenez... Attendez, je vais baisser le son. Voilà, c'est mieux comme ça.

— Ça fait du boucan, votre appareil.

— Ah ! il a de la puissance. Quand Hervé est derrière à couper du bois, ça me tient compagnie.

Raymond hocha la tête. Il connaissait davantage le silence des estives, le bruit du vent dans les sapins, celui de la pluie qui frappe les carreaux, ou la ouate des flocons qui assourdissent le bruit des pas.

— Je n'ai pas votre habitude du tintamarre..., fit-il doucement.

— Que voulez-vous, je suis née en ville...

— Qu'y fa ré ?... répliqua-t-il en patois, par habitude... Qu'y puis-je ? voulaient dire ses yeux qui la dévisageaient telle qu'elle était, à mille lieues des femmes que ce pays avait connues jusqu'alors.

Avec sa robe-sac qui traînait jusqu'aux chevilles, la taille vaguement marquée par une ceinture de cuir tressée nouée d'une boucle proéminente, façon fer à cheval, qui soulignait à peine une poitrine plantureuse, à l'évidence sans soutien-gorge, style provoc « jouissez sans entraves », comme on le déclamait un an plus tôt dans une Sorbonne occupée, réduite en porcherie par les contestataires de l'ordre traditionnel, Christelle incarnait en effet cette nouvelle jeunesse qui cherchait « sous les pavés, la plage ». Les mèches claires de ses cheveux adoucissaient le visage, le rendaient enfantin dans le soleil qui jouait au milieu des nuages de l'automne comme un ballon de football dans une cour de récréation. Le béret entre les mains, Raymond contemplait l'invraisemblable fouillis de la pièce. À l'entassement des Escaich cultivant l'expression « ça peut servir », depuis des générations, avait succédé le désordre libertaire, vivant au jour le jour, dans le capharnaüm sympathique d'une vie saisie et savourée.

— Hervé va arriver. Il est allé faire du fagot, juste à côté...

— Vous en brûlez beaucoup ?

— La cuisinière, elle en consomme pas mal, et sans elle, on se gèle ! On n'arrête pas de rentrer du bois. Je croyais pas qu'elle en brûlait autant, c'est normal, à votre avis ?

— Oui, surtout si c'est du taillis comme ça. Il vous faudrait quelques bonnes souches de chêne ou de hêtre pour tenir le feu, ou sinon, un poêle à mazout.

— Un poêle à mazout ! Mais ça pue, c'est sale !... Vous êtes pas encourageant, ça promet pour l'hiver !

— Les hivers de maintenant ne sont plus ceux d'autrefois, vous savez. Dans ma jeunesse, la neige tenait au sol pendant des semaines entières. Ceux qui habitaient des bordes isolées ne pouvaient même pas aller à l'école.

— Ça leur manquait ?

— Oh, oui et non... On voyait moins de copains, mais surtout, on était plus serrés au cantou avec le père et la mère qui bricolaient faute de pouvoir travailler dehors. La météo d'aujourd'hui a changé et

170

j'ai bien du mal à voir les saisons alors que, quand j'étais gamin, on avait parfois la neige jusqu'au ventre.

– Et qu'est-ce que vous faisiez ?

– Quand on nous laissait sortir, on courait de métairie en village, la poudreuse capuchonnait nos cheveux coupés ras, on se battait, avec souvent la hargne au cœur, la connerie aux lèvres, prêts à toutes les bêtises de la création.

– Vous faisiez du ski ?

– Du ski ? répéta Raymond en souriant.

– Ça existait pas de votre temps, les sports d'hiver ?

– Hum... Quand j'étais jeune, on glissait surtout sur les fesses... Parfois avec des luges qu'on s'était bricolées de trois ou quatre bouts de bois rabotés et récupérés ici ou là. Mais le ski, les premiers qui ont commencé à en faire ici, c'était dans les années trente, vers la cabane de Larrech. On les regardait monter avec un peu de curiosité, leurs planches sur l'épaule... C'étaient des gens de Saint-Girons, de Toulouse parfois... Des gens riches, de la bourgeoisie ! On se fréquentait pas... Eux, ils venaient à la montagne le dimanche en hiver quand nous, on restait à l'oustal à soigner les bêtes à l'étable. On n'était pas de la même race... Pour nous, la montagne, c'était surtout le printemps, l'été, l'estive pour les moutons et les vaches... Vous avez déjà fait du ski, vous ? demanda Raymond, le béret trituré entre les doigts.

– Oui, souvent... Mes parents allaient dans les Alpes, à Megève, chaque année, parfois en Autriche..., dit Christelle.

Raymond hocha la tête, pensif. Il ne connaissait ni l'un ni l'autre, et si ces montagnes étrangères auraient pu, en d'autres lieux et d'autres temps, être siennes, c'étaient ceux qui les avaient colonisées à des fins touristiques qui ne seraient jamais de son monde. Sa montagne à lui, elle sentait la gentiane et l'herbe tendre. Sa montagne, c'était celle des rhododendrons, de l'immortelle des neiges, de l'airelle, de la myrtille et du séneçon... Celle de l'ortie noire, de la menthe pouillot, de la silène et de la saxifrage. Elle résonnait du son cristallin des sources fraîches qui alimentaient les ruisseaux à truites. Elle se parsemait de bouses de vache odorantes, cynique outrage des troupeaux qui séchait au soleil en se décolorant parmi les touffes de chardons à cœur jaune. Sa montagne à lui, c'était celle de ces baccades, composées essentiellement des races Saint-Gironnaises et d'Aure, dont le port de tête altier s'ornait de cornes fines en forme de lyre antique, des vaches que l'on appelle ici « castagno », c'est-à-dire couleur châtaigne, ce marron clair qui rappelle la couleur de leur robe. Sa montagne à lui, c'était celle des hommes de toujours, de cette succession de générations de pauvres bougres, forçats par nécessité de la glèbe et du bigoucet, qui pour oublier la misère du temps vécu, finissaient par croire en ce paradis que le curé leur promettait dans ses sermons dominicaux.

Les montagnes qu'on lui promettait pour demain étaient à des années-lumière, à des siècles du temps qui l'avait vu naître. Elles se transformaient de mois en mois, sous l'impulsion de promoteurs immobiliers ou de riches propriétaires, en un concept moderne à souhait mais qui lui était étranger et oublieux de la mémoire des hommes, de leurs coutumes, de leurs traditions, au point de ne plus les traduire que par des aspects désuets ou folkloriques, juste bons à gagner de l'argent pour ceux qui désormais conjuguaient le culte du « bon vieux temps » et celui de l'opportunité commerciale.

Raymond se sentit vieux tout à coup, mis à la

porte de là où il avait toujours vécu, par une modernité implacable qui l'éloignait des rêves de son époque comme une gifle de l'Histoire vous retourne la
tête d'un revers de la main.

7

La mémoire du temps

Christelle avait fini de tourner sa pâte dans la soupière. Elle coupait une pomme en tranches fines, achetée chez un petit paysan au marché de Saint-Girons, quand, le chien sur les talons, Hervé poussa la porte. Il entra après avoir fait semblant de s'essuyer les pieds sur un paillasson aux trois quarts déplumé par l'usure et qui servait de trait d'union entre la terrasse de lauzes et le parquet gris de la cuisine dont le bois attendait depuis des années un peu de cire d'abeille pour reprendre vie. La sculpture de ses bottes en caoutchouc vert laissait échapper un peu de terre grasse sur le sol.

— Ah ! vous êtes arrivé, fit-il en lui tendant une main vigoureuse.

— Hé ! vous voyez..., répondit Raymond, prudent.

— Je suis un peu en retard. Je faisais du bois derrière, juste à côté du ruisseau, là où il y a un grand chêne...

— Ah, au Brézillou...

— C'est comme ça qu'on l'appelle ici ?

— Oui, mais ne me demandez pas pourquoi. Je l'ai toujours entendu nommer ainsi, ce taillis.

— En tout cas, tu en fous partout, fit Christelle en

174

désignant les marbrures que les crampons des bottes déposaient...

– Oh, ça va !... On passera un coup de balai, dit Hervé.

– Elle tolérait ça, votre mère ? demanda Christelle.

– Quand j'étais petit, on n'avait pas des bottes comme vous. On portait des « esclops », des sabots ! On nous en faisait faire une paire par an, avec une bride de cuir sur le dessus. Et il fallait qu'ils durent ! D'ailleurs, pour pas les user trop vite, on les ferrait avec de gros clous carrés.

– Vous aviez pas froid dedans, en hiver ?

– Non... les pauvres les bourraient de paille, et ceux qui étaient un peu plus riches portaient les chaussons dedans. Les anciens, autrefois, ils mettaient même des guêtres boutonnées jusqu'aux genoux qui couvraient le dessus du pied et ainsi le protégeaient. Les souliers de cuir, c'était pour les jours de fête ou pour les gens de la ville...

– Il y en a encore qui en font, ici ?

– Oh, des imitations, juste pour faire semblant ! Vous marcheriez pas avec. Il y en a au marché à Saint-Girons qui en vendent pour la décoration. C'étaient des sabots à bouts très recourbés.

– Et pourquoi ça ? C'est pas commode.

– On les porte comme ça, dans la vallée de Bethmale, surtout. C'est une légende qui remonte à l'époque des Sarrasins.

– Des Sarrasins ?

– Oui, des Arabes. Ils vous ont pas appris ça, à l'école ? Moi, le maître me les faisait tellement copier, les dates, que cinquante ans après, je m'en souviens encore. 732... Charles Martel arrête les Arabes à Poitiers...

– Vous avez bonne mémoire !

– La légende dit que c'est un amant jaloux qui les

aurait fabriqués ainsi, avec ces grandes pointes, pour y planter le cœur de sa fiancée et celui du prince maure qui l'avait séduite.

– Ils étaient barbares, en ce temps-là, dit Christelle.

– Vous croyez que ça a changé ? fit Raymond.

– C'est vrai, dit Hervé... Vous avez vu les Américains au Vietnam quand ils balancent leurs bombes au napalm sur des civils avec leurs B 52 ! C'est affreux. Ils ont raison, ceux qui écrivent « U.S. GO HOME », vous trouvez pas ?

– Oh, la politique... pendant les cinq mois d'estive, j'ai pas souvent l'occasion de lire le journal, répliqua Raymond. Mon actualité, là-haut, c'est le troupeau au quotidien...

– Ça sera aussi la nôtre au printemps...

– Ah bon !

– Oui, je vais prendre quelques brebis, sûrement. D'ailleurs, j'ai suivi l'école de Rambouillet pour ça avant de venir ici.

– Ah ! opina Raymond, songeur. La vie est curieuse.

– Pourquoi ça ?

– La misère nous a chassés de nos montagnes. On n'a pas été capables d'y maintenir des jeunes de votre âge. Regardez le village, y'a que des « bièlhards », des vieux. Et vous, vous vous croyez capables d'y revenir..., ajouta-t-il en souriant, une pointe d'incrédulité au bord des lèvres.

– Asseyez-vous... Vous prenez l'apéro ? demanda Hervé pour couper court à cet échange.

Il lui versa une large rasade d'apéritif anisé dans un verre tubulaire qui avait précédemment abrité des olives. Il mouilla le liquide jaune de l'eau d'une cruche ébréchée qui avait appartenu aux Escaich. Ils trinquèrent dans un tintement cristallin tandis que Christelle s'activait aux fourneaux. La discussion, ano-

176

dine, tourna sur le temps qui allait se gâter, sur les bêtes dont Raymond avait à s'occuper, sur le bois à rentrer avant les mauvais jours. Chacun observait l'autre dans une découverte mutuelle et circonspecte. Hervé n'osait pas trop l'entreprendre, craignant d'aborder par mégarde un sujet qui fâche, Raymond évitait de trop parler, prudence paysanne oblige. Ils déjeunèrent sans se presser, Raymond mastiquait lentement des quelques dents qui lui restaient. De temps à autre, Hervé lui remplissait le verre de rouge trois-étoiles. Après la tarte aux pommes sortie toute chaude du four, dans le raclement des chaises repoussées, ils sortirent sur le pas de la porte, tout en haut de l'escalier dominant la courette envahie d'herbes folles, où un fouillis inextricable s'entassait suite au ménage qu'ils avaient cru faire dans la vieille demeure des Escaich.

– C'est pas du bien bon bois que vous avez là, fit Raymond en contemplant le tas en désordre qu'Hervé avait déchargé de la 4 L.

– C'est Soula qui me l'a vendu, pourtant...

– Ça m'étonne pas de lui...

– Qu'est-ce que vous voulez dire ? demanda Hervé.

– C'est un voleur ! Regardez... La pile, elle est en coupe depuis des lustres. Et le bois, il a perdu la moitié de sa consistance au contact de l'humidité du sol. Bref, il est si bien pourri qu'il doit vous faire plus de fumée que de chaleur !

– Le dessus, pourtant...

– Oui, mais ça, c'est ce qui était au soleil ! Vous en voulez, du bon bois ?

– Oui... Vous savez, c'est avec ça qu'on se chauffe.

– J'ai plusieurs taillis qui m'appartiennent et que j'exploite pas. Si ça vous intéresse, vous pouvez aller y couper. Je vous les enseignerai.

– Je veux bien...

177

— Mais à vous de le redescendre...

— Et c'est loin ?

— Non, pas pour un costaud comme vous, fit Raymond en jugeant la carrure d'Hervé. Vous voulez les voir ? C'est juste à côté. On va prendre un « talhabarto » !

— Un quoi ?

— Un croissant, pour faire le chemin.

— Qu'est-ce que vous appelez un croissant ?

— Ah ! Vous êtes bien de la ville, té ! C'est une serpe, quoi !

— J'en ai pas, ici.

— Ça fait rien, je vais vous montrer quand même.

Raymond avait envie de lui faire voir ses bois. Au-delà du virage qui menait autrefois à la ferme des Escaich, une modeste sente, presque invisible, s'élançait sur la pente du talweg, serpentant entre les arbres. Ils marchaient dans le chemin à peine discernable, envahi de fougères momifiées par les premières gelées blanches. Les feuilles des hêtres en tombant formaient un tapis continu sous leurs pieds. Raymond, malgré son âge, grimpait avec une aisance qui étonnait Hervé, et il faisait des efforts pour le suivre. On eut dit qu'il dansait. Il devinait les aspérités cachées sous la pierre humide qui font déraper le pied. Parvenu à un petit replat, il s'arrêta. Ici, entre deux touffes de buis et un genévrier, on dominait la vallée tout entière et le regard portait loin, comme à la découverte des hommes dans un azur bleuté où la brume commençait de monter. Aucun oiseau ne venait troubler la quiétude puissante de la montagne. Le silence faisait du bruit, il avait l'épaisseur de l'Histoire.

— C'est beau, hein ! fit Raymond, malicieux.

– On dirait une carte postale.

– Vous n'aviez pas ça, à Paris...

– C'est pour ça qu'on est venus.

– Y'a plus grand-monde, maintenant, pour regarder la montagne.

– C'est vrai, le pays se désertifie... On voit bien que la forêt gagne..., fit Hervé en observant les taillis qui grignotaient les estives abandonnées.

– Il en a pas toujours été ainsi, dit Raymond.

– Pourquoi ?

– Au siècle précédent, la forêt s'étiolait, vous savez !

– J'ai du mal à le croire...

– C'est la vérité, pourtant ! Les coupes de bois, parfois autorisées, souvent interdites, mais aussi les incendies et les pacages généralisés avaient rendu l'arbre rare...

– Tant que ça ?

– Oui, dans nos campagnes surpeuplées, on avait faim de terre au siècle passé...

– Ça a bien changé ! Et l'administration, les Eaux et Forêts, ils faisaient rien pour protéger les forêts ?

– Vous rigolez ! Ces gens-là, on les haïssait, répondit Raymond. Il y a même eu ici un sacré conflit pour le bois. Vous avez jamais entendu parlez de la guerre des Demoiselles ?

– Non. C'était quoi ?

– Ici, et dans tout le pays d'ailleurs, on avait besoin du bois pour se chauffer, pour construire, pour vivre tout simplement. Tout le monde en avait besoin. Et quand l'État a voulu réglementer l'usage de la forêt, le pays s'est révolté, parce que ceux-là attentaient plus qu'aux libertés ancestrales, ils attentaient à la vie. Quand les procès-verbaux ont commencé à pleuvoir alors que les maîtres de forge, pendant ce temps, continuaient à surexploiter leurs bois, tout le pays

179

s'est enflammé contre les agents de l'État qui appliquaient le code forestier avec tant de rigueur que les hommes n'avaient plus qu'à crever.

– Pourquoi la guerre des Demoiselles ?

– Pour pas être reconnus, té !... Ils se déguisaient en femmes, la chemise blanche à pandourels flottant sur le pantalon, la figure noircie d'un morceau de charbon de bois. Ils harcelaient les gardes forestiers.

– Comment vous les exploitiez, les forêts, à l'époque ?

– Oh, moi, je n'ai pas connu ce temps-là. C'est mon grand-père qui me l'a raconté. On n'avait pas encore de tronçonneuse. On coupait les arbres au passe-partout, vous savez, cette grande scie qu'on tient à deux mains. Je crois bien que les Escaich en ont laissé un dans la grange, suspendu au mur.

– Ah oui ! je l'ai vu... Et les billes, comment vous les sortiez ?

– Pour les grumes, ils les faisaient rouler le long des pentes. Il paraît qu'autrefois, même, on les jetait dans le Salat pour le flottage. Quand le voiturage s'est développé, on a abandonné mais l'arbre était devenu alors une denrée rare.

– Vous étiez une civilisation du bois, en quelque sorte...

– Oui, c'était la matière première, il servait à construire l'oustal, à fabriquer le mobilier, l'araire... Et puis, dans la forêt, on trouvait de tout, la réglisse, la gentiane pour se soigner... C'était le terrain de la pêche, de la chasse... Combien de familles mangeaient mieux au quotidien grâce aux sangliers, aux chevreuils, aux perdrix qu'on prenait au piège ? Même des loups quand on avait faim. Et aujourd'hui, vous, vous achetez tout sous plastique à Saint-Girons ! Ici, autrefois, il fallait qu'on se débrouille, mais en plus, on recueillait aussi la considération et l'estime de ses voisins quand on avait fait une bonne prise. L'exploit était valorisant et suscitait des commentaires élogieux.

– Vous parliez pas de l'ours, avant ? On le chassait, ici ?

– Oui, bien sûr... L'ours est l'ennemi du troupeau... On le chassait même au corps à corps !

– Comment ça ?

– Mon père m'a raconté qu'au début du siècle encore, certains chasseurs intrépides se couvraient le corps d'une cuirasse faite de cuir et de plaques de fer tricotées pour se protéger du coup de griffes. Ils se mettaient à l'espère, là où l'ours avait ses habitudes. Quand ils le voyaient, ils sifflaient et l'ours se dressait sur ses pattes de derrière pour se défendre. Alors, ils l'attaquaient au couteau, au bas-ventre, là où le poil est moins épais et où la lame rentre mieux. L'étreinte était furieuse, parfois fatale.

– Il fallait du courage.

– Ou de l'inconscience.

Il y avait longtemps que Raymond n'avait pas parlé ainsi. Avec ses voisines, les dialogues étaient plus brefs car il n'aimait pas cancaner. Il fuyait ces longs papotages où tout le monde, par la médisance savamment distillée, était habillé pour l'hiver. Devant l'estive parsemée de fougères rousses et grillée par le gel, les deux hommes étaient seuls face au silence du temps. Un mauvais vent d'automne descendait du Valier pour faire bruire la forêt mixte de la soulane d'en face où seuls les épicéas et les douglas apportaient encore une note de vie dans la masse jaune et grise des hêtres déplumés sous la bise. De gros nuages noirs dansaient une sarabande effrénée dans un ciel chaotique, rendant soudain proche l'arrivée inéluctable de l'hiver.

– Je n'imagine pas les hommes assez braves pour ça...

– On voit bien que vous êtes pas d'ici, fit Raymond.

– On nous le fait assez sentir ! dit Hervé.

– Le prenez pas mal... Nous jugeons pas avec vos yeux de la ville. Les gens d'ici, ils ont tant vécu dans la misère, passé tant de saisons à joindre le bout de l'an, à guetter l'abondance de la récolte, qu'ils ont une méfiance naturelle pour tout ce qui dérange l'ordre des choses qui leur permettait de subsister, comme les étrangers, qu'on soupçonne d'apporter ce qui détraque le fonctionnement de l'usage. Même si ces montagnes ont jamais été une vraie barrière, elles étaient un monde à part où la vie était rythmée par la coutume et l'obéissance aux anciens.

– Et vous n'avez jamais eu envie de vous révolter contre ça ? De briser des liens qui vous enchaînaient à un futur imposé ?

– Et pourquoi donc ? Pourquoi le faire puisqu'il en était ainsi depuis des générations ? On succédait simplement à son père comme lui-même avait succédé au sien. On se posait pas de questions dans ma jeunesse.

– Vous avez toujours été d'ici ? demanda Hervé.

– De toute éternité, notre place a été là, à la terre... Je suis simplement de souche paysanne ! Et quand bien même on aurait voulu avoir une condition de vie moins ingrate, on n'aurait pas été travailler la terre des autres pour autant. On serait plutôt partis vers la ville, ou ailleurs... C'est d'ailleurs ce que j'ai tenté moi-même en embarquant sur un bateau, avant guerre...

– Une vraie aventure ?

– Oh, c'est pas une histoire courante par ici, fit Raymond en se souvenant.

Il revoyait le bateau, haut sur sa quille, rouge et gris de part et d'autre d'une ligne de flottaison où

182

s'accrochaient les pétoncles et autres coquillages au gré des mois passés en mer. Ces quinze mille tonnes offraient la brutalité d'une hauteur sauvage. Il avait une odeur inimitable de pétrole et d'eau salée. Cela remplissait les narines du badaud, imprégnait les vêtements, pliés dans les cantines vertes de l'équipage, d'un parfum tenace qui subsistait même à terre, remplaçant celui du pays et des congés toujours trop brefs. L'odeur emplissait les coursives en une consistance poisseuse, qui collait les mains sur les rambardes des escaliers que l'on descendait à l'envers, la tête basse par réflexe, pour bien passer la barre d'en haut. Les marches elles-mêmes, malgré leurs ajours crantés, peinturlurées en vert, étaient humides et grasses sous le pas. Peu à peu, d'escaliers en escaliers, on descendait dans le ventre de la bête. La vibration s'accentuait à chaque descente en une plongée fatale et définitive qui emplissait l'âme des palpitations de la machine.

Une chaleur moite collait au corps la combinaison ornée du drapeau blanc à pois bleus de la compagnie. Soudain, les manches du vêtement coulissaient plus mal sur les avant-bras poilus des marins, parfois ornés d'une de ces ancres, tatouées à l'occasion d'une escale orientale, le temps d'un service militaire dans la Royale. Leurs muscles mêmes avaient pris une dimension marine, saillant dans l'avant-bras, tels des Popeyes entretenus au quotidien par la descente et la montée de ces échelles interminables. Une sueur perlait, lourde, au front des forçats du moteur. La machine était un monde à part, un monde d'hommes, de bruits, de vapeur, de chaleur et de souffrance, des entrailles d'une dimension qui sublimait le travail.

Il se rappellerait toute sa vie cet embarquement. Quelle folie l'avait pris de monter vers Bordeaux, à la porte de l'Atlantique, pour trouver une place sur un de ces cargos longs-courriers qui font escale à la pointe du Verdon, avant d'affronter les mers lointaines comme les caravelles cherchant les vents de l'aventure. Il n'était pas de là, pourtant... Quelle mouche l'avait piqué ? Ce n'était pas l'attrait de l'aventure non plus. Il ne voulait pas expliquer à Hervé sa motivation profonde. Il préférait évoquer simplement le besoin impérieux, mais plus conventionnel, de changer d'air, de se donner au monde pour que le monde se donne à lui. Il avait embarqué au Verdon, là où la Garonne devenue Gironde se jette dans la mer comme on se jette dans la vie. Doté d'une solide musculature entretenue par l'air pur des montagnes, d'un visage franc et énergique, le second capitaine du cargo mixte de la Havraise n'avait pas hésité à l'accueillir. Dans la machine où il était employé comme simple soutier, on ne s'entendait pas à deux mètres, et dans la vapeur qui giclait au milieu du roulis et du tangage, le chef mécanicien, la combinaison maculée de cambouis, hurlait ses ordres au fur et à mesure que le chadburn débitait les consignes que le commandant donnait de la passerelle.

Malgré ses cheveux blancs qui témoignaient d'une longue carrière navigante, une sueur tiède et fétide perlait à son front creusé de rides profondes par trente années bourlingueuses sur toutes les mers du monde. La transpiration avait dessiné de larges auréoles blanchâtres sur la combinaison kaki aux armes de la compagnie. Plus que d'autres encore, par le temps passé, il était le forçat du moteur. D'ailleurs sa paye, dix-neuvième catégorie, était calculée en fonction. Prolétaire supérieur des culbuteurs et des soupapes, il était responsable du changement des pièces, chemises et pistons, qui occasionnaient retards et donc coûts de transport supplémentaires. À lui de faire en sorte que le bateau arrive à l'heure au port pour décharger.

Raymond avait mis quatre mois pour gagner l'Australie et autant pour en revenir, traversant de ces coups de tabac où le ciel se confond avec la mer dans la vibration des tôles qui souffrent sous l'assaut des paquets de mer s'abattant en chocs brutaux, gigantesques coups de poing sur l'esquif perdu dans les éléments déchaînés.

— Pourquoi vous êtes revenu ?

— La mer n'était pas mon métier... Oh, j'aurais pu tenter, au retour, de m'établir avec mon pécule comme épicier ou mécanicien sans doute. J'aurais moins trimé que comme berger, mais j'avais gardé le goût des grands espaces, de ceux de l'océan, là-bas, où l'écume des vagues ressemble à la toison des moutons quand ils s'étalent sur les pentes des vallées. Finalement, j'ai pas voulu quitter la terre, ça aurait été une désertion, vous comprenez...

— Tout le monde n'a pas fait comme vous.

— À qui le dites-vous !... Surtout à cette heure où la campagne tout entière achevait de se dépeupler de ses fils d'ici, après avoir perdu les meilleurs sur les champs de bataille de la Grande Guerre. Oh, libre à certains de préférer une place inconnue à la situation qu'ils pouvaient avoir en restant simplement auprès de leurs parents, à partager au quotidien leurs travaux, leurs peines et leurs sueurs. Je les blâme pas, peut-être n'avaient-ils pas envie d'avoir la crasse comme bénéfice de leur labeur...

— C'est quoi, là-bas, ce piton ? demanda Hervé en désignant un promontoire rocheux et saillant qui dressait sa falaise de pierre parsemée de lichen et d'arbustes chétifs accrochés au-dessus du vide.

— C'est le Tuc de Quer Ner ! Le coin est un peu maudit, répondit Raymond.

– Pourquoi ?

– C'est là que l'avion est tombé autrefois, pendant la guerre.

– Il s'est écrasé ?

– Oui. C'était une nuit de février 1944. Une de ces nuits sans lune où le ciel bas se confondait avec la montagne. Il y avait pas d'étoiles. Les brebis avaient commencé l'agnelage depuis un bon moment déjà et je passais souvent mes nuits à l'étable à les entendre bêler, et haleter, surtout pour celles qui attendaient deux agneaux.

– C'est si fréquent que ça ?

– Ça arrive bien assez. Ils vous ont pas appris ça, à Rambouillet ?

– Si, si, dit Hervé. Continuez...

– Il devait être vers deux ou trois heures du matin, reprit Raymond, quand le bruit m'a tiré du demi-sommeil dans lequel je m'étais laissé aller, dans la chaleur de l'étable, au creux du foin. C'était un bruit de moteur puissant et fort, un moteur d'avion exactement.

– Comment en êtes-vous sûr ?

– Vous oubliez que j'ai été dans la marine, je sais comment ça fait, un moteur. Ils m'ont assez cassé les oreilles dans la machine pendant des mois. C'était un ronronnement régulier.

– Et alors ?

– Il est passé au ras des toits du village en quelques secondes. Je suis sorti sur le pas de la grange. Il faisait froid et humide, cette nuit-là. J'ai rien vu. Le vrombissement s'éloignait dans la nuit d'encre. Il avait presque totalement disparu quand il y a eu une explosion sourde au loin, comme un coup de canon. J'ai aperçu une très vague lueur sur les pentes du Valier et puis plus rien. Le silence, les agneaux qui bêlaient...

– Vous n'avez rien vu d'autre ?

– Non, les nuages étaient si bas qu'ils bouchaient l'horizon en formant une couche épaisse que rien pouvait percer.

– Ça vous a pas étonné ?

– Oh que si, bien sûr ! Vous pensez, c'était pas fréquent, mais à l'époque, il fallait savoir se taire, surtout ici, dans la zone interdite où les Allemands surveillaient tout avec leurs chiens. On les voyait sans cesse rôder, le sac à dos rectangulaire recouvert de fourrure et le Mauser à l'épaule.

– Vous n'avez pas eu envie de savoir, après ?

– Savoir quoi ?

– Ben, ce qui s'était passé.

– Non... À quoi bon ! Ça vous surprend ? Vous savez, il y avait des coins où il fallait pas rôder si on voulait pas se faire tirer dessus par les boches, et ici, on était en pleine zone interdite.

– Les Allemands ont cherché, non ?

– Bien sûr, vous pensez ! Ils étaient sur les dents avec les parachutages pour les maquis. Mais ils ont pas quêté longtemps car la météo, dès le lendemain matin, s'est mise au mauvais temps. La neige est tombée, abondante et épaisse, à basse altitude, pendant plusieurs jours. Elle a effacé toutes les traces pour des semaines entières... Et en juin, quand elle a commencé de fondre, les boches avaient d'autres chats à fouetter avec les Américains qui venaient de débarquer en Normandie.

– Et personne n'a été voir ?

– Si, bien sûr...

– Et qu'est-ce que vous avez trouvé ?

– Des débris... des bouts de tôle un peu partout !

Raymond lui raconta en phrases courtes, prenant son temps, comment, quand la neige avait commencé de fondre, au début de juin 1944, plus jeune alors de vingt-cinq ans, il était monté là-haut avec Rodriguez,

l'ancien combattant de F.A.I. et deux autres guérilleros espagnols, tous fils de la montagne, habitués à
cavaler, tels des isards dans les espaces escarpés, et
depuis quatre ans à jouer à cache-cache avec les douaniers boches lorsqu'ils convoyaient des candidats vers
l'Espagne. Comme d'habitude, au printemps, ici dans
les Pyrénées, la neige était tombée encore tard. Ils
s'enfonçaient jusqu'à mi-mollets par endroits. Une
semaine ou deux auparavant, il aurait fallu mettre les
peaux de phoque et ils n'auraient rien vu tant le manteau était alors épais.

Parvenus sur place, ils avaient dû faire attention aux
ferrailles, tranchantes comme des rasoirs, cachées ça
et là traîtreusement. Ils avaient distingué les restes
vagues de deux moteurs, mais des pilotes et des passagers éventuels, ils n'avaient pas trouvé grand-chose.
Rien de beau à voir. Des morceaux de corps mutilés,
brûlés, que le froid de l'hiver avait, à cette altitude,
conservés tels quels au moment de leur chute. Une
tête, quelques membres déchiquetés, une plaque
d'identité militaire émergeant d'une neige en deuil,
voilà ce qu'il subsistait du drame de février. Seule la
queue de l'avion était encore intacte, gris bleuté aux
marques de la RAF. Tout le reste avait explosé en per-
cutant le sol de plein fouet, tapissant un replat
rocheux d'où les lichens émergeaient en ce printemps. Quelques jours après, armés de courage, ils
avaient descendu les restes humains au village pour
les y ensevelir. Une dizaine d'années plus tard, quand
le devoir de mémoire s'imposa, une plaque de marbre
blanc avait été hissée là-haut en souvenir.

— Un tragique accident, fit Hervé.
— Oui, sans doute. Vous avez jamais été là-haut ?
— Non. On n'est pas arrivés depuis longtemps...
— Sur la plaque, ils ont mis les noms et la date. Il
paraît que c'était un bombardier, un B 26 Maraudeur.

Raymond marqua un temps d'arrêt. Comme s'il hésitait à aller plus loin sur le terrain des confidences. Hervé perçut sa retenue et, d'un simple oui interrogatif qui en attendait plus, il le relança...

— Eh bien... vous savez, on était pas les premiers, avec Rodriguez et les autres... Il y avait deux traces fraîches, juste de la veille, dans la neige, qui menaient à l'épave. Et plein de pas autour... Même qu'il y en a un qui devait avoir de grands pieds. Je sais pas ce qu'il cherchait... Enfin, personne au village nous avait dit qu'il avait déjà découvert l'avion.

— Qu'est-ce que vous avez vu ?

— Avec Rodriguez, dans ce qu'il restait de la queue, on a trouvé un container ouvert et trois sacs de grosse toile écrue, du genre sac postal. Ils étaient vides mais à côté, y'en avait un autre, aux trois quarts calciné celui-là et il y avait pas de doute sur sa cargaison, dit Raymond en dosant son suspense.

— Qu'est-ce qu'il y avait dedans ? demanda Hervé.

— Je vous le donne en mille ! Des billets, des centaines de billets de banque, des francs de l'époque mais aussi des dollars et des livres sterling... Un véritable trésor en cendres. On ne pouvait rien récupérer dans l'état dans lequel c'était, mais les sacs qui étaient dans la queue, ils ont pas été perdus pour tout le monde. Il y en a qui ont dû s'en bourrer les poches...

— L'épave a été pillée ?

— Tout juste !

— Et personne n'a rien vu ? Personne n'a rien dit ?

— Ceux qui ont fait le coup, ils s'en sont pas vantés ! L'argent, il devait être destiné aux maquis. Alors, le prendre, c'était un peu comme cambrioler une banque, surtout en 1944, quand la Résistance a libéré le pays. Si ça avait été celui des boches, encore ! Mais ça, c'était pas glorieux.

– Et vous n'avez pas guetté, les mois suivants, les signes d'enrichissement des uns ou des autres ?

– Oh si ! Et les rumeurs allaient bon train. On nous a même suspectés, Rodriguez et moi, de l'avoir piqué, le fric, parce qu'on avait acheté quelques bêtes, alors que j'avais hérité de mes parents. Allez savoir où il est passé ! Il y en a qui se sont tellement enrichis, ces années-là, en faisant du marché noir. Ils ont tant trafiqué avec les passages sur l'Espagne, parfois même n'hésitant pas à rançonner les candidats à l'évasion...

– Et à votre avis ?

– Ils l'ont caché et sorti petit à petit, surtout pour les francs, pas ici bien sûr, et avant qu'on fasse le grand échange... Le reste, ils ont dû le planquer dans une grotte, fit-il, en montrant la paroi de la vallée d'en face.

Hervé regarda la montagne qui se dressait devant lui, farouche et altière, tel un monde inaccessible, pour l'étranger qu'il était. Le soleil commençait à passer lentement par-dessus les crêtes. Les grands sapins noirs de l'ombrée d'en face projetaient leur ombre tutélaire sur un versant raide et abrupt comme sur l'existence de ceux qui restaient les derniers habitants d'un pays voué à l'abandon. Ces Pyrénées-là étaient un monde rude, un monde d'hommes habitués à l'effort et aux privations, un monde frustre aussi, où l'on cache sa souffrance par pudeur car la dignité est souvent la seule richesse que l'on possède.

L'histoire contée par Raymond, au-delà de l'anecdote, lui semblait d'un autre temps. Elle lui rappelait les récits de ces paysans bretons allumant des fanaux sur les rochers de la côte pour attirer sur des récifs impitoyables les marins perdus dans la nuit et le brouillard. Pour lui, né dans les années du baby-boom, ces faits avaient un parfum de mythe fondateur, source de légendes et de souvenirs. Ces années-là, parce qu'il ne les avait pas vécues, faisaient partie des grands ancêtres d'aujourd'hui, de ceux qui se murmuraient au cantou, référence du terreau de l'avenir, comme une sorte de temps matriciel pour un futur à construire. Hervé pensa à son petit bourgeois de père, à ce prof de lycée qui portait encore le chapeau mou à l'aube du printemps de la jeunesse, en ce Mai 68 où ils avaient voulu imaginer autre chose. Son nœud de cravate n'inspirait qu'un conformisme, rejeté par les parfums de l'aventure prolétarienne.

Hervé se demandait s'il avait jamais été jeune, ce père qui n'aurait foulé le parquet du salon autrement qu'en pantoufles. Raymond, lui, au moins, il avait appartenu à l'Histoire. Il devait en être l'héritier, ne serait-ce que par les récits qu'il en avait gardés. Son père à lui avait été incapable de lui raconter quoi que ce soit, de lui transmettre ses doutes et ses peurs dans ces années de guerre. Hervé, faute d'informations, avait fini par l'imaginer, cloporte de l'histoire, opportuniste du temps des « y'a qu'à » et des « faut qu'on ». Cette approche du père, dépersonnalisée de tout sentiment filial, avait fini par le conduire à l'échec scolaire et à écouter ceux qui, révolutionnaires exaltés et maoïstes de circonstance, promettaient que demain, on « raserait gratis ».

– Depuis, poursuivit Raymond, ici dans le pays, on évite de monter là-haut... Vous savez, les pauvres types, on n'a pas retrouvé tous les morceaux, et pendant quelques mois, les chiens, ils furetaient partout ! Alors, vous comprenez, c'est pas un coin qu'on aime fréquenter...

Raymond le conduisit à l'orée d'un taillis en pente raide. Le soleil déclinait déjà et il fallait s'accrocher aux branches pour ne pas rouler dans le talweg. Le bois y était médiocre. C'était du tout-venant : de modestes baliveaux de noisetier buissonnaient en voisinant avec des hêtres au tronc gris. D'une entaille de son Laguiole, Raymond marqua une limite invisible en guillochant le tronc d'un frêne droit comme un i qui s'élançait telle une prière mystérieuse.

– Mon bois s'arrête ici... Prenez tout ce que vous voulez.

Le ciel roulait des nuages de plus en plus noirs dans un vent aigre qui redoublait en déferlant des cimes. Raymond l'entraîna ensuite, sans mot dire, vers un de ces fonds que l'on évite tant ils sont lugubres et inhospitaliers pour le randonneur occasionnel. Un genévrier gris et bleu, charnu et piquant de mille aiguilles végétales, dressait sa silhouette trapue au bord d'un ruisseau qui se laissait deviner en un murmure aquatique. Tel un fil d'argent, il courait, invisible, chantant dans l'ombre glacée des fougères, à peine dégelées des froidures de la nuit passée, faute d'un ensoleillement suffisant.

– Vous connaissez, ici ? demanda Raymond.

– Non, je n'y suis jamais venu.

– C'est le Trou du Diable. Enfin, c'est ce qu'on dit. Si vous aimez prendre des truites, c'est un bon coin pour poser des cordes sans que les gardes vous emmerdent.

– C'est pas mon genre, fit Hervé.

– Oh, ici, y'en a qui ont fait pire... Tenez, certains n'hésitent pas à balancer des bouteilles d'eau de Javel dans les gours, histoire de faire remonter les truites le ventre à l'air, tout blanc... Et après, ils ont qu'à passer l'épuisette.

– C'est dégueulasse !

– On a toujours fait ça, ici, surtout à la veille des communions et des mariages, quand on avait besoin de poisson pas cher. On s'embêtait pas ! Aujourd'hui, c'est bien différent, on est moins libres qu'avant...

Vous êtes trop jeune pour vous en rendre compte, ajouta Raymond en fermant la porte au dialogue des générations.

Ils prirent le chemin du retour et, parvenus devant la maison des Escaich devenue désormais celle des « zippies », Raymond remercia sobrement pour le repas, sans trop savoir quoi ajouter avant d'enfourcher sa mobylette pétaradante, et de démarrer dans un nuage de fumée bleue, pressé de rentrer chez lui alors que les premières gouttes de pluie commençaient à tomber.

Sur le pas de sa porte, à l'abri d'une marquise de verre martelé, Simone discutait avec Riri. Il attendait qu'elle lui propose un verre de rouge, salaire de la remorque de bois qu'il venait de lui emmener.

Émile, dit Riri, cantonnier à mi-temps de son état, et paysan le reste du jour, s'était mis en ménage à l'aube de sa quarantaine, avec la Mathilde, dans l'immédiat après-guerre. C'était une pauvre et brave fille de Conflens. Malgré les vingt ans de différence, ils avaient formé un couple solide. Handicapée par ce déhanchement congénital que l'on appelle « la maladie de la Bretonne », Mathilde en avait conçu une telle honte qu'elle s'était vite cloîtrée dans leur modeste maison, à l'écart du village, n'osant montrer aux autres la claudication qui la faisait aller de droite à gauche, alternativement, au gré de ses pas. Elle avait pourtant réussi à lui donner un fils, Edmond, avant de sombrer quelques années plus tard dans une folie inoffensive qui l'avait conduite au cimetière avant l'heure.

Riri avait le visage couleur brique. Il était rouge de trogne, avec, sous les yeux, des poches faisant trois plis. La barbe poivre et sel, rasée une fois par semaine, lui mangeait le sourire. Les doigts, courts, étaient désormais tellement bouffis qu'ils parvenaient à peine à saisir les verres de rouge qui constituaient son carburant. Sous le casque de cheveux frisés et blanchis, le regard bleu restait vif et malicieux malgré tout, comme s'il résistait à l'épreuve du temps et des cinq litres qui faisaient son quotidien. Archétype d'un monde en disparition, d'une société rurale vouée à l'oubli, Riri restait un brave type, bon ouvrier, dont les penchants naturels n'arrivaient même pas à altérer le caractère. Tous les deux virent arriver Raymond, droit sur les pédales de la mobylette.

— Alors, c'était bon, ce qu'elle avait fait, la « zippie » ? questionna Simone, toujours curieuse.

— Ouais, mais j'avais jamais goûté à ça, avant.

— Et qu'est-ce qu'elle t'a fait à manger ? demanda Riri.

— C'est italien. Ils m'ont dit que c'était une pizza. Tu connais ça, toi ?

— De nom, oui, fit Simone.

— Et après, y'avait quoi d'autre ? dit Riri.

— Y'avait rien d'autre.

— Et tu as mangé que ça ?

— Ben oui.

— Tu dois avoir faim, alors ?

— Pas vraiment, c'est un repas complet, il paraît.

— Et tu l'as bien digérée, cette pizza ?

— Oh, ça oui, c'est plus léger qu'une « mounjétade » ! Mais faut pas croire, ça a bon goût, quand même. Les ritals, comme on disait avant guerre, ils sont pas trop maigres.

— Faudra que tu leur rendes leur invitation. Ça se fait chez nous. Tu as pensé à ce que tu feras pour les nourrir ?

— Oh, je te fais confiance, dit Raymond en plissant les yeux.

– Je veux bien te donner un coup de main, mais compte pas que je ferai le repas, laissa tomber Simone, je suis pas ta femme.

– Heureusement que non ! Je t'aurais jamais demandée, t'as une trop bonne langue, répliqua Raymond.

– Au fait, t'as du courrier...

– Du courrier ! Ah ! Et de qui ? demanda Raymond peu habitué à recevoir des nouvelles en dehors des impôts à payer. Il savait par avance que Simone n'avait pas manqué de questionner le facteur et de regarder par transparence ce qu'il avait reçu.

– De Vidal...

– Vidal ! Qu'est-ce qu'il me veut ? Je l'ai vu hier et avant-hier et il ne m'a jamais dit qu'il m'avait écrit, dit Raymond, inquiet.

– Ça, je sais pas... enfin, tu as une lettre, même qu'elle est tapée à la machine et on dirait qu'il y a des chiffres dedans... Ça serait ton compte que ça m'étonnerait pas !

– On l'a réglé au café, y'a deux jours... Il m'a versé un acompte, il me donnera le reste après les foires de janvier, comme d'habitude.

– En tout cas, je te l'ai mis sur la table, fit Simone.

Raymond monta lentement l'escalier. Pour ne pas risquer de la perdre en la laissant traîner au fond de ses poches, il cachait toujours la clé de la porte d'entrée dans un trou discret du mur qu'une pierre non scellée masquait au regard du passant. Sur la grande table de la salle, une enveloppe de papier bleu, estampillée au coq tricolore, était adossée à la bouteille de rouge trois-étoiles. Il la prit, la retourna deux ou trois fois de ses vieux doigts aux ongles mal taillés surlignés d'un liséré noir, craquelés de mille rides, témoin des meurtrissures d'une vie âpre. La tenant à bonne distance de ses yeux atteints d'une presbytie prononcée, il lut à voix haute les caractères que la machine à écrire avait tapés sèchement en majuscules :

MONSIEUR RAYMOND LACOMBE

HAMEAU DE BONNAC

PAR CONFLENS (ARIÈGE)

Pas de doute, c'était bien pour lui. Il n'y avait pas de nom d'expéditeur. Raymond sortit son Laguiole de sa poche et la décacheta soigneusement à petits coups de lame. Une feuille de papier blanc, pliée en quatre, l'attendait. Il alla quérir sur le buffet la vieille paire de lunettes qui avait appartenu à son père, et qui lui servait à déchiffrer le journal que Josette lui faisait passer en hiver. Tout de suite, il fronça les sourcils... Ainsi, il avait osé ! Le courrier émanait de Vidal, mais il avait circonvenu les autres pour dénoncer le contrat d'estive qu'ils avaient passé au printemps dernier. Ils le tenaient pour responsable des pertes subies et en conséquence sa rémunération, dont le solde devait être perçu en janvier, serait diminuée d'autant. Une sourde colère commença à naître en lui – cela lui arrivait rarement – et lui faisait picoter le nez. Ces grands couillons de Caujolle et Fouroux avaient signé. Les connaissant bien, il se douta des pressions que Vidal avait dû exercer.

Mais ça n'allait pas se passer comme ça. Il n'avait pas le temps ce soir de descendre le trouver. Il lui fallait d'abord rentrer les bêtes, dehors depuis ce matin sous la garde des chiens. Elles passaient avant, mais les autres ne perdaient rien pour attendre. Il replia la lettre, but un verre d'eau avant de refermer la porte de la maison et se hâter vers le parc clôturé. Une froide rage le faisait marcher plus vite que d'habitude. Il n'avait pas voulu le croire, mais Simone avait bien raison de ne pas le porter dans son cœur. Il était pourri, le Vidal. Quant aux autres, de beaux hypocrites ! Il était avec eux hier matin pour poser la herse et ils s'étaient bien gardés de le lui dire alors qu'ils avaient déjà signé. Tout en marchant, Raymond cherchait ce qu'il allait faire. Une explication musclée ne suffisait pas.

Il ne pouvait admettre de se faire voler la sueur de son travail. C'était une question de dignité. Il fallait autre chose... Cela lui tournait dans la tête en une obsession latente et mécanique comme ses pieds avançaient en une foulée rapide et saccadée, signe de l'émotion neuve qui l'avait envahi. À l'abri d'un muret, l'œil sur le troupeau, les chiens jappèrent de contentement en le voyant apparaître. Sans se sentir abandonnés, Picard et Tango avaient hâte de regagner la maison, en cette saison où la pluie devient plus froide et transperce le poil de sa caresse glacée. Ils rassemblèrent rapidement la masse bêlante des brebis qui s'élança, la laine humide, du trottinement de dizaines de sabots sur les pierres glissantes du chemin. La nuit commençait à tomber comme le dernier acte sur la scène de la vie. Un vent mauvais roulait déjà des cimes du Valier. Les bêtes s'engouffrèrent d'elles-mêmes dans l'étable, heureuses de retrouver le sol cimenté, témoin de leur repos quotidien, juste caché d'un peu de paille fraîche que Raymond distribuait à grands coups de fourche en bois. Il veilla à leur remplir correctement les bassines d'eau pour la nuit, sans la leur plaindre, à grands coups de broc, dans le chuintement sonore du robinet de cuivre jaune. Le compteur était bloqué depuis des années et ça ne coûtait rien car Raymond s'était bien gardé d'en faire réclamation.

De gros nuages noirs couraient dans le ciel, tels des vaisseaux pleins d'ennemis, prêts à déverser leur sombre cargaison de gouttes froides sur une terre à peine réchauffée. La nuit montait, inéluctable. Encore quelques instants et il ne subsisterait plus de trace du ciel clair, reste d'une défunte belle journée qui s'étendait encore en un souvenir furtif par-dessus la crête de la Fajolle. Et Raymond ferma la porte de l'étable sans pouvoir refermer celle du passé.

À la maison, la tête pleine de pensées de vengeance qui lui tournaient le cerveau comme les averses dans le ciel d'orage, Raymond se remémorait tout ce qui s'était passé. Jamais il n'avait reçu un tel affront. Il en était révulsé et ne parvenait pas à mettre ses pensées en ordre, accomplissant bêtement les gestes du quotidien, les méninges perturbées, comme un disque rayé qui passe et repasse devant l'aiguille. Le destin l'avait frappé, pensait-il, mais il ne l'avait pas vaincu. Il avait sa conscience pour lui ! Il alluma le feu de bois autant pour se changer les idées que pour se chauffer à ce rituel qui conjugue l'habitude renouvelée avec le sentiment de la paix retrouvée. Entre deux coups de soufflet asthmatique, il avait le temps de réfléchir, sachant la colère mauvaise conseillère.

L'édredon rouge n'apaisa pas son sommeil et il mit du temps à s'endormir, tournant ses pensées dans sa tête, habitué à moins gérer d'informations et de stress. Et le sommeil vint par hasard, au détour d'un rêve vengeur.

Raymond s'éveilla vers les sept heures, avant l'aurore. La chambre était froide d'une nuit pluvieuse d'automne et la buée perlait déjà aux carreaux, promesse d'un hiver glacé à subir bientôt dans la respiration de la cuisinière qui s'éteint et redémarre. Sa conduite était tracée : il lui fallait le voir, que ça lui plaise ou non, le voir non pour s'expliquer mais pour exiger son dû.

De bonne heure, Raymond avait pris le chemin qui menait chez Vidal. Droit comme un i, les pieds bien campés sur les pédales de sa mobylette bleue, coiffé de son habituel béret noir enfoncé pour la circonstance jusqu'aux oreilles, engoncé dans sa vieille canadienne brune qui le faisait ressembler à l'un de ces héros anonymes des films de guerre que le cinéma d'alors se complaisait à produire, il avait pris les sentiers abandonnés des hommes d'aujourd'hui qui, par des raccourcis de travers, impraticables aux voitures, menaient au Peyrat.

Le Peyrat ! Il connaissait bien l'endroit pour y avoir traîné dans son enfance et l'avoir soigneusement évité dans les années 1940-1944 ! C'était une grosse bâtisse, un quadrilatère anguleux de pierres taillées maladroitement par des artisans occasionnels, flanquée d'un semblant de tourelle inachevée, dont les rondeurs hâtivement camouflées sous une couche d'enduit maigre laissaient percevoir çà et là l'appareillement profond. Tout le pays en connaissait l'histoire. La baraque à l'architecture austère avait été construite à la fin du siècle dernier, dans la splendeur d'un maître de forge qui avait fait fortune dans l'hydroélectricité, façon Bergès. Au lendemain de la guerre de 1914, au tournant des années vingt, les revers de fortune des propriétaires l'avaient laissée inachevée dans leurs rêves de grandeur bourgeoise qui s'enfonçaient inexorablement dans la France du Front populaire et de la semaine de quarante heures.

Avec la guerre, le fils, Jérôme, par conformisme familial et insatisfaction sociale, avait versé dans la collaboration la plus noire, suivant Pétain et sa funeste poignée de main de Montoire, pour fréquenter assidûment le milieu milicien de Saint-Girons. Il n'hésitait pas à se promener en ville en uniforme, claquant les talons de ses bottes brillantes, se drapant dans un manteau de cuir noir pour mieux rouler à tombeau ouvert dans une traction avant décapotable confisquée à un pharmacien juif. En fuite pendant l'été 1944, on avait finalement retrouvé son cadavre à demi défroqué dans un fossé du côté de Vierzon, et si personne n'avait pleuré dessus, Vidal, enfant du pays, devenu riche dans ces années sombres, avait acquis le domaine des héritiers de la dynastie maudite, pour une bouchée de pain.

Les persiennes de bois étaient défraîchies mais qu'importe, il y avait là un logis au statut social de propriétaire qu'il ambitionnait dans ces années d'argent facile qui faisaient exhiber les belles américaines aux chromes déployés. Vidal avait fait restaurer les granges, bâtir des bergeries pour abriter son troupeau de l'hiver, engagé deux valets à temps plein... D'aucuns murmuraient déjà que les caves du lieu, ancienne propriété d'un collaborateur patenté, devaient résonner des cris de ceux qu'on avait dû y torturer. Mais Vidal n'en avait cure. Tous savaient simplement qu'il n'aimait pas recevoir... D'ailleurs, peu de monde avait passé le seuil de sa porte et il entretenait deux féroces bergers allemands pour dissuader les éventuels visiteurs. Autant d'arguments pour ne pas aller plus loin sur le chemin qui mêlait les feuilles de châtaigniers et de hêtres tombées au vent d'un automne, qui annonçaient déjà l'hiver.

Raymond tourna autour de la maison à plusieurs reprises, à l'affût d'un signe, dans le glapissement des chiens qui s'étranglaient furieusement au bout de leur chaîne galvanisée. Manifestement, il n'y avait personne. Le lieu semblait désert et Vidal ne devait pas y cultiver de convivialité particulière. Aucun bac de fleurs, aucun signe de vie ne ponctuait l'environnement de la demeure fermée. Il se préparait à remonter sur la mobylette, dépité, quand une voiture apparut au milieu du chemin ombragé... C'était Vidal.

8

Le dernier témoin

Les mains dans les poches de sa canadienne, Raymond le laissa approcher sans rien manifester sur son visage. En cet instant, il avait réussi, par-delà les rancœurs accumulées, à remiser au magasin des accessoires le ressentiment, sans rien abdiquer pour autant de ce qu'il pensait être son droit. Il était prêt à faire face, à exiger son dû. Vidal freina dans le couinement plaintif des freins. La 2 CV piqua du nez brutalement. La portière s'ouvrit à la volée, claquant presque sur la carrosserie grise, mal amortie par un caoutchouc usé. Entre les deux hommes, tout de suite, l'échange fut vif et peu amène :

— Tu t'attendais pas à me voir, hein ?

— Tu dis pas bonjour aujourd'hui, Raymond ? fit Vidal.

— Je suis pas là par politesse...

— Pour dire bonjour, faut pas longtemps.

— Pour moi, c'est déjà trop long avec toi. J'ai reçu ta lettre...

— Ah !

— Laisse-moi te dire que tu n'es qu'un voleur, Vidal !

— Pardon ! Tu oses me traiter de voleur, toi qui me

dois des brebis et du fourrage... Toi qui n'es même pas capable de tirer juste !

— Oui, tu es un voleur, fit Raymond, rouge d'une colère qui éclatait.

— Barra-lo, tu n'es qu'un rastaquouère ! Tiens, tu n'existes pas ! Tu n'es qu'une ombre, l'ombre d'une vie qui ne comptera jamais dans la comptabilité des choses.

— Et toi, tu t'es vu ? Tu n'es qu'un arriviste, un salopard !

— Fils de pute borgne ! lui jeta Vidal en lui crachant au visage.

Cette dernière insulte déclencha une rixe furieuse. Ils roulèrent l'un sur l'autre, cherchant à se cogner la gueule à qui mieux mieux, dans le choc des poings qui font éclater les arcades sourcilières et les nez. Il y avait longtemps, l'un et l'autre, qu'ils ne s'étaient battus et, faute de l'entraînement oublié depuis les années de communale, les coups désordonnés et maladroits portaient peu. La « peignée » se termina dans le fossé en ecchymoses sanglantes qui laissaient plus de traces à l'âme qu'aux visages meurtris.

— Tu me le paieras ! jeta Vidal, menaçant, en se relevant avant de monter dans sa voiture.

— Toi aussi... Je t'aurai ! répliqua Raymond, le poing vengeur, au bord du chemin, tandis que la 2 CV démarrait dans un nuage de poussière.

Raymond rentra chez lui, le corps tout douloureux de l'échange physique. Il étalait un peu d'eau oxygénée sur un tampon de coton pour panser son œil amoché quand Simone, sa voisine, entra.

— Hé ! Qu'est-ce qui t'es arrivé ? T'es passé sous un camion, ce coup-ci ?

— Non, j'ai rencontré Vidal.

– Eh bien ! mon pauvre Raymond, qu'est-ce qui s'est passé ?

– On s'est expliqués...

– Il t'en a mis une !

– Oh, si tu le voyais, tu me plaindrais moins.

– Tu as bien tout désinfecté, au moins. Il faut y mettre un peu de sparadrap.

À le voir, devant la glace au tain marbré de la cuisine, une pommette virant au jaune, une arcade couleur fraise bien éclatée, Simone retrouvait toute la sollicitude de la mère qu'elle n'avait jamais été. Cette absence d'enfant, des années auparavant, l'avait longtemps perturbée. Elle s'était sentie coupable, parce que incapable de remplir le devoir que sa féminité lui avait donné. Les petits neveux, polissons et intéressés, n'avaient été que de pâles dérivatifs à son manque. Bien sûr, depuis, le poids des ans avait gommé les regrets.

Raymond lui raconta l'entrevue en deux ou trois phrases courtes, émaillées d'un pincement sec des lèvres quand le tampon d'eau oxygénée rencontrait les meurtrissures. Finalement, il alla se verser, consommation exceptionnelle, un verre d'eau-de-vie de prune.

La bouteille ovoïde, capuchonnée d'un reste de cire noire, était garante d'ancienneté au vu de l'épaisseur de poussière et de graisse domestique qui la rendait plus apte à saisir qu'à laisser tomber. Connaissant la nocivité de ce poison enivrant, Raymond ne l'ouvrait qu'exceptionnellement, souvent pour parfumer un gâteau. Il avait certes encore le droit de distiller, ayant « déclaré » à l'époque de Mendès France, mais il n'en abusait pas. Il n'était pas de ceux qui cherchaient à « en faire », et la vingtaine de litres que ses pruniers lui fournissaient étaient le plus souvent vendus ou échangés contre des services en travail.

Le bouilleur de cru arrivait d'habitude vers la mi-décembre. Un tracteur ou une voiture remorquait son étrange attelage, une chaudière-alambic qu'il fallait chauffer au bois de longues heures durant, de place en place, au fil des communes. Ici, dans ces montagnes, on distillait généralement des prunes, parfois coupées de pommes, à la fois pour donner du volume et pour atténuer l'âpreté du fruit souvent sauvage qui avait macéré dans des comportes quelques semaines avant d'être amendé de quelques kilos de sucre pour renforcer le degré d'alcool. Le distillateur exigeait au moins cent litres de fruits pour lancer une bordée. Chacun amenait sa part de bois, généralement des bûches de bon chêne, seules capables de garantir une montée en température correcte. Dans la tiédeur de la chaudière, il n'y avait plus alors qu'à attendre que le fruit coule, le goûtant à intervalles réguliers comme les femmes testent les sauces à la cuisine. Bien sûr, l'effet final n'était pas le même et la gniôle, souvent raide, mise en bouteilles ou en jerrycans, l'on repartait la prune aux lèvres, éructant un parfum de fleur d'été.

Midi sonna à la grande horloge comtoise de la salle, dans la fraîcheur de la cuisinière éteinte. Simone partie, Raymond déjeuna sobrement d'une tranche de cambajou et de quelques pâtes cuites simplement à l'eau. Il n'avait pas trop envie de faire la cuisine, remettant à plus tard la préparation méticuleuse de ces ragoûts mijotés à feu doux qu'il aimait tant. Il avait le corps douloureux, surtout au bas des reins, malgré la longue ceinture de flanelle dont il s'enveloppait tous les jours. Il ne regrettait rien. Après une courte sieste, il passa l'après-midi à nettoyer l'étable. Il racla bien le sol cimenté à la pelle pour charger le fumier dans une vieille brouette aux planches cuites par le jus de purin. De là, il le déversa dans un couinement de roue de l'autre côté du chemin où, plus tard, il pourrait à loisir le récupérer pour l'épandre sur le bout de l'ort, qu'il entretenait de l'automne à la fin du printemps, entre deux saisons d'estive.

Dans un petit pré pentu et en friche, parsemé de graminées folles, héritières d'un été chaud, à quelques centaines de mètres, les chiens assuraient la garde permanente autour de la modeste gazaille qu'il possédait. Mais ici, les murs étaient si effondrés et la montagne tellement livrée à l'abandon, qu'aucune clôture ne venait restreindre valablement leur périmètre de pacage. Aussi, couchés, le museau entre les pattes, leurs oreilles courtes dressées au vent aigre d'automne, Picard et Tango étaient aux aguets de la géométrie variable du troupeau, toujours prêt à divaguer de brins d'herbe tendres en touffes d'un regain oublié. Quatre heures venaient juste de teinter à la sonnerie électrique de l'église, quand un bruit de moteur lui fit lever la tête. C'était Rouzaud, gendarme de son état à Seix, qui passait avec sa 4 L jaune canari, tractant une petite remorque « bagagère » aux ridelles bricolées. Le solide gaillard le héla de sa voix rocailleuse comme un torrent des Pyrénées :

– Ho ! Raymond... Je peux te prendre du fumier ?

– Hé ! Je suis justement en train de le sortir mais il m'en restera bien assez, va !

– Je te donnerai quelque chose...

– Oh, c'est pas la peine, ça me débarrasse... T'es pas de service, aujourd'hui ?

– Eh non ! J'avais des jours à prendre... Mais,

206

qu'est-ce qu'il est arrivé au visage ? Tu es tombé ? demanda Rouzaud plus professionnel, en voyant les marques bleuâtres qui viraient progressivement au jaune.

— J'ai eu des mots avec Vidal ! Mais ça reste entre nous, hein !

— C'est réglé, maintenant ?

— Oui, oui..., fit Raymond de la tête, peu désireux de voir la maréchaussée se mêler de ses histoires.

— Oh, je sais qu'il est dur en affaires, le bougre. Avec lui, la parole, ça compte pas beaucoup ! Il est pas comme ceux d'autrefois, dit Rouzaud.

— Il est en avance sur le temps, peut-être, répliqua Raymond, narquois.

— Enfin, faites pas de conneries, tous les deux... Ça m'embêterait de monter en tenue.

— Allez, va, prends ton fumier. Té, t'as une fourche là, ajouta Raymond. Moi, faut que je rassemble les bêtes.

Raymond siffla, les lèvres juste pincées. Le son strident se perdit dans le vent du soir, sauf pour les chiens qui, instantanément, en quelques coups de gueule bien sentis, rassemblèrent la masse laineuse pour la faire rentrer dans l'étable propre.

Raymond prit, pensif, le chemin de l'oustal dans le jour qui commençait à basculer par-dessus les crêtes des montagnes, délaissant comme à regret le théâtre de la vie. Il aperçut, sur le chemin du retour, la 4 L pétaradante des « zippies » qui montait vers le Planol. Cela lui rappela l'invitation qu'il devrait rendre. Il n'avait pas de date établie, alors, autant leur dire tout de suite et leur lancer l'invitation. Simone viendrait bien l'aider.

Il se remémorait, en parcourant les pierres lisses du chemin, les usages ancestraux, la politesse convenue des familles, les rendez-vous arrangés par les

cousins et les voisins, le bal des « peut-être » et des
« on dit » qui couraient du lavoir aux bancs de
l'église pour le plus grand bonheur des bigotes et
des commères de tout poil. Aujourd'hui, ils étaient
simplement un peu moins nombreux à faire circuler
l'information. Le monument aux morts du cimetière
comptait plus de noms qu'il n'y avait d'habitants
dans la commune. Arrivé à la maison, il rafla dans
le buffet vitré un pot de confiture capuchonné de
Cellophane noirâtre. Cela lui servirait d'introduction dans sa démarche...

La nuit tombait presque et le phare rectangulaire
de la motobécane bleue jetait un halo terne dans
les ténèbres grandissantes. Il tressautait fébrilement
de cahot en ornière, cherchant sa route, cramponné
au guidon. Quand il arriva au Planol, il sentit, dans
l'air glacé, l'odeur chaude et prenante d'un feu de
bois qui « percolait » en des volutes effervescentes
par la vieille cheminée carrée. Le parfum qui remplit l'âme d'un bonheur retrouvé. Ici, dans ce coin
de montagne perdu, la vieille maison était à nouveau vivante, faisant face à l'adversité du temps qui
passe. Ici, il y avait quelqu'un qui avait pris le relais.
Il frappa à la porte par réflexe pour découvrir dans
l'entrebâillement d'une ampoule faiblarde Hervé et
Christelle assis autour d'une table aux planches disjointes.

– Je suis pas venu pour veiller, juste vous apporter
un pot de confiture, fit Raymond, pour vous remercier de l'autre jour. C'est de la mûre...

– De la mûre ! fit Christelle, ça doit être bon.

– C'est des mûres d'ici...

– C'est vous qui les faites ? demanda Hervé.

– Oui, enfin, c'est surtout mes voisines avec ce que
je leur apporte...

– Faites voir, dit Christelle.

Le pot était couenneux. Il laissa échapper, une fois l'élastique enlevé, une senteur de vie intense. Christelle tailla une petite tranche de pain de la tourte avec un médiocre couteau-scie, pour la tartiner rapidement de la pâte noire et collante. Elle mordit à pleines dents et un parfum de fleurs, d'une nature suave et délicate, lui envahit le palais pour la plonger au cœur de l'été.

– Hum... que c'est bon ! fit-elle en fermant les yeux.

– Fais voir, dit Hervé en mordant à son tour dans la tartine noirâtre.

– Oh ! c'est du sucre et du fruit, dit Raymond, amusé d'un effet qu'il connaissait depuis son enfance. Ça se mange tout seul...

– Alors, le pot ne va pas durer longtemps ! répliqua Hervé, connaissant la gourmandise de sa compagne pour tout ce qui était sucré. Faudra nous apprendre à la faire... Le plus long, c'est de ramasser les mûres une par une, non ?...

– Pas vraiment. Le roncier, il faut le peigner...

– Le peigner, comment ça ?

– Oui, avec une sorte de sabot en bois muni de pointes de fer... On le passe sur la ronce et en tirant, les fruits tombent au fond. Je vous montrerai si vous voulez apprendre. C'est pas sorcier. Pour moi, le plus difficile, c'est la cuisson... Trouver le point intermédiaire entre confiture et gelée où le fruit garde tout son goût en concentrant ses arômes. Mais ça, c'est l'affaire de Simone ! C'est elle, ici, la « mémé confitures », fit Raymond d'un air entendu.

– En tout cas, c'est gentil à vous...

Raymond haussa les épaules et balaya du regard la pièce-capharnaüm où les photos des Escaich étaient encore accrochées au mur, comme le témoignage

209

d'une histoire qui ne voulait pas mourir. Puis il ajouta, dans le silence brisé du tic-tac de la pendule :

— Après-demain, dans deux jours, vous n'avez rien de prévu ?

— Non, pourquoi ? Vous avez besoin d'un coup de main ? demanda Hervé qui connaissait par ouï-dire les usages de réciprocité du travail.

— Non. Ben voilà... J'ai pensé que vous pourriez venir manger à la maison, dit-il en tordant ses mains noueuses, peu habitué à ce genre d'invitation.

— Si vous voulez, dit Christelle, que sa bonne éducation de fille bien née avait habituée, depuis longtemps, aux usages des réceptions.

— Vous connaissez l'azinat avec une rouzole comme on la fait ici ? demanda Raymond.

— Oui et non... C'est une sorte de potée, n'est-ce pas ?

— Une potée ?..., sourit Raymond. Ah... vous aurez la surprise. C'est ce qu'on mange ici dans les maisons... c'est... enfin, c'est pour les hommes surtout ! Ça vous nourrit son travailleur en lui calant le ventre... Après, votre mari, il pourra aller couper du bois !

— Ça doit être lourd..., murmura Christelle.

— Eh bien ! d'accord pour après-demain, comme ça, on pourra parler de bêtes... Vous en vendez parfois ? demanda Hervé.

— Non ! Mon troupeau n'est pas assez grand pour ça... surtout en ce moment, au début de l'hiver... Ici, c'est Vidal qui en commerce le plus... Vous le connaissez ?

— Non, mais on m'a déjà parlé de lui !

— Alors, ça doit pas être en bien ! C'est un requin, toujours prêt à rouler l'autre, mais il a les plus belles bêtes du pays. Je le sais bien, c'est moi qui les lui garde tout l'été... Je sais ce qu'elles mangent. De belles tarasconnaises, mais pour les prix, comme on dit, il les attache pas avec des saucisses... Enfin, moi, je vous ai rien dit... Bon, faut que j'y aille maintenant... Il fait presque nuit et je tiens pas à tomber avec le cyclo... Vous serez pas toujours là pour me ramasser, fit Raymond. Allez, adissiats !

Hervé avait longuement parlé avec Christelle, ce soir-là, dans le ronflement sourd de la cuisinière noire qui dévorait un bois humide. S'ils voulaient vraiment rester ici, y faire leur vie, en rupture avec ce passé urbain qu'ils avaient vomi d'un coup de gueule, autant commencer tout de suite et prendre quelques bêtes avant le début de l'hiver, pour se faire la main tant que les frimas ne les contraignaient pas à se tenir frigorifiés au cantou, eux qui étaient habitués au chauffage central de leur immeuble parisien. En cas de succès, au printemps, ils compléteraient le troupeau en fonction de leur expérience. De toute façon, avait ajouté Hervé, les mandats du père ne dureraient pas éternellement. Alors, pourquoi attendre plus ?

De tous les propriétaires de la région, il savait désormais que Vidal était celui qui avait le plus beau troupeau, et sans doute qui serait susceptible de leur céder quelques têtes sans que cela mette en péril son capital. Il suffisait d'aller le voir, de négocier. Réveillé de bonne heure par la lumière crue qui tombait d'un volet disjoint, Hervé déjeuna en vitesse avant de prendre, de très bon matin, le chemin du Peyrat. Raymond lui avait bien expliqué les raccourcis, mais avec la 4 L, il préférait les chemins ordinaires. Un petit vent aigre et glacé balayait le flanc des montagnes. Parvenu au Peyrat, il repéra, à droite de la maison, trois vastes granges de pierres maçonnées : deux bergers allemands menaçants, attachés à une longue chaîne, hurlaient à gorge déployée à quelques dizaines de mètres. Raymond lui avait expliqué que Vidal avait fait restaurer, à grands frais, ces bâtiments quelques années auparavant par une entreprise de Toulouse, spécialisée dans la rénovation.

Elles avaient belle allure, ces granges, avec leurs toits de lauze grise, juste assez pentus pour que la neige coule naturellement. Les murs de pierres sèches avaient été remontés de main d'homme, bloc après bloc, reconstruction savante, laborieuse et patiente de l'appareillement du passé. À coup sûr, Vidal avait fait accomplir ici un bel ouvrage, en faisant du neuf avec du vieux. Il avait, par là, assis son pouvoir de propriétaire à la face de ceux qui auraient pu douter de lui. Les portes de chêne, juste dorées au soleil de quelques étés, s'ornaient d'ovales métalliques ripolinés de rouge et bleu, récompenses méritées des comices agricoles et autres concours où les tarasconnaises avaient été primées. Hervé appela :

– Monsieur Vidal... Monsieur Vidal ! Vous êtes là ?

Mais seul le bêlement déchirant des agneaux parqués dans les grandes claies de bois lui répondit dans le silence. Un merle furtif s'envola d'un massif de buis vert dans le piaillement exaspéré de celui qu'on dérange. Les deux chiens se déchaînaient en des hurlements féroces qui résonnaient lugubrement dans la montagne. Hervé appela de nouveau :

– Monsieur Vidal... Monsieur Vidal !

Il n'y avait pas trace de lui. Pourtant, il lui avait bien fait dire qu'il passerait dans la matinée pour voir quelques moutons. Bonzom n'avait pas manqué de lui faire la commission. Toujours de garde sous sa tonnelle désormais déplumée, telle une vigie immuable, il relayait les messages des uns et des autres, les bonnes et les mauvaises nouvelles, celles que les hommes gardaient pour eux, loin des jacasseries des femmes en noir, tambours patentés de l'ennui ordinaire. Hervé entreprit de faire le tour des bâtiments. Peut-être Vidal ne l'avait-il pas entendu, occupé à nourrir les bêtes, passant le fourrage désormais botté par ces avaloirs qui tombaient au-dessus des mangeoires.

Hervé leva la tête : tout avait été bien pensé et les bâtiments du domaine avaient fait l'objet d'une restauration plus que soignée, ingénieuse. Les gouttières de zinc recueillaient l'eau pour alimenter les abreuvoirs des bêtes afin que rien ne se perde. Il rasait les murs maçonnés qui laissaient apparaître çà et là les arêtes vives des pierres, quand son attention fut attirée par un éclat métallique dans la lumière crue du soleil levant. Un bout de verre, sans doute, qui lui faisait de l'œil, pensa-t-il en avançant instinctivement la main vers les pierres. Mais non, ce n'était qu'un simple bout de chaîne métallique. Il tira dessus par réflexe, éprouvant faiblement la résistance de ce qui émergeait d'une gangue de ciment sableux. Quelques secondes de plus et il dégagea un rectangle métallique marqué de lettres et de chiffres en relief qu'il reconnut immédiatement pour être une plaque d'identité militaire comme les soldats en portaient, encore maintenant, au Vietnam.

Il la tourna entre ses doigts, ne sachant que penser. De l'ongle, il gratta le reste du sable aggloméré et il essaya de déchiffrer les lettres, promenant ses phalanges à la manière des aveugles. SGT... SGT... MAT... MATE. MATEW. C'est bien ce qu'il croyait distinguer, suivi d'un numéro à plusieurs chiffres. Il leva les yeux au ciel, vers la montagne sombre. Cela lui rappela la drôle d'histoire que Raymond lui avait racontée. Il enfouit la plaque au fond de sa veste de velours avec, au bord des lèvres, une question qui revenait sans cesse :

213

qu'est-ce que cela pouvait bien faire ici ? Inconsciemment, il sut que cette découverte n'était pas forcément bonne à mettre sur la place publique et il trouva d'instinct cette méfiance légendaire des paysans qui fait garder le silence sur les secrets les plus lourds.

Hervé refit un dernier tour des bâtiments. Seul le vent qui, par moments, descendait des crêtes, telle la respiration d'une nature majestueuse, vint à sa rencontre. Il était un peu dépité et s'apprêtait à remonter dans la 4 L vert pomme à bout de souffle, quand le bruit caractéristique du twin-flat à air qui équipe les 2 CV, en leur conférant cette musicalité si spécifique, jaillit par-dessus les mates de ronces vertes qui parsemaient le chemin du Peyrat. La véhicule pila sec dans un nuage de poussière ocre. Une silhouette massive en descendit et se précipita vers lui à grandes enjambées :

– Hé ! vous ! Qu'est-ce que vous faites là ? C'est une propriété privée, ici !

– Vous êtes monsieur Vidal ?

– Vous êtes sur mes terres ! Vous n'avez rien à faire ici ! Foutez le camp !

– Je suis venu voir les bêtes...

– Ah oui... vraiment ! C'est ce qu'ils disent tous ! Les hippies, j'en veux pas dans mes pattes ! Tous des bons à rien et des drogués... Des fainéants et des jean-foutre... Allez ouste !

– Mais si... je vous dis... Je peux même les payer tout de suite, fit Hervé en exhibant une liasse de billets de cent francs du petit sac de cuir qu'il portait autour du cou et qui lui tenait lieu de portefeuille.

La vue des billets roulés, serrés dans l'élastique, calma Vidal qui, tout en gardant sa méfiance et sa superbe soupçonneuse, ajouta un ton plus bas :

– Pas aujourd'hui... Je suis occupé ce matin... Revenez à un autre moment pour les affaires... Revenez un autre jour avec l'argent...

– Entendu, monsieur Vidal, je repasserai... Je croyais que M. Bonzom vous avait fait la commission.

– Il l'a faite, c'est pour ça que je suis là, d'ailleurs !

– Bon... Eh bien !... à une autre fois, dit Hervé en serrant au fond de sa poche le rectangle d'aluminium qu'il avait découvert dans le mur de la bergerie.

Vidal le regarda partir avec soulagement. Il était juste neuf heures du matin. Il essuya une sueur aigre qui perlait à son front dégarni. Il n'avait pas dormi depuis le point du jour. À peine l'aube levée, il était monté seul, le fusil à l'épaule, à la Combe d'Aurel pour voir si l'ours était passé. Aucune trace... Il était déçu. Pourtant, son piège devrait fonctionner... C'était à cause des abeilles... Il faisait trop froid et elles ne s'agitaient pas suffisamment. L'idée n'aurait pas été mauvaise si la fin du mois d'octobre avait été plus chaude... Le principe restait bon mais il fallait trouver autre chose pour attirer le plantigrade.

Lorsque Bonzom l'avait prévenu en l'interceptant sur le chemin du retour, il était descendu rapidement. Il ne manquait plus que cet abruti chez lui, surtout avec ce qu'il avait dans l'idée de faire... Il attendit que la voiture ait disparu et quand, au bout d'un long moment, la crête de la Fajolle lui renvoya l'écho du bruit du moteur, il fut alors certain que l'importun était loin désormais. Il fit un rapide tour du propriétaire, s'assurant que personne n'était resté derrière. Puis, rassuré, il ouvrit les portes d'une des bergeries. Il fut accueilli par le concert des bêlements et la masse houleuse des bêtes, serrées les unes contre les autres, à l'intérieur du parc à claies de bois qui le divisaient en carrés réguliers, offrait son ordonnancement habituel. Il y avait là près de deux cent cinquante bêtes, toutes portant un grand V, sa marque, sur leur dos laineux.

Il tria rapidement quatre bêtes qu'il jugea plus âgées que les autres, leur passa une longe de chanvre en double-huit à travers leurs cornes torsadées, les liant les unes aux autres, et les fit sortir. Il lui fallait faire vite. Ses valets n'allaient pas tarder. Pour une fois, il les souhaita en retard, misant sur leur fainéantise naturelle. Le plus dur fut de faire grimper les bêtes dans la camionnette. Sans l'aide des chiens pour les pousser, elles étaient rétives et méfiantes devant ce ventre de tôle grise ondulée qui leur offrait un voyage inhabituel. Le bêlement de désespoir qu'elles lancèrent en gravissant de force le seuil métallique de la voiture déclencha une « panurgique » réponse de leurs congénères restées dans la bergerie. Ça y était ! Ouf... Vidal ferma les deux portes de tôles nervurées. Il épongea son front rougeaud avec un mouchoir à gros carreaux bleus et blancs. Par réflexe, il tourna la tête de gauche à droite. Il n'y avait personne... Tant mieux ! Il monta dans la voiture et démarra aussitôt.

Il ne lui restait plus qu'à les amener sur place, mais ce n'était pas bien difficile maintenant qu'elles étaient séparées des autres. Du Peyrat au Pla de Moulis, où il fallait laisser la 2 CV, il y avait à peine dix minutes, et du Pla de Moulis à la Combe d'Aurel, une grosse demi-heure. Le coin était désert d'ordinaire... On n'entendait pas la voix des chiens à la poursuite de quelque gibier... C'était un jour de la semaine... Ceux qui chassaient en équipe étaient au travail... Il était seul !

Ses valets ne remarqueraient pas la disparition des quatre brebis... Pas tout de suite en tout cas. Il partageait leur service avec trois autres éleveurs de la vallée

216

mais qui, moins puissants que lui, ne les prenaient qu'au coup par coup, parfois à la semaine au moment de l'agnelage. C'étaient des êtres simples et frustres qui savaient à peine lire et écrire, tout juste bons à curer le fumier de ses étables et à prendre un coup de pied au cul de temps à autre. Il pourrait toujours prétexter qu'ils avaient laissé échapper les bêtes... Ça lui fournirait une bonne excuse pour les engueuler, ces fainéants qu'il payait bien assez cher pour le travail qu'ils faisaient. Il ferait marcher l'assurance et puis, de toute façon, ce n'était plus que des bêtes de réforme qu'il aurait mal vendues... Alors, autant qu'elles servent à quelque chose !

Le soleil, qui avait péniblement réussi à percer les brumes matinales, éclairait maintenant la vallée d'une lumière froide. Les arbres à demi déplumés frissonnaient au vent d'automne. Raymond achevait de nourrir ses poules dans l'enclos grillagé qui leur servait de poulailler : quelques restes du repas du soir, deux ou trois tranches de pain dur mis à tremper la veille, une demi-boîte de grains, bien mesurée pour l'économiser, faisait se presser les gallines voraces autour de ses jambes. Soudain, il entendit un bruit de moteur et reconnut celui de Vidal au son chantant de la mécanique. Sans doute venait-il le voir... Allait-il s'excuser ? Ça serait trop beau ! Il n'eut pas longtemps d'illusion car le son décrut aussi vite qu'il était apparu. Vidal était incapable d'un tel comportement, et il s'en voulut presque de l'avoir simplement envisagé.

Les poules nourries, Raymond se hâta de préparer ses affaires pour aller « garder ». Il comptait en effet faire ses courses à Seix, cette après-midi, et acheter ce qu'il fallait pour préparer l'azinat du lendemain pour les jeunes. S'il voulait que les bêtes aient leur compte, autant y aller de suite. Il avait tout intérêt à profiter des rares belles journées qui, en cette saison, faisaient économiser le foin pour l'hiver. Il siffla les chiens, ouvrit la porte de la bergerie et la gazaille s'ébranla. Raymond aimait bien sortir en ces fins de matinées quand l'heure est encore porteuse des promesses de l'aube. Par les chemins de traverse, il gagna la Coume de Buc. Là, sur ce replat protégé du vent du nord, à 1 100 mètres d'altitude, il savait pouvoir trouver encore de l'herbe tendre. Bien sûr, il fallait l'atteindre, et ce n'était pas un lieu approprié pour les grandes masses ovines que l'abandon des montagnes avait concentrées entre les mains de quelques-uns qui depuis se croyaient tout permis.

Le chemin était parfois si étroit, entre les massifs de buis vert, que les moutons n'y passaient qu'en file indienne, ce qui allongeait démesurément la distance entre Picard en tête et Tango qui fermait la marche. Parfois, ils laissaient des bribes de laine blanche piquées dans le flanc rond d'un genévrier qui, au fil des bêtes qui passaient, se transformait en une écharpe originale, à l'approche de l'hiver. Raymond, lui, marchait au milieu, s'appuyant, par intervalles, sur sa grande canne recourbée, lancée en avant en un balancement régulier qui tenait d'un métronome à cadence bien rodée.

Parvenu à la Coume de Buc, il chercha un coin au soleil et à l'abri du vent pour s'installer. Il aimait ces grandes pierres plates, de forme oblongue, en granit gris irisé çà et là de lichens jaunes et verts, où il pouvait jouer les lézards. Derniers restes des moraines des glaciers de Riss, Würm ou Mindel, le flanc des vallées pyrénéennes était parsemé de ces grandes dalles sur lesquelles il n'était pas rare de trouver quelques crottes de lièvre, témoignages de tours et détours de quelques capucins vagabonds. Raymond se méfiait, par contre, en cette saison où le soleil devient plus rare, de ces petits tas de pierrailles qui servaient d'abris non seulement aux lézards, aux « sinsolles », mais aussi aux vipères et surtout aux aspics, ces petits serpents que tous les bergers redoutent pour leur morsure mortelle.

Un corbeau s'envola d'un hêtre majestueux qui perdait ses dernières feuilles au vent comme on perd ses illusions au soir de sa vie. Raymond tourna la tête : au-dessus, par-delà la ligne d'arbres qui bordait le replat, était la Combe d'Aurel. La Combe d'Aurel ! Là où Vidal avait voulu poser son foutu piège !... Raymond avait bien compris Vidal : il savait que, alors qu'il avait déjà des difficultés à accepter la concurrence des autres éleveurs, il ne pouvait supporter celle de l'ours, prédateur naturel, dans cette vallée où il ne pouvait y avoir qu'un seul maître, lui ! La puissance et l'argent lui étaient montés à la tête en une congestion rapide, dans les années d'après guerre. Dès lors, sa morgue, sa suffisance et son orgueil naturels avaient éclaté et il avait fait le reste, transformant sa réussite avérée en une dictature de potentat local. Dans la vallée, les autres éleveurs ne faisaient pas le poids. Ils n'étaient que des vassaux se contentant de le suivre, faute de pouvoir s'opposer.

Têtes baissées, la dent grignoteuse, les moutons progressaient entre les touffes d'herbes toutes tendres sur la pente de la Coume, sous l'œil impavide des chiens couchés un peu plus loin. Raymond était perdu dans ses pensées, quand un coup de vent, arrachant une volée de feuilles rousses du hêtre, lui porta un son qui lui fit dresser la tête. Il prêta attentivement l'oreille... Rien... Il n'y avait rien !

Seul le crissement de la dent des brebis cisaillant l'herbe fraîche. Et puis, à nouveau, dans une saute de vent, il perçut : « Bêê... bêê... bêê... » C'était des bêtes qui appelaient, mais le son était si ténu que les siennes ne les entendaient pas. Il essaya d'en deviner l'origine... Pas de doute. Ça venait de là-haut : de la Combe d'Aurel !

Raymond était intrigué. Il savait bien que personne n'avait de bêtes là-haut en ce moment... S'étaient-elles échappées de quelque part ? Peu probable : les bordes les plus proches étaient désertes depuis longtemps et celles encore habitées n'avaient pas de moutons mais des vaches. Il y avait bien une communauté de hippies installée à Arbas mais, dans la bohême la plus crasseuse, ils n'avaient que quelques chèvres faméliques qu'ils oubliaient parfois de traire, ce qui faisait hurler les pauvres bêtes aux pis gonflés. Quand l'appel lancinant reprit, Raymond se décida : il fallait monter, en avoir le cœur net. Il regarda ses propres bêtes : elles avaient assez à manger ici sans aller s'égarer ailleurs. Picard et Tango suffiraient à les surveiller un court moment. La Combe d'Aurel n'était qu'à dix minutes de marche.

S'appuyant sur sa longue canne ferrée, Raymond se lança par des raccourcis connus de lui seul, à l'assaut de la pente, coupant ici à droite, pour contourner un rocher, là à gauche, pour éviter un taillis abandonné aux ronces, qui, au printemps, était un fameux coin pour les morilles. Plus il avançait à grandes enjambées, plus le son se précisait. Au débouché d'une mate touffue de houx vert à feuilles vernissées, quelle ne fut pas sa surprise quand il aperçut, dans le creux du talweg de la Combe d'Aurel, quatre brebis, attachées court à une souche d'arbre par juste assez de corde pour pou-

voir bouger la tête et bêler de faim aux quatre vents
du désespoir. À deux pas de là, suspendue à un
filin de chanvre tressé, une grosse pierre pendait
devant les cadres en bois d'une ruche hors d'âge.
Les bêtes avaient été abandonnées à côté du piège...
Raymond comprit en un instant le sort qu'on leur
avait réservé ! Il n'eut pas de doute sur l'instigateur
d'un tel scénario. D'ailleurs un grand V peint en
rouge leur ornait la laine du dos...

Il leur caressa la tête en leur parlant doucement,
tandis qu'une onde de colère le submergeait en un
long frisson, comme une vague sur le sable d'une
plage abandonnée. Il était incapable de parler tant
ses mâchoires étaient contractées. Le dégoût et la
haine lui emplirent la bouche d'un goût amer. Il
serra les poings et ses doigts rencontrèrent le
Laguiole au fond de sa poche. D'un geste vif, il
trancha la longe au ras de l'arbre, prenant soin de
ne pas laisser les bêtes libres afin qu'elles n'aillent,
dans la frayeur de la liberté retrouvée, s'empaler
sur les dents acérées de la herse cachée sous les
branches, en contrebas. Les tenant fermement par
les moignons de licol, il les tira sur le chemin et,
dociles, les bêtes le suivirent. En descendant, il mar-
monnait des injures d'où parfois les mots de « salaud », de « fumier » ou « d'ordure » émergeaient
comme l'écume blanche sur la mer démontée, les
soirs de grande houle.

Il s'était un peu calmé en arrivant à la Coume de
Buc. Détachées, par instinct grégaire, les bêtes de
Vidal se joignirent aux siennes. Raymond s'assit à
l'abri du vent et commença à réfléchir. Pas question
de courir après Vidal pour lui ramener ses bêtes, bien
sûr. En les attachant ainsi à côté du piège, il les avait
vouées au sacrifice. Il lui fallait venger ces pauvres
bêtes innocentes, venger l'honneur des bergers qui,

depuis toujours, se sacrifiaient pour les troupeaux, venger la montagne, trahie par le comportement de tels voyous qui voulaient la mettre en coupe réglée pour mieux se l'approprier. Il lui fallait trouver quelque chose. Les bêtes, il ne pouvait pas les garder chez lui ! Vidal aurait été capable de l'accuser de les avoir volées. Il était assez malhonnête et tordu pour ça. Il fallait les mettre en pension chez quelqu'un... Le temps d'attendre que sa vengeance mûrisse ! Abandonner quatre de ses bêtes en pleine montagne pour attirer l'ours ! Il en était révolté au plus profond de lui-même. Pour lui, simple berger issu de la lignée des paysans pauvres, tributaire des caprices d'une nature paradoxale et d'une terre exigeante en sueur, c'était plus qu'un acte barbare, quelque chose d'inconcevable, identique à un crime...

Et l'idée lui vint : il allait les laisser chez les « zippies ». On pouvait essayer de leur faire confiance. Après tout, ils voulaient des bêtes, ils disaient savoir s'en occuper... Et Raymond, en cet instant, commença à se demander si ces étrangers-là ne valaient pas mieux que ceux que l'on connaissait trop. Ces réflexions cognaient dans sa tête comme les nuages qui s'accumulaient de plus en plus dans le ciel sombre. Trois heures sonnèrent, dans le lointain, au clocher d'une église dont les fidèles étaient désormais rares, quand Raymond se décida à redescendre. Mais au lieu de prendre le chemin de retour vers la maison, il coupa à travers un petit éboulis en pente raide où les pierres roulaient sous les sabots nerveux des brebis pour atteindre, quelques dizaines de mètres plus bas, un sentier de traverse qui débouchait au-dessus du Planol. Deux à-pics d'une vingtaine de mètres bordaient le passage étroit et il valait mieux éviter d'y passer de nuit, au risque de s'y rompre le cou.

Hervé fendait des bûches devant la maison, à grands coups de hache. Il leva la tête en entendant le tintement acidulé des clochettes qui accompagnaient la marée blanche.

– Je vous amène des pensionnaires. Pas beaucoup, juste quatre, fit Raymond. Je vous expliquerai plus tard. Ne posez pas de questions... Vous avez bien un coin pour les mettre ?

– Oui, j'ai déjà dégagé un bout de grange...

– Ça fera l'affaire. Surtout, mettez-leur de l'eau mais elles ont mangé. Je passerai demain. Faut que j'aille à Seix avant la nuit...

– Entendu... Je vous les soignerai, dit Hervé.

– Allez, à demain pour déjeuner. Adissiats.

Il siffla. Les chiens poussèrent deux ou trois coups de gueule bien appuyés pour remettre le troupeau en ordre et Raymond s'éloigna, parmi les moutons, en lançant des « tei... tei... tei... ! » pour les entraîner avec lui sur le chemin mal empierré qui, de printemps en automne, se creusait d'ornières profondes. Du nord, le vent commençait à tourner à l'ouest, et les gros cumulus accentuaient leur folle chevauchée dans un ciel de plus en plus sombre.

Vidal venait de voir une coupe que Pépé Lulu voulait lui vendre, quand il aperçut Raymond qui descendait au loin avec ses bêtes au carrefour des quatre chemins. Instinctivement, il se cacha derrière la voiture tandis que les pensées se télescopaient dans sa tête : d'habitude, il ne gardait pas par là, le Raymond... Il n'allait jamais vers le Planol, c'était pas son secteur... Qu'est-ce qu'il pouvait bien faire à rôder dans ce coin ? Il serait pas monté à la Combe d'Aurel, des fois, juste pour contrarier ses plans ? Il fallait qu'il sache... Il fallait qu'il aille voir... voir si le piège avec les brebis avait fonctionné ! Ça tournait à l'obsession désormais, il devait avoir la peau de cet ours, coûte que coûte. Jamais il ne serait tranquille, sinon. Jamais la montagne ne serait totalement à lui tant que cet animal serait là car sa présence attirerait indubitablement du monde. Il était devenu son ennemi personnel, l'objet de toute sa haine, l'obstacle à éliminer. Vidal sortit un fusil de la 2 CV camionnette et prit le sentier qui montait, raide, entre les touffes de gispet, traître au pied, vers la Combe d'Aurel, pour en avoir le cœur net.

Au milieu de son troupeau harcelé par les chiens qui couraient de gauche à droite, Raymond parvint au village. Devant lui, était l'ancienne école communale, garçons d'un côté, filles de l'autre, et mairie au milieu. Chaque fois qu'il passait devant la petite école, il pensait à son instituteur, Monsieur Portet. Il le revoyait, intact dans sa mémoire, comme le jour de sa première rentrée d'octobre, à l'aube de ses six ans. Le cheveu déjà maigre et clairsemé sur un front largement dégarni, l'œil bleu et la mine sévère, le maître arborait en toute saison un pantalon et une blouse sombres qui faisaient de lui, dans ces années immédiates de l'après-Grande Guerre, l'un des derniers hussards noirs de la République. Sa sévérité naturelle forçait le respect et ne s'adoucissait que les soirs de publication des résultats du certificat d'études, quand, en un geste d'adoubement qui marquait l'entrée dans le monde des adultes, il serrait la main aux heureux lauréats d'une École qui plaçait encore l'instruction publique au cœur de sa mission, laissant l'éducation à la charge légitime des parents.

Monsieur Portet, cinquante ans auparavant, lui avait appris les règles essentielles d'une morale républicaine que beaucoup voulaient oublier aujourd'hui et qui, à l'époque, fournissait en prime la matière nécessaire à la leçon de français et à la conjugaison, début quotidien de la matinée. Dans la petite école à classe unique, désormais vouée aux réunions, l'encre violette embaumait les petits matins studieux. À tour de rôle, un élève était alors préposé au service des encriers de porcelaine, les remplissant à l'aide d'un gros bidon terminé par une pipette de laiton jaune, jusqu'au trait, c'est-à-dire au tiers inférieur afin d'éviter tout gaspillage inutile. Les pupitres de bois noir, patinés sous la sueur des problèmes de robinets qui coulent et de trains qui se croisent, ne couinaient pas encore dans leurs charnières martyrisées par l'usage. De son temps, là, à l'abri des regards du maître, se réfugiaient leurs secrets d'enfants, notamment au mois de juin, ces cages à grillons, remplies de leurs collections d'insectes, bruissant en concert annonciateur des journées chaudes, de l'été proche et du temps des moissons. Cette France-là était celle de la parole donnée et respectée et, s'il y avait quelques aigrefins, l'opprobre villageois avait tôt fait de les marginaliser. Elle était à des années-lumière de la moralité d'un Vidal, de ses calculs affairistes, de son appétit de domination. Son école à lui, c'était celle d'une République qui avait encore l'honneur comme culture de masse.

Vidal haletait : la raideur de la pente du dernier « rampailhou » lui avait laissé le souffle court et le visage plus écarlate que jamais. Il cherchait l'air en une inspiration profonde et intense qui le faisait ressembler aux poissons rouges des bassins publics.

Mais l'oxygène faillit lui manquer pour de bon quand, parvenu au sommet, il constata la disparition des quatre bêtes qu'il avait attachées là le matin même.

– Putain ! C'est pas vrai... C'est pas vrai !

Ses doigts se promenèrent sur le bout de corde tranchée au ras de la souche. Elles ne s'étaient pas détachées toutes seules. Qui avait pu les délivrer ? Celui-là savait son projet... Il n'y avait pas grand-monde à passer par ici. Un seul avait pu y rôder : Raymond Lacombe, Raymond, le berger ! C'était lui, sûrement... Il devenait dangereux celui-là, avec ses airs de pas y toucher. Deux fois il avait manqué l'ours... Enfin, manqué, c'est ce qu'il disait... Et puis, il avait eu l'impression que c'était lui qui l'épiait, alors qu'il redescendait de la fount du Riou, l'autre jour, là où était le secret de sa vie ! Il savait trop de choses... Il fallait s'en débarrasser. Oh ! pas directement, bien sûr, mais lui coller une bonne histoire aux fesses, une histoire qui le plombe bien ! Il ne pouvait pas l'accuser d'avoir volé les quatre brebis, évidemment. Ça ne tiendrait pas, lui qui les gardait à longueur d'été. Non, il fallait trouver autre chose, le mouiller dans une affaire bien judiciaire qui l'envoie en tôle quelques mois. Ça le mâterait, le Raymond, et lui, il apparaîtrait juste en victime.

Parvenu à l'oustal, Raymond rentra ses bêtes, la tête occupée par la manière dont il fallait faire payer à Vidal sa forfaiture. Il laissa la demi-porte du haut de l'étable ouverte pour qu'elles aient de l'air frais pendant la nuit. Puis, rentré à la maison, il posa sa grande canne à l'entrée, suspendit sa musette au dossier d'une chaise, but un demi-verre de vin avant d'aller se passer un peu d'eau sur la figure, d'un bout de torchon humide, pour chasser la poussière qui lui imprégnait les rides du visage. Il regarda la pendule qui, imperturbable, égrenait le temps éternel. Il fallait descendre à Seix sans tarder. Il enferma les chiens à double tour, cacha la clé comme à l'accoutumée, derrière la pierre qui tourne, et enfourcha sa mobylette bleue. L'air fraîchissait nettement. Il n'allait pas tarder à pleuvoir, peut-être même pourrait-il tomber une de ces averses de neige précoce, pensa-t-il.

Dans la boutique naturellement sombre, au milieu des sacs de haricots secs et des lentilles vertes du Puy, Émile Pagès, les mains dans les poches de sa blouse grise, le crayon éternellement rivé à l'oreille, la cigarette roulée au coin des lèvres, l'accueillit dans le tintement cristallin de la clochette qui signalait tout nouveau client.

— Té ! Le Raymond... Qu'est-ce qui t'emmène ? demanda-t-il.

— Il me faut de quoi faire un azinat...

— Ah ! T'as du monde, demain ? questionna Eugénie, sortie de l'arrière-boutique dans le crissement du rideau à perles, qui marquait la limite entre le domaine public de la boutique et le privé de leurs appartements. Comme d'habitude, elle avait la paupière lourde de rimmel largement tartiné et les bajoues grasses de poudre de riz mélangée au fond de teint.

— Faut bien manger quelque chose, rétorqua Raymond, peu désireux d'engager la conversation avec elle.

— Alors, je te mets quoi ? demanda Émile.

— Une demi-livre de carottes... quelques navets...

227

deux poireaux. Tu as de l'ail ? Juste une tête... Et puis un chou, un beau !

— Ils se valent tous, fit l'épicier.

— Un de dessous, plutôt, dit Raymond, les sachant plus frais.

— C'est tout ?

— Oui.

— Tu veux pas de coustellou ? On m'en a porté à vendre...

— Tu sais bien que j'en ai à la maison. Ce que je consomme pas l'été, quand je suis là-haut, faut bien que je le mange l'hiver. Mets-moi tout ça sur la note.

— Tu veux pas du Bethmale ?

— Une autre fois. Aujourd'hui, je suis pressé. Je veux rentrer avant la nuit !

— Tu as le temps, il n'est que cinq heures et demie.

Et Raymond, le béret enfoncé jusqu'aux sourcils, le col de la canadienne bien relevé, très droit sur la selle de moleskine noire de la motobécane, prit le chemin de Bonnac. Les sacoches de cuir sombre, qui pendaient de part et d'autre du garde-boue, étaient bien gonflées de ce qu'il venait d'acheter. Il enchaînait les virages d'un léger coup de guidon, laissant défiler les arbres et le taillis qui colonisaient saison après saison ce qui avait été autrefois prés de fauche et jadis, bien des années avant, cultures pour une humanité de paysans avides de « bleds », seuls remèdes à la famine.

Vidal, en redescendant de la Combe d'Aurel, avait trouvé son idée maléfique. Il s'en délectait par avance d'un rictus qui lui faisait plisser méchamment la bouche : sur le chemin qui menait au Peyrat, à mi-distance du village et de son domicile, il stoppa la 2 CV, moteur toujours allumé, dans un virage. Saisissant alors son calibre 12, il s'éloigna de quelques bonnes dizaines de mètres pour se jucher

dans la pente du talus d'en face, piétinant intentionnellement un massif de buis vert, cassant les branches de-ci, de-là, comme si quelqu'un s'y était posté
en embuscade.

Après s'être assuré que personne ne pouvait le voir,
sans hésiter, Vidal épaula et fit feu sur sa voiture en
visant soigneusement l'aile droite et le côté passager,
mais juste derrière, pour éviter de cribler le poste de
pilotage. Le pare-brise et les vitres latérales explosèrent aussitôt. La nuit était tombante... On voyait mal
à cette heure-là... On l'avait raté de peu... Son scénario était prêt ! On lui avait tiré dessus... On avait voulu
le tuer... Maintenant, il ne lui restait plus qu'à descendre à la gendarmerie !

Raymond était encore sur la route, à mi-chemin de
Seix et du village quand le coup de feu claqua, lointain, dans la luminosité déclinante entre chien et
loup. L'écho s'en répercuta presque à l'infini dans les
montagnes, mais qui aurait pu y prêter attention à
l'heure où on allume les feux de bois pour se calfeutrer au cantou ?

Quand il gravit l'escalier de pierre qui conduisait
chez lui, Raymond avait pris sa décision. Elle avait
mûri lentement, comme ces fricots que les femmes
laissent cuire des heures durant sur les cuisinières, en
hiver. Il ne pouvait laisser faire Vidal. Il allait écrire
une lettre pour raconter tout ce qu'il savait et ce qu'il
soupçonnait, pour expliquer ce qu'il avait sur le
cœur. Il la ferait parvenir au maire et à Rouzaud,
demain matin, à la première heure, par l'intermédiaire du facteur.

Il dénicha un porte-plume du temps où les potaches de l'école primaire utilisaient encore la Sergent-Major et l'encre violette pour faire des pâtés
sur leurs cahiers à gros carreaux. Le vernis du manche était tout écaillé, laissant apparaître le bois brut.

Le bout, mâchouillé, portait la trace des dents qu'il avait perdues depuis longtemps. Sous une pile de *Dépêche* jaunies qui lui servaient à allumer le feu, il dénicha un vieux cahier d'écolier. La couverture épaisse de carton vert délavé, d'une marque disparue depuis, était tachetée de chiures de mouches. Les pages en étaient toutes jaunies mais qu'importe ! Il s'assit à la table de la cuisine, débarrassant d'un revers de main la toile cirée des restes du casse-croûte du matin. Le plastique était usé, rapiécé tant bien que mal, çà et là, d'un bout de sparadrap rose, vite taché de graisse.

Lui qui avait toujours eu des difficultés en orthographe, trente-cinquième sur trente-cinq à l'école primaire, collé au certificat d'études, il devait maintenant écrire. Il en ressentait un besoin vital parce qu'il ne pouvait pas dire tout haut ce qu'il savait, qu'il n'avait plus personne pour l'écouter, personne pour le croire. Il se sentait aussi un peu le dépositaire d'une parcelle de ce passé où la montagne était vivante, l'ultime témoin de cette mémoire des hommes que les jeunes générations montantes jetaient aux orties de la modernité. Mais ce sentiment n'était chez lui qu'un arrière-plan. Ce qui lui importait, c'était la révolte, *sa* révolte face aux événements, face à Vidal. Sans doute, accomplissait-il un geste fondamental qui, pour lui, justifiait surtout l'existence de ceux qui avaient fait le passé afin que l'avenir soit.

Il déchira soigneusement une double page du cahier. Il trempa la plume dans l'encre, l'essuyant sur le rebord de verre, comme son maître d'école le lui avait appris. Il manquait de pratique et la plume accrochait le papier, mais la première phrase, il l'écrivit pourtant d'un trait, l'ayant longuement tournée dans sa tête depuis plusieurs heures. L'essentiel était de commencer, de lancer les premiers mots du vent de la vérité, de l'histoire, pour que rien ne tombe dans l'oubli, ni l'honneur, ni la honte, pour que ce papier soit l'amorce du tribunal des hommes et répare ainsi les oublis de la justice.

9

Vous en reprendrez bien un peu

Un jour maigre et gris s'était levé sur les Pyrénées ariégeoises. Çà et là, des barres de nuages tenaces accrochaient la montagne. Dans la nuit, quelques flocons de neige avaient même surpris les crêtes qui environnaient le hameau de Bonnac. L'air humide collait à la peau, faisant s'enfouir les mains au fond des poches. Ici, en Couserans, il y avait toujours un coup de froid, fin octobre, début novembre, pour montrer qu'il fallait irrémédiablement oublier les beaux jours jusqu'à l'an prochain.

À Seix, dans la boutique d'Émile Pagès, au milieu des encombrements en tout genre, les conversations allaient bon train ce matin-là. Les nouvelles se répandaient vite dans un pays où rien ne faisait l'actualité. Chacun y allait de ses questions, de ses remarques, dans un désordre bon enfant, surtout vers dix heures et demie, quand l'affluence est maximale.

– Dis, Bonzom, t'es au courant, toi ? demanda l'épicier, le crayon sur l'oreille.

– Et de quoi ? fit Simone, toujours bonne langue.

– Paraît que Vidal a eu un accident..., laissa tomber Eugénie derrière son comptoir.

– Un accident ? Qu'est-ce que tu veux dire par là ?

232

– Les gendarmes sont pas venus vous voir ?

– Que non ! Raconte.

– Tu sais vraiment rien ? fit Bonzom, l'air ennuyé.

– Et qu'est-ce que tu veux que je sache ? dit Simone, agacée.

– Hier soir, à la tombée de la nuit, quand il rentrait chez lui...

– Eh bien quoi ?

– Il paraît que Vidal a reçu un coup de fusil...

– Un coup de fusil ? Et pourquoi donc ?

– Un coup de chevrotine qui lui a criblé le pare-brise et l'aile de la voiture.

– Il a eu du mal ?

– Non, il n'est même pas blessé... Enfin, on dit qu'on l'a amené à l'hôpital...

– Parce qu'il était vert de trouille, sûrement.

Tous commentaient à voix haute ce qui s'était passé la veille au soir. Pour un village qui se voulait tranquille, il y avait presque de quoi, ce coup-ci, basculer dans la tourmente de l'actualité régionale. Aussi, les langues se déliaient joyeusement, chacun jouant sa partition, conjuguant ses sympathies et ses passions pour se construire un scénario plus proche de ses convictions personnelles.

– Y'en a qui disent qu'il s'était disputé avec Raymond...

– C'est peut-être lui qui l'a flingué.

– Raymond ! Ça m'étonnerait. Y'a pas plus honnête que lui, dit Bonzom.

– Même s'il parle pas souvent, il vaut mieux que beaucoup, asséna Simone.

– T'en penses quoi, toi, du Raymond ? demanda Eugénie, cramponnée à un sac de lentilles qui avaient perdu leur couleur d'origine depuis si longtemps que personne ne pensait plus à lui demander si elles avaient été vertes.

— Oh, moi, j'ai jamais eu bien confiance en lui, fit une bonne femme en fichu dont le mari avait déserté le ménage bien des années auparavant, ne pouvant supporter la mégère non apprivoisée révélée après le mariage.

— C'est que le Raymond, depuis la guerre, il a changé... Ça, c'est sûr !

— Après ce qu'il a vécu, c'est pas étonnant !

— Et c'est pour ça qu'il est parti là-haut, peut-être ?... fit Hervé, soucieux de comprendre ce pays qu'il habitait désormais.

— Raymond, faut vous dire, il est plus le même depuis la mort de ses parents, fit Simone.

— La mort de ses parents ? demanda Hervé.

Dans la boutique d'Eugénie Pagès, les souvenirs resurgissaient soudain. Une mouche rescapée de l'été passa, bourdonnante au-dessus des fromages de Bethmale qui dormaient sous la cloche de grillage fin. Derrière son comptoir, Eugénie, la femme d'Émile, se gardait bien d'intervenir. Elle avait à se faire pardonner une attitude par trop « maréchaliste », guidée, il est vrai, par l'air du temps mais aussi par le souci du profit du tiroir-caisse. Aussi, quand les conversations publiques venaient sur ce sujet, elle arborait un profil bas pour ne pas prêter le flanc à la critique que d'aucuns eussent pu lui faire à juste titre.

— Ça s'est passé... ça s'est passé le 21 août 1944. L'aboutissement, sans doute, des drames de la résistance d'ici ! Vous savez, beaucoup se cachaient dans le maquis comme réfractaires au STO. Vous étiez trop jeune pour savoir à l'époque.

— Et alors ? demanda Hervé, intrigué.

— Vous n'avez jamais entendu parler de la bataille de Rimont ? dit Bonzom en passant sa main par réflexe dans ses cheveux ras.

234

– Non..., fit Hervé.

– C'est vrai que vous n'êtes pas d'ici...

– C'est où, d'abord, Rimont ?

– En allant vers Foix, vers la Bastide de Sérou...

– Et il s'est passé quoi, là-bas ?

– Oh, une histoire tragique comme souvent dans les guerres, fit Joseph Bonzom que son passé militaire avait habitué aux drames de tous ordres. Ses parents étaient partis à Rimont, aux confins du Séronnais. Ils allaient voir une vieille cousine germaine qui désirait vendre un champ et trois bouts de bois qu'elle possédait au pays, héritage de ses parents morts au début du siècle, quarante ans plus tôt. Elle était veuve de guerre, de la grande bien sûr, celle de 1914-1918, et sans enfant. Les parents de Raymond étaient descendus à pied à Seix. On n'avait pas peur de marcher en ce temps-là. Ils avaient pris l'autobus pour Saint-Girons, où ils avaient changé de ligne. C'était toute une expédition que de voyager alors, parce que, dans ces années de guerre, avec les gazogènes, on n'avait pas une goutte d'essence à cause des boches qui raflaient tout. Depuis plusieurs semaines, la nouvelle du débarquement de Normandie avait donné le signal de l'agitation dans le pays, et fin juillet, il y avait eu des combats très durs vers La Crouzette, entre les maquis et les Allemands. Mais quand on a appris que les Alliés avaient débarqué en Provence, ça a été le signal de la Libération. Une colonne boche se repliait de Saint-Girons, le 21 août 1944. Les parents de Raymond avaient laissé le car à la fontaine de Marie, là où un peu plus tard, ils ont tué un instituteur de Perpignan. Ils marchaient vers la ferme de la cousine quand les Allemands les ont rattrapés... C'étaient des « Mongols », des soldats du Turkestan que les nazis avaient enrôlés de force après les avoir faits prisonniers sur le front de l'Est.

– Pourquoi ils combattaient pour les nazis, ces « Mongols » ?

– Les boches leur avaient mis le choix en main : ou tu combats avec nous ou on te fusille de suite. Un choix simple... Ils étaient tristement célèbres. Ils terrorisaient la population, et la nouvelle de leur arrivée volait de village en village, comme une traînée de poudre, semant panique et effroi. À Rimont, ils ont fait un massacre, ils ont brûlé le village après avoir fusillé une partie des habitants, comme ceux de la « das Reich » à Oradour-sur-Glane, quelques semaines avant, en juin 1944. Pour les parents de Raymond Lacombe, on ne sait pas ce qui s'est vraiment passé au bord de la route...

– Ses parents ont été fusillés, fusillés par les Allemands, fit Simone. C'est de l'histoire ancienne, maintenant. Mais, Raymond, sachez qu'il s'en est jamais complètement remis.

– On les a retrouvés dans le fossé, à cent mètres de l'arrêt d'autocar, criblés de balles dans leurs habits du dimanche.

– C'est pour ça qu'il a parfois un regard vague, comme... ailleurs. C'est pour ça qu'il a fait berger après ? demanda Hervé.

– Il était déjà berger avant, mais ça a dû le motiver sûrement encore plus pour aller là-haut, surtout après son expérience dans la marine, et chercher sans doute cette paix intérieure qu'il ne trouvait plus dans la vallée, au contact des hommes.

– Et pourquoi Raymond est parti en mer ? demanda Christelle.

– Il vous a pas dit ?

– Non, il a juste évoqué un besoin d'aventure, de changer de vie...

— Il vous a jamais parlé de Jacqueline ?

— Non !

— C'est de la vieille histoire, tout ça, maintenant. Raymond était jeune, assez beau garçon. Il se tenait bien droit. Il commençait à monter vers l'estive, pour donner la main au Joseph après s'être loué à la saison pour couper les prés de fauche, en altitude, là où on ramasse de la « bonne pasture ». La Jacqueline, c'était une fille splendide. Elle avait de l'allure : les yeux bleus, le rire clair, une crinière rousse qui lui tombait sur des épaules d'une peau de nacre. On aurait dit un épi de maïs juste mûr. Elle était pas du pays, bien sûr, juste une lointaine cousine de la Josette, venue se refaire les poumons au bon air des Pyrénées après une méchante pleurésie hivernale. Inutile de vous dire qu'elle passait pas inaperçue, ici, dans le village, en ces années d'avant guerre. À force de marcher les après-midi, comme le docteur le lui avait conseillé, elle a fini par rencontrer Raymond... Elle était si différente des filles de chez nous, de nos petits pruneaux aux yeux sombres que l'on épouse par arrangement de génération en génération. Et Raymond descendait tous les jours la voir, de la cabane de L'Artigue, pour vous dire s'il était accroché...

— Quand elle est repartie, à la fin de l'été, continua Simone, on l'a vu tourner en rond, au fil des jours et des jours, comme une bête à qui il manque quelque chose. Tout l'automne et l'hiver, il a traîné sa peau, sans goût. Il parlait de moins en moins. Il n'avait plus de cœur à l'ouvrage. Son esprit était ailleurs et au printemps 1937, après avoir ressassé son mal-être, il a quitté le pays pour s'embarquer à Bordeaux, laissant une enveloppe à ses parents sur la toile cirée de la cuisine... Il est rentré juste en 1939...

— Et puis là-dessus, il y a eu la guerre, ajouta Bonzom. Vous êtes nés juste après, vous ! Vous pouvez difficilement savoir ce qu'on a enduré, ici. On était en zone interdite, vous savez ce que ça veut dire, seulement ?

– Raymond a fait le passeur pendant la guerre, dit Simone, sans jamais réclamer un sou, par tous les temps, jouant à cache-cache dans la neige avec les douaniers boches. Ceux de Saint-Girons étaient particulièrement féroces mais Raymond connaissait toutes les passes. La montagne était son domaine. C'est lui qui, avec Rodriguez, a retrouvé les restes de l'avion américain bourré de fric qui était tombé au printemps 1944.

– Il n'a jamais rien réclamé, ni honneur ni décoration et on l'a d'autant plus oublié que d'autres, qui avaient beaucoup à se faire pardonner, braillaient fort leurs faits de résistance supposés. À les entendre, ces fiers-à-bras de la vingt-cinquième heure qui n'étaient ni aux côtés de ceux de Combat, ni des FTP ou des guérilleros, je me demande comment les Allemands ont pu rester ici si longtemps... Mais bien sûr, je dois être mauvaise langue pour certains.

Hervé mesura en cet instant que Raymond était l'un des derniers témoins survivants, et encombrants, d'une histoire qui l'avait surpris par hasard, vingt-cinq ans plus tôt, dans la neige fondante de la fin d'un printemps. C'était un simple qui ne pourrait jamais comprendre les bas calculs accomplis dans la forfaiture organisée de ceux qui ne prennent en compte que leur intérêt personnel. Raymond, son passé, il était si limpide... Il était l'un de ces fils de France, broyés par l'Histoire, celle qu'on subit faute de la faire, et dont on est victime des souvenirs quand, seul face au silence du passé, il n'y a plus personne avec qui les partager, ces petits mots, ces expressions, ces rires, ces anecdotes ramassés à la pelle du temps qui fuit dont la répétition forme l'épaisseur du vécu. Alors, ce jour-là, quand les autres seraient morts un peu plus, lui, dans le désert de sa solitude quotidienne, il n'aurait d'autre horizon que la fin d'une vie qui s'effiloche chaque jour davantage.

— Et pour vous, ça sera quoi ? demanda froidement à Hervé Émile Pagès, le crayon sur l'oreille, les mains engoncées dans sa blouse grise, agacé de l'agitation des souvenirs de ces années grises où ses sentiments avaient surtout connu le va-et-vient du tiroir-caisse.

La boutique sentait plus que jamais le renfermé et les choses qu'il vaut mieux oublier. Mais elle conservait, malgré tout, par-delà les ans, ce parfum secret des transactions peu avouables du marché noir, des billets qui passent de main en poche dans le froissement du papier d'emballage qui tombe au fond du cabas.

Sitôt déposée par Bonzom, en rentrant de chez Pagès, Simone se précipita dare-dare chez Raymond. Elle gravit l'escalier de pierre, le souffle court, comme dix heures sonnaient juste à la comtoise de la grande salle. Elle le trouva triant une laitue, feuille par feuille, avec une méticulosité de célibataire, pour remplir un saladier tulipe blanc au fond strié de mille coups, comme un corps, des blessures de la vie. Une douce odeur de chou, de navet et de carotte, mijotant sur la cuisinière noire, emplissait l'air, se mélangeant au parfum subtil du feu de bois qui brûlait d'une flamme claire dans l'âtre. Une impression de paix, rythmée du tic-tac comptable de l'horloge, baignait le tout dans le sentiment d'éternité des choses de tous les jours.

– Tu as reçu la visite des gendarmes ? demanda Simone.

– Comme tout le monde, sans doute, répliqua Raymond. Mais je les attendais pas si tôt, les cognes...

– Ah ! pourquoi ?

– Je leur ai fait une lettre, hier soir... Une lettre pour leur expliquer des choses au sujet de Vidal... Et je l'ai donnée au facteur ce matin même pour qu'il la leur laisse au retour de la tournée. Il passe devant, j'allais pas payer un timbre ! Mais je savais pas que Vidal s'était fait plomber...

– Tu étais rentré ?

– Rentré quand ?

– Quand on lui a tiré dessus...

– Que non ! j'avais pas dépassé Pont de la Taule... J'ai même pas entendu le bruit ! Tu sais qu'ils ont chronométré combien je pouvais mettre pour revenir de Seix !

– Et alors ?

– Heureusement qu'il y avait Rouzaud avec eux pour leur faire comprendre que ma bleue, elle marchait pas aussi vite... Sinon, je crois bien qu'ils m'auraient coffré ! Ils vont chercher ailleurs, à ce qu'ils ont dit... Mais Rouzaud m'a laissé entendre en partant que c'était louche.

– Et pourquoi ?

– Parce qu'il y avait une chevrotine dans le siège du conducteur et que Vidal, il avait rien...

– Tu veux dire qu'il aurait monté toute l'affaire ? Mais pourquoi ?

– J'en sais rien mais c'est pas la première fois qu'il fait un coup tordu, laissa tomber Raymond, avant d'ajouter à voix basse, comme s'il craignait qu'on puisse l'entendre : l'avion... tu te rappelles quand il est tombé en 1944 ?

– Bien sûr, tu me l'as assez souvent raconté, répliqua Simone.

– Les pas qu'on a vus dans la neige avec Rodriguez, y'en avait un qui faisait au moins du 46 ! Je l'ai mesuré... C'est pas courant par ici, une telle pointure ! Et qui c'est qui a la réputation d'avoir de grands pieds dans la vallée ?

– Vidal, c'est vrai... Mais ça prouve rien !

– Combien de bêtes il avait, Vidal, à l'époque ?

– Pas plus de soixante... Je lui louais d'ailleurs l'étable de Coume Torte pour ses moutons et je sais combien elle peut en contenir.

– Exact ! Et tu sais aussi quand il a acheté le gros de son troupeau ?

– À la Libération...

– Oui, en quelques mois, il est passé d'une soixantaine de têtes à plus de quatre cent cinquante ! Même que le bruit a couru que c'était l'argent du marché noir... Eh bien je vais te dire, Simone, c'était pas vrai. C'était l'argent des Américains, tout simplement !

– T'en as la preuve ?

– J'en suis presque sûr... Et après un temps, il ajouta : je suis pas en avance, ce matin. Faut encore que je mène les bêtes au parc, et mes deux invités arrivent à midi, ajouta-t-il en regardant la pendule. Au fait, tu manges avec nous ?

– Si tu m'invites...

– Tu veux pas que je te l'écrive !

– Je te porterai le dessert, alors, fit Simone en sortant.

Raymond, avant de partir, vérifia que le fourneau de la cuisinière noire était bien chargé. Du pique-feu, il fit sauter les ronds de fonte, tisonna un peu en agitant les grilles métalliques pour raviver la braise, rajouta une bûche de chêne. Puis, il recentra soigneusement le faitout sur le feu pour qu'il continue de mijoter lentement. Il n'eut pas besoin de siffler les chiens. Tango et Picard étaient toujours aux aguets des gestes de leur maître, même quand ils semblaient dormir, le museau entre les pattes, poussant parfois de profonds soupirs. En le voyant prendre sa canadienne et sa grande canne ferrée, ils se pressaient déjà à la porte, la queue dressée en point d'interrogation sur la destination finale de la sortie. Raymond scruta le ciel. Cette grisaille ne lui disait rien qui vaille... Plus que la pluie ou la neige qui mouille la laine du dos des brebis, il en craignait la conjugaison avec ce petit vent froid qui glace les bêtes et les fragilise. Mieux valait ne pas les faire pacager trop loin aujourd'hui. La terre de la Breiche, peu éloignée, bien clôturée par les saïbres, conviendrait parfaitement, permettant un retour rapide si le mauvais temps se précisait.

Revenu à l'oustal, vers les onze heures passées, Raymond se mit en devoir de chercher des assiettes convenables. Tous les jours, il ne prêtait guère attention à son couvert. Il reprenait la même assiette, celle du dessus dans la succession des déjeuners et des dîners. Dans la partie basse du buffet de merisier, le service de mariage de sa mère qui avait fait tant de repas jadis, à l'âge où le village était encore bien peuplé, attendait désormais les rares occasions de servir. La faïence au décor bucolique avait viré au marron, laissant apparaître çà et là, en auréoles, des traces ferrugineuses. La poussière et la fumée y avaient déposé un voile jaunâtre qui nécessitait une bonne lessive.

Il avait juste fini de mettre le couvert quand Christelle et Hervé firent une entrée bruyante dans Bonnac sur le coup de midi. Le pot d'échappement de la 4 L achevait chaque jour un peu plus de rendre l'âme sur les mauvais chemins de montagne. La fontaine des Périquets « pissotait » chichement dans le jour froid et humide en un gargouillis sinistre. Picard et Tango

242

saluèrent leur arrivée d'un concert d'aboiements rageurs qui résonnèrent dans la terne grisaille qui chapeautait les sommets. Le coq gascon de Simone laissa entendre son chant mais, au son éraillé, on devinait que le cœur n'y était pas. Le vent s'était mis à l'ouest, hâtant l'arrivée menaçante d'une masse dépressionnaire qui bouchait de plus en plus les reliefs environnants.

– Ah ! vous arrivez..., leur lança Raymond, du haut du perron de pierre, sorti au bruit de pétarade de la 4 L fatiguée.

– On est en retard ? demanda Christelle avec ce reste d'urbanité que son éducation lui avait laissé.

– Oh ! ici, on n'est pas à regarder la montre. On n'a que l'heure du soleil et celle des bêtes à nourrir... Montez donc !

Dans l'humidité ambiante qui suintait du ciel pour coller à la peau en une sensation poisseuse qui tenait de la tunique de Nessus, la maison paraissait plus austère encore avec ses volets sombres et ses pierres de taille brute. Tout objet avait ici son histoire, qui, par la répétition du geste accompli, lui conférait un passé et presque une âme pour ceux qui l'avaient utilisé au quotidien pendant des générations. Hervé, en mettant sa main sur la rampe maçonnée de l'escalier comprit instinctivement qu'il était en train de franchir une étape de plus. Malgré la brume qui envahissait tout, de chez Raymond, la vue était grandiose. Ici, on pouvait dominer la montagne, le temps d'un regard circulaire, oublier que c'était elle qui vous possédait. Ici, on était comme au pied d'un de ces toits du monde, modeste et plein d'espérance, prêt à tous les sacrifices pour la conquête de l'impossible que l'on avait devant les yeux. Ici était une forme d'absolu, de défi à la vanité des choses humaines dans le dépassement perpétuel de soi-même.

Hervé éprouva le sentiment d'être vraiment arrivé à destination : son itinéraire personnel l'avait conduit de manière chaotique d'un BEP d'électricité péniblement décroché, via la rue d'un Chemin-Vert coulant d'un onzième populeux, à l'existence libre qu'une contestation printanière lui avait fait entrevoir. Ici, il trouvait soudain un sens à la vie, à la sienne, et aussi à celle des autres. Certes, il savait que là, dans ces montagnes victimes d'un exode rural perdurant, il lui manquerait toujours les racines d'un passé étranger, mais il pouvait y construire son histoire, se réaliser pleinement dans un temps maîtrisé et non subi. Dans le parfum des feux de bois qui s'allument et se meurent, dans cette alternance éternelle d'où coule la vie, était la liberté d'être et d'exister, un quotidien simple où le seul luxe est l'oubli des interrogations des hommes des grandes cités. Dans le silence des espaces infinis, le cri du tétras-lyre, dans le vent du petit matin, était la réponse aux problèmes existentiels.

Le feu de bois palpitait doucement entre les chenets rouillés, grignotant une souche de chêne centenaire, en une braise qui se délitait lentement, pour couler dans la cendre chaude. Raymond était économe et les « focs brandals » où la flamme claire lèche goulûment les bûches étaient exceptionnels ici car jugés trop dispendieux. La salle sentait bon la vie revenue dans le tic-tac de l'horloge organisatrice des pulsions du temps présent. Une branche de laurier fané, souvenir des derniers Rameaux, achevait de sécher, coincée dans le chapeau sculpté d'une glace Henri II biseautée. Une deuxième branche était accrochée, à l'identique, à l'intérieur de la porte de l'étable pour protéger le troupeau des malheurs du temps, syncrétisme naturel mêlant superstition et religion. Hervé et Christelle parcoururent la pièce du regard. Ici, comme là où ils habitaient, rien n'avait dû changer depuis plus de quarante ans. Le décor s'identifiait à l'Histoire, à la mémoire des hommes, à ce passé proche, fait de silence et de labeur.

– Asseyez-vous, fit Raymond, en désignant la grande table couverte d'une toile cirée usagée. J'ai pas de Pernod à vous offrir. J'en bois pas de ces trucs-là. Mais, si vous voulez du vin de noix...

– Du vin de noix ?

– Oui, c'est la Josette qui m'en fabrique quelques bouteilles chaque année avec ce que je lui ramasse au pré de Cabirol. C'est une petite pièce que mon grand-père avait complantée avant le début du siècle comme il l'avait vu faire dans la région de Brive. Il avait effectué son service militaire de deux ans au 126ᵉ d'infanterie et il avait tant parcouru la campagne avec ses godillots qu'il avait eu le temps de l'apprendre... À la Josette, je lui donne les noix, elle se procure le vin, et on fait part à deux... À la vôtre ! fit Raymond en remplissant des verres dépareillés qui avaient pour seul luxe de posséder un pied en cristal.

– Hum ! Ça me rappelle la quintonine. Ma grand-mère en faisait des cures en hiver, dit Hervé, et son mari l'aimait assez, au point de s'en resservir en cachette, histoire de se fortifier un peu plus.

– C'est plus naturel, sûrement, ajouta Christelle, qui depuis quelques jours, forte d'avoir déniché dans la librairie de Saint-Girons un livre vantant le « manger sain », s'obstinait à éradiquer le superflu et l'industriel.

– Ça sent bon, fit Hervé en désignant aimablement

la cuisinière noire où le faitout achevait d'émettre un parfum délicat en une vapeur suave. C'est quoi ?

— L'azinat dont je vous avais parlé... un plat d'ici, un plat qui vous cale le ventre et vous évite de penser à autre chose, répliqua Raymond, le sourire aux lèvres. J'ai pas eu le temps de vous faire la rouzole qui va avec... Ça sera pour la prochaine fois.

— Je suis pas en retard ? demanda Simone dans l'encadrement de la porte, au même moment. Je t'apporte le gâteau.

— Tu arrives juste à point. Assieds-toi et mettons-nous à table, lança Raymond.

Il versa dans les assiettes à calotte, à coups de louche, une large portion de soupe mélangée, trempant la tranche de pain d'un demi-centimètre d'épaisseur, qui tapissait généreusement le fond de chaque assiette. Il procédait par versements progressifs, imbibant par petits coups le pain rassis. Et le pain se gorgeait du mélange odorant qui fumait délicatement.

— Allez-y, fit Raymond, n'attendez pas...

Un parfum profond leur envahit les papilles en une bouffée de chaleur intense. L'azinat exhalait subtilement l'odeur de la terre, des cuisines nourrissantes d'autrefois, de l'âge où l'on donnait du temps aux choses les plus simples.

— Ça vous plaît ? demanda Raymond.

— C'est bon ! Comment vous faites ça ? demanda Christelle.

— Oh, c'est simple ! Dans un faitout à moitié plein d'eau froide, vous mettez un chou blanchi, coupé en morceaux...

— Blanchi ? ça veut dire quoi ?

— Passé à l'eau bouillante, si vous préférez. Vous ajoutez quelques carottes, deux ou trois pommes de terre, un peu de jarret de porc et du coustellou, du plat de côtes, comme on dit à la ville. Quand j'en trouve, j'y mets aussi un saucisson de couenne. On laisse cuire une bonne heure à feu doux.

– C'est tout ?

– Non. À côté, dans une poêle, on fait revenir un bout de confit, c'est ce qu'on appelle le roux, et une demi-heure avant de servir, vous ajoutez tout ça au bouillon et à la viande. Mais vous savez, il y a autant d'azinats que de maisons en Ariège... Chaque famille a sa recette, et moi, je reproduis celle de ma mère qui la tenait elle-même de la sienne.

– Vous n'en mangiez que pour les fêtes, autrefois ?

– Non, c'était aussi un plat des jours ordinaires. Pour les fêtes, on faisait autre chose, et elles ne manquaient pas au pays, jadis...

Et Raymond leur raconta comment elles avaient leur calendrier, leur rituel imperturbable, ces dates qui ponctuaient le temps en une respiration d'autant plus naturelle qu'elle était immémoriale et rassurante, tels les phares dans la nuit du labeur. Après celle du cochon au mois de février, propice à des « hartères » de viande à s'en faire péter la sousventrière, succédait l'omelette de Pâques, souvent mouillée par une météo capricieuse et servie avec des pommes de terre ou des lardons, laquelle était suivie tout naturellement des grands repas de fenaison du mois de mai, préludes aux bacchanales de l'été. La plus prisée de toutes était sans doute celle de la Saint-Jean qui marquait l'entrée dans le solstice nouveau.

Toute la semaine, les jeunes gens du village avaient collecté fagots et bûches dans les fermes du pays. On les avait entassés autour d'un grand mât fiché au sol et cela formait ainsi une meule de plusieurs mètres de haut. Les paysans des environs étaient descendus de leurs bordes perdues et un accordéon, le piano du pauvre, agrémentait toujours les préparatifs de quelques notes. On attendait que la nuit soit tombée. Le feu allumé, dans le crépitement sec de la paille qui prend, la fête pouvait commencer. Deux par deux, garçons et filles du village faisaient une farandole autour des flammes, bras dessus, bras dessous, changeant de cavalier aux claquements des mains, en sautillant d'un pied sur l'autre. Mais ce n'était pas le clou de la soirée...

Quand la flamme était tombée, ne laissant plus subsister que des braises rouges dans la nuit noire, les jeunes les plus intrépides se rassemblaient dans un coin. C'étaient les sauteurs ! En prenant élan sur leurs jambes musclées, d'un coup de jarret, ils faisaient un bond par-dessus le feu, sous les applaudissements de tous, admirateurs de leurs exploits juvéniles. Malheur à celui dont le sabot glissait. Flanquées de leurs mères, les filles les regardaient se propulser en hauteur, frissonnant au danger bravé de la braise incandescente. Plus tard, la fête donnait lieu à l'un de ces grands bals annuels où l'on essayait d'approcher celle qu'on aurait bien aimé avoir comme promise ou celle, moins farouche, dont la mère, chaperon patenté, était moins stricte que les autres parce que sa progéniture, sa garce, comme on dit ici, était peut-être moins belle, assurément moins bien dotée, donc plus difficile à caser pour des familles pauvres où l'on comptait le nombre de bouches à nourrir.

Raymond était d'un seul coup intarissable. Lui, d'ordinaire silencieux, parlait d'abondance, d'un seul jet, comme ces soupapes qui, sur les chaudières, laissent échapper la vapeur trop contenue. Les années ne semblaient pas avoir eu de prise sur lui. Assis en face de Simone, il leur racontait les quotidiens d'hier, évoquant ces autrefois, et ses yeux brillaient des souvenirs champêtres de jadis. Hervé et Christelle l'écoutaient, presque religieusement, oubliant parfois la bouchée d'azinat aux dents de la fourchette, comme si le temps lui-même se suspendait dans le cours de l'Histoire.

– C'est pour tout ça que je suis revenu... Parce qu'un jour, vous voyez, je me suis rendu compte que j'avais rendez-vous avec ces matins de septembre pleins de rosée et de lumière, quand se finit l'été et que les nuages s'accumulent, nous promettant des automnes immaculés. J'aime les après-midi d'octobre, celles qui résonnent de la hache du bûcheron et des craquements du chêne qu'on abat. J'aime novembre et les feuilles qui tombent en une couche moelleuse dans les bois, et j'aime encore plus décembre, fort du bois que l'on fend dans la cour, avec l'hiver déjà là, qui vous enfonce les mains frileusement au fond des poches, à la recherche des saisons du bonheur perdu.

Ils partageaient ce repas simple qui les reliait au temps d'un passé qui s'éloignait chaque jour un peu plus, le coustellou macéré dans le bouillon, le chou cuit à point, le saucisson de couenne juste chaud, quand Roger Piquemal, le maire de Bonnac, vint frapper à la porte, salué par les aboiements de Picard et de Tango.

– Bonjour Raymond. Ah ! tu as des invités... Je te dérange...

– Non, tu les connais ?

– Oui, on s'est vus une fois ou deux...

– Qu'est-ce qui t'emmène, Roger ?

– La gendarmerie mène une enquête sur ce qui s'est passé. Tu es au courant. Ils sont venus te voir, non ? Moi, j'ai reçu ta lettre ce midi. C'est grave ! T'es sûr ?

– Je n'affirme rien, je mets juste les choses en relation...

– Fais attention, la diffamation, ça va chercher loin... Enfin, je t'aurai prévenu !

– Je n'ai rien à me reprocher. J'ai écrit ce que j'ai vu, c'est tout... Les bêtes que j'ai trouvées là-haut, elles y sont pas montées toutes seules ! D'ailleurs, je les ai redescendues chez eux, fit Raymond en désignant Hervé et Christelle. Tu peux aller les voir.

– Pour les bêtes, Raymond, je veux bien te croire... Mais cette histoire d'avion, c'est des racontars ! Tu accuses Vidal et tu n'en sais rien. Et puis, c'est du passé, tout ça. Y'a vingt-cinq ans, tu te rends compte !... Lui, par contre, il peut estimer que tu lui fais du tort et te foutre au tribunal.

– Monsieur le Maire, vous savez ce que c'est ? demanda Hervé, en sortant du fond de sa poche sa trouvaille de la veille.

– Montrez voir... Ça ressemble à une plaque matricule de l'armée... Où avez-vous trouvé ça ?

– Chez Vidal, dans le mur de sa grange... Il y a un nom dessus : Matew.

– Mais c'est un nom de la stèle..., dit Simone.

– C'est aussi la plaque qui manquait, laissa tomber Raymond.

– Qui manquait ?

– Je vous ai pas tout raconté l'autre jour... dit-il en s'adressant à Hervé. Je ne sais même pas si Roger est au courant. Il était si « gaffet » à l'époque... Quand on a récupéré les malheureux, en juin 1944, on a cherché à savoir qui ils étaient, leurs noms. Ça n'a pas été facile, dans l'état où on les a trouvés. Mais curieusement, c'est celui qui était le moins abîmé qui n'avait plus sa plaque. On n'a pu savoir son nom que bien après la guerre. En juillet 1946, les officiers de la RAF sont venus voir les débris de l'avion. C'est moi qui les ai montés là-haut. Ils ont récupéré les plaques d'identité que la gendarmerie de Seix avait gardées, et nous ont appris que l'inconnu s'appelait Peter Matew, qu'il était sergent et mitrailleur de queue. C'est d'ailleurs cette position dans l'appareil qui l'avait rendu moins méconnaissable.

– Et personne d'autre n'était monté avant vous ? demanda Roger.

– Non, tu peux consulter le PV de gendarmerie. Rouzaud s'est intéressé à l'affaire quand on a construit la stèle, et il doit en avoir un double à la brigade ?

– C'est donc celui qui a pris la plaque qui a aussi pillé l'épave, conclut Hervé.

– Il y a des chances, en effet. Personne n'aurait pu le faire avant.

– Et pourquoi ? Pourquoi prendre cette plaque d'identité ?

Raymond haussa les épaules, laissant comme seule réponse le tic-tac de l'horloge planer sur les incertitudes du passé. Quelques flocons perlaient d'un ciel gris et triste comme tombant d'un monde incertain. Cette nuit, la lune pourrait toujours aligner son frêle falot, elle resterait seule face au silence du temps, comme les hommes qui se cherchent longtemps, faute d'avoir pu être eux-mêmes dans le passé. Raymond serait toujours à la poursuite de ces autrefois, comme d'autres le sont à celle des étoiles.

– Bon, dit le maire. La découverte de monsieur va dans le sens de ta lettre, Raymond... Monsieur comment, au fait ?

– Fourcade, Hervé Fourcade...

– C'est un nom du Sud-Ouest, ça ?

– Ma grand-mère était de l'Aude, de Limoux, je crois...

– Hum... je convoquerai Vidal demain matin, pour les bêtes, bien sûr, et je lui poserai quelques questions pour le reste, mais il y a sûrement prescription. Vous me la confiez ? fit-il en désignant la plaque d'identité qu'Hervé tenait encore au bout des doigts. C'est juste pour clarifier l'histoire !... Allez, adissiats. Je crois bien qu'il va neiger, dit-il en sortant sur le pas de la porte.

Une bûche de chêne s'effondra dans l'âtre en un craquement feutré qui laissa échapper une myriade d'étincelles aussitôt happées par le conduit noir de la cheminée vers un dehors froid et glacé. Les uns et les autres méditaient ces derniers développements. Picard s'étira longuement, les pattes bien tendues en avant, la gueule ouverte et la langue rose en arc-de-cercle. L'horloge sonna deux heures dans un silence pesant. Et puis, Simone, posant sa main ridée sur celle d'Hervé, un sourire aux lèvres, les yeux à demi plissés d'une malice restée juvénile, dit simplement en regardant dans la direction de l'azinat, avec l'assentiment de Raymond qu'elle savait acquis d'avance :

– Vous en reprendrez bien un peu...

Et Hervé sut à ce moment précis que ceux d'ici, ces montagnards au cuir rude, à la poignée de main fraîche et au regard qui court de cime en cime, ne se tairaient plus sur son passage comme on le fait avec des étrangers. Il avait gagné un peu de la confiance de ces gens, une crédibilité naissante qu'il lui faudrait faire fructifier jour après jour pour se faire accepter totalement.

Quand ils furent rassasiés d'azinat, Simone posa sur la toile cirée usée la tarte aux pommes qu'elle avait préparée chez elle, dans une tôle festonnée. Les reinettes grises du pays, gorgées de soleil et d'air pur, coupées en tranches fines, avaient délicieusement caramélisé au four, conservant le goût acidulé du naturel. Dès la première bouchée, Christelle eut l'impression d'être, tel un pépin, au cœur du fruit, baignant dans un océan de jus suave. La pâte était juste craquante, d'un moelleux qui fondait sous la langue.

– Hum ! fit Hervé. Il faudra que tu apprennes aussi à faire ça, Christelle.

– Laissez-lui un peu de temps, répondit Raymond en allant chercher la bouteille de vieille prune qu'il ne sortait que pour les grandes occasions.

En passant devant la fenêtre, il jeta un coup d'œil au ciel. Le plafond baissait de plus en plus. Roger avait raison, il allait sûrement neiger. Il ne fallait pas trop tarder à rentrer les bêtes. Raymond savait bien que certains éleveurs, dans la plaine, laissaient les moutons dehors en hiver sous un abri sommaire. Mais ici, ce n'était pas de tradition, et une telle attitude eût passé pour un abandon. Hervé ne rechignerait pas à donner un coup de main pour aller plus vite. Heureusement, la terre de la Breiche n'était pas bien loin. Les premiers flocons commençaient de tomber quand ils se levèrent de table, vers les trois heures de l'après-midi.

– On va te faire la vaisselle, nous deux, dit Simone. Allez-y vite. Ici, quand ça commence, on sait jamais quand ça va s'arrêter.

Raymond siffla les chiens, et bientôt, ils furent tous happés par la grisaille qui se densifiait de minute en minute. L'averse tombait dru quand ils rentrèrent. Sans parler, dans le silence efficace des travailleurs, ils étalèrent une jonchée de paille fraîche dans l'étable qui exhalait l'odeur du suint des bêtes fumantes. Du coin de l'œil, Raymond observa Hervé. Pour un citadin, il ne se débrouillait pas trop mal. Il savait déjà tenir une fourche et avait le geste souple de celui qui sait s'économiser. Quelques mois de pratique pastorale, et avec le désir de bien faire qui semblait l'animer, peut-être réussirait-il à apprendre le pays. L'épreuve de l'hiver serait sans doute décisive, surtout pour elle, plus citadine, moins rustique, pensa-t-il.

Revenus à l'oustal, ils s'ébrouèrent la porte à peine

franchie, faisant voleter la neige accumulée sur leurs épaules et blanchissant leurs cheveux.

– Dépêchez-vous de regagner le Planol. La route ne va pas être bien bonne si ça continue, conseilla Raymond.

La 4 L démarra avec un bruit de casseroles qui trahissait une usure prononcée, résonnant dans le jour maigre et incertain. Sur le pas de la porte, avant de rentrer chez elle, Simone laissa tomber dans les bourrasques tourbillonnantes qui balayaient les escaliers :

– Finalement, tu vois, ils sont pas plus mauvais que d'autres par ici. Allez, adissiats, il faut que j'aille nourrir les poules avant que'la nuit tombe. J'en ai pas bien envie, mais elles doivent avoir le gésier au fond des talons...

Et Raymond, comme la plupart des autres soirs de sa vie, resta seul, avec, pour meubler sa solitude, dans la médiocre clarté de l'ampoule poussive qui éclairait la salle, la compagnie de ses chiens et d'un feu de bois se consumant lentement dans la diffusion d'une douce chaleur. Il expédia un dîner léger fait d'une assiette de soupe, reste de l'azinat de midi, et d'un bout de fromage de Rogalle, et lut pour la énième fois une *Dépêche* qui traînait dans un coin en écoutant distraitement les nouvelles locales diffusées par Toulouse-Pyrénées à la radio. Fidèle à ses habitudes, après avoir fait pisser les chiens et constaté avec satisfaction qu'il ne neigeait plus, il se coucha de bonne heure, sous l'édredon rouge en plumes, les mains posées sur la poitrine, cherchant paisiblement le sommeil réparateur.

Le matin suivant, Vidal se leva de très bonne heure. La neige qu'il avait vue tomber lui avait donné une idée : monter là-haut, relever les traces éventuelles, vérifier l'état du piège. Il savait qu'avec le mauvais temps, l'ours allait vite hiberner au plus profond d'une tanière sûre, pour n'en ressortir qu'au printemps, l'appétit plus aiguisé que jamais. C'était peut-être le moment opportun pour le repérer et l'éliminer. Le déjeuner vite avalé, sans même prendre la peine d'ouvrir les volets de la maison, il monta dans la 2 CV, le fusil posé sur le siège avant, prêt à tout.

Maintenant, Vidal progressait lentement vers la Combe d'Aurel. La semelle crantée de ses Pataugas neufs laissait une empreinte profonde et nette dans la neige fraîche. La couche atteignait bien une dizaine de centimètres depuis les premiers flocons de la veille au soir. Le pied glissait parfois dans la mauvaise surprise d'un rétablissement délicat, en une fraction de seconde. Malgré son entraînement, les années à courir les pentes et les estives, Vidal soufflait un peu, peinant à trouver son rythme, s'arrêtant de temps à autre pour, d'un regard, contempler par-dessus l'épaule, le chemin parcouru. Quelques flocons résiduels papillonnaient, telles des abeilles printanières entre les buis et les genévriers bleus. La trace d'un lièvre coupait le chemin, ici et là, un merle avait piété. La nature n'était pas encore engourdie, juste surprise par cette première offensive de l'hiver.

Parvenu sur un replat, Vidal se retourna pour souffler. Le paysage était cotonneux, comme englué dans une nasse blanchâtre. Il avait encore quelques centaines de mètres à parcourir avant le petit col. Il commençait à scruter le sol, le regard pointé en larges cercles concentriques, à l'instar des chasseurs, pour tenter de déceler les traces de l'ours. Mais les premiers flocons avaient dû le faire se terrer, « s'entuter », à moins qu'il ne se soit, par hasard, laissé surprendre. L'ours ! il ne pensait qu'à ça. Un ours ! quelle malchance pour le pays. Depuis des années, on n'en avait pas vu ici. Si on ne le tuait pas maintenant, au printemps, il aurait des petits. Cet ours, il fallait avoir sa peau, coûte que coûte, même si c'était peut-être trop tard.

Le sentier était vierge de tout passage. Il n'y avait rien que la neige immaculée à perte de vue. Sans doute perdait-il son temps... mais il voulait pousser jusqu'au bout, jusqu'à la Combe d'Aurel. Qui lui avait détaché les brebis ? Raymond ? Les « zippies » ? Il n'avait confiance ni dans l'un qu'il connaissait trop bien ni dans les autres qu'il sentait comme des étrangers prêts à devenir des empêcheurs de tourner en rond. Raymond considérait la montagne comme la sienne à force d'y vivre six mois par an, et les autres ne demandaient qu'à la conquérir. Mais que serait ce pays si, depuis vingt-cinq ans, ses bêtes n'y avaient pas pacagé ? Il n'y aurait que les ronces et les « agafous », les gratte-culs, sans les propriétaires de troupeaux comme lui ! Les paysans avaient depuis longtemps disparu, faute d'avoir pérennisé la mise en valeur du pays. La montagne devait désormais appartenir à ceux qui la valorisent. Il en était intimement convaincu et ses pensées se bousculaient en lui occupant l'esprit dans sa montée vers le petit col.

Il était à quelques mètres du sommet quand un bruit de branches cassées dans le taillis mixte qui surplombait la Combe d'Aurel le fit sursauter. Soudain, tous ses sens furent en éveil. Quelques instants plus tard, une masse sombre et gigantesque apparut devant lui. Bien qu'il fût sur le qui-vive, Vidal en resta tétanisé : « Putain ! l'ours ! » L'ours était à quinze mètres, à peine, entre deux rochers. Ils se regardèrent dans un face à face irréel. Une méchante sueur froide lui mouilla le front instantanément. Il chercha fébrilement à décrocher son fusil de l'épaule, s'empêtra dans la bretelle de cuir usée, ne trouva plus la sécurité du pontet... Jamais il n'avait connu une telle panique. L'ours ne semblait pas effrayé. Il marqua même un temps d'arrêt quand l'homme épaula maladroitement, tremblant, comme paralysé par l'émotion.

Vidal fit instinctivement un pas en arrière, puis un autre, reculant autant pour mieux caler son tir que pour se rassurer moralement avant de faire feu. Mais brutalement, le sol se déroba sous ses pas en un craquement sinistre. Une fraction de seconde, il demeura comme suspendu entre ciel et terre. Il chercha à se raccrocher à l'invisible. Le coup de fusil partit en l'air et l'ours décampa tandis que Vidal, basculant dans la fosse, s'empala sur la vieille herse des Delrieu en poussant un hurlement atroce qui se répercuta, lugubre, dans les crêtes enneigées. Et dans le silence retrouvé, au fond d'un trou perdu, sur un entrelacs de branches et de fougères, la neige se teinta lentement d'un rouge de deuil.

Vers les cinq heures du soir, en rentrant les bêtes, les commis de Vidal furent surpris de voir la grande maison du Peyrat toujours close. La 2 CV camionnette n'était pas sous le hangar. Ça ne ressemblait pas au patron, tout ça, pensèrent-ils. D'habitude, il était là pour faire le point avec eux, toutefois, connaissant ses lubies et son mauvais caractère, sitôt leur travail terminé, les bêtes bien approvisionnées en eau, ils rentrèrent chez eux sans y prêter attention plus qu'il ne fallait. Ce n'est que le lendemain, en fin d'après-midi, qu'ils donnèrent l'alerte, après avoir croisé Riri, le cantonnier à mi-temps, qui leur assura que personne n'avait vu Vidal depuis deux jours. Rouzaud, avec l'un de ses collègues de la gendarmerie de Seix, vint constater l'absence du propriétaire. Les recherches commencèrent au troisième jour, avec la participation du Peloton de Gendarmerie de Haute Montagne.

Rapidement, sa voiture fut localisée sur un parking du bout du monde et, malgré la neige, les traces demi-recouvertes menèrent vite à la Combe d'Aurel. La nouvelle se répandit comme une traînée de poudre dans la vallée. Vidal s'était tué dans son propre piège ! L'accident ne faisait pas de doute... L'enquête chercha bien à savoir s'il avait monté ce curieux traquenard tout seul ou avec des complices. Mais tous ceux qui avaient participé à ce sinistre scénario se tinrent cois, partageant de connivence un silence de plomb comme on le fait pour les plus lourds secrets de famille. L'omerta de la montagne tomba telle une chape, personne ne pipa mot, et Rouzaud, pourtant bien introduit dans le milieu des chasseurs, ne put tirer de confidences d'aucun d'eux.

Vidal étant divorcé depuis plusieurs années, sans enfant, sans ami, peu aimé dans le pays, le cortège funèbre ne rassemblait guère que ceux du village, venus malgré tout et par coutume l'accompagner à sa dernière demeure, un autre trou, fraîchement creusé derrière l'église de Bonnac, où l'on glissa sobrement le cercueil sans cérémonie. Les hommes avaient mis la cravate, le costume du dimanche et le chapeau mou, comme il convient en de telles circonstances. En l'absence de curé, quelques femmes vêtues de noir égrenaient un chapelet en psalmodiant des paroles incompréhensibles. Hervé et

Christelle étaient descendus du Planol pour l'occasion, se tenant un peu en retrait de la masse clairsemée des villageois. Et le maire prononça quelques mots qui se perdirent dans le vent froid et glacé qui descendait les crêtes en faisant virevolter quelques flocons, telles les abeilles mutines d'un dernier adieu.

Épilogue

Le troupeau fut vendu les semaines suivantes, pour le plus grand bonheur des autres propriétaires de la vallée. Fouroux et Caujolle, au prix d'un emprunt substantiel au Crédit Agricole de Saint-Girons, y firent de belles affaires. Hervé et Christelle, sur les conseils de Raymond, sautèrent le pas et firent l'achat d'un lot de cent vingt bêtes, grâce à un chèque inespéré venu de Paris, manière de démarrer définitivement dans la vie nouvelle qu'ils avaient choisie. C'était l'occasion ou jamais... Mais avec un tel troupeau, Hervé avait des journées si pleines qu'il s'endormait parfois tout habillé, le soir, épuisé, le corps recru de fatigue. Christelle l'aida de son mieux, traversant de temps à autre des crises de doute marquées par des océans de larmes, surtout quand elle contemplait ses mains torturées d'engelures et d'ampoules.

L'ours avait disparu comme il était arrivé, sans crier gare. Personne ne sut jamais où il était passé, néanmoins, il restait dans toutes les mémoires, alimentant les conversations aux foires de Saint-Girons, au début de janvier, quand Hervé acheta trois labrits des Pyrénées dont un qu'il offrit à Raymond pour le remercier des conseils qu'il lui prodiguait au quotidien. Le vieil homme en fut ému aux larmes mais affecta, dignité montagnarde oblige, de ne rien en laisser paraître.

Le Peyrat, demeure décidément maudite, fut mise en vente en février par un notaire de Saint-Gaudens. Personne, ici, dans la vallée, n'osa s'en porter acquéreur et il fut cédé pour une bouchée de pain au comité d'entreprise d'une mairie de la banlieue parisienne qui entreprit d'importants travaux pour transformer maison et bergerie en un centre de vacances pour adolescents difficiles, avec l'espoir que l'oxygénation pyrénéenne calmerait leurs juvéniles ardeurs délinquantes. Les premiers agneaux naquirent pour Carnaval. Hervé fut sur les dents des nuits entières, couchant à même le foin dans les étables quand il pressentait des naissances gémellaires. « Le printemps revient toujours », lui glissa un soir Simone, avec un clin d'œil, amusée de l'agrandissement du troupeau.

Raymond avait conclu un nouveau contrat d'estive avec les éleveurs de la vallée qui venaient de créer un groupement pastoral. Il monta à l'orri dès que la neige eut assez fondu. Parvenant près de la cabane, il entendit un bruit frais : la source était là, coulant entre deux touffes de fougères vertes et tendres qui se nimbaient à son contact d'une myriade de gouttelettes d'eau fraîche. Même la toile d'araignée proche en était imprégnée et sa locataire à huit pattes y trouvait encore un argument pour justifier le piège qu'elle avait patiemment tendu pour capturer ses proies. L'eau coulait, cristalline, entre les rochers, dans la fraîcheur de l'aube. Il devait en être ainsi depuis des temps et des temps, pensa Raymond en l'observant, blottie, modeste, au pied d'un hêtre centenaire dont la souche s'ornait encore du tapis des feuilles rousses de l'automne passé, et qui avait vu l'éclosion de quelques cèpes à tête noire. L'air était d'une épaisseur à couper au couteau en cette fin du mois d'avril. Bientôt, s'annoncerait le temps de l'estive... Encore une quinzaine, et viendraient les montées vers les espaces oubliés, pleins d'infini, des hommes de jadis, pour continuer la saga de la montagne pyrénéenne.

Mais, pour la première fois, il ne resterait pas seul là-haut, à contempler la masse cotonneuse qui nappe mollement l'estive dans le soleil couchant. Depuis hier soir, c'était décidé : Hervé l'accompagnerait avec ses bêtes et ses chiens pour toute la saison. Raymond en avait conçu un bonheur secret. Dans le silence du temps, ils pourraient partager la plénitude grandiose des espaces infinis, suivre au tintement des sonnailles les pérégrinations des baccades sur les crêtes voisines, écouter chanter les sources dans le bêlement des agneaux qui appellent leur mère, le soir.

Raymond avait compris que « les jeunes » avaient définitivement franchi le pas : la montagne allait revivre, et eux, ils auraient la vie en plus...

DU MÊME AUTEUR

Aux Éditions Albin Michel

LE TEMPS EN HÉRITAGE, 2002.
LE CHEMIN DE PEYREBLANQUE, 2003.
LE FORGERON DE LA LIBERTÉ, 2006.
UN BRIN D'ESPÉRANCE, 2007.